北京没有海

叶子 著

中国华侨出版社

图书在版编目（CIP）数据

北京没有海 / 叶子著 .—北京：中国华侨出版社，2017.7
　ISBN 978-7-5113-6911-6

　Ⅰ . ①北… Ⅱ . ①叶… Ⅲ . ①中篇小说—小说集—中国—当代 ②短篇小说—小说集—中国—当代 Ⅳ . ① I247.7

中国版本图书馆 CIP 数据核字（2017）第 152066 号

北京没有海

著　　者 / 叶　子
责任编辑 / 晓　棠
责任校对 / 王京燕
经　　销 / 新华书店
开　　本 / 670 毫米 ×960 毫米　1/16　印张 /18　字数 /352 千字
印　　刷 / 北京建泰印刷有限公司
版　　次 /2017 年 9 月第 1 版　2017 年 9 月第 1 次印刷
书　　号 / ISBN 978-7-5113-6911-6
定　　价 / 36.00 元

中国华侨出版社　北京市朝阳区静安里 26 号通成达大厦 3 层　邮编：100028
法律顾问：陈鹰律师事务所
编辑部：（010）64443056　　64443979
发行部：（010）64443051　　传真：（010）64439708
网　址：www.oveaschin.com
E-mail：oveaschin@sina.com

前言

《北京没有海》这本集子共收录了我 11 篇小说,每篇均已在各省级文学期刊上发表,大都以小城市为背景,表现普通人的情感困惑与生存困惑。其中《桃李赋》获第二届林语堂文学奖,《哥俩好》获《延河》2015 年最受读者欢迎奖小说类一等奖。我今年已经 41 岁了,我是从 19 岁开始写小说的,年轻时写小说,全凭一股冲动赤膊上阵,现在读得多了,写得多了,似乎越写越怕了。很多小说大师都给过我很好的营养,我非常喜欢普鲁斯特的《追忆逝水年华》、菲茨杰拉德的《了不起的盖茨比》、毛姆的《月亮与六便士》、黑塞的《荒原狼》,等等,他们都是我文学路上的引路人。人会有一个转变过程,年轻时我很喜欢外国文学,喜欢一些先锋的东西,魔幻现实主义,人到中年以后,我转向了现实主义,现在懂得了适合自己的就是最好的。比如福克纳的《喧哗与骚动》,你要是不喜欢,我觉得你可以把它先放在一边,好小说多得是,不差这一本。我们根本没有能力全部把它们读完，虽然跳过它们总觉得遗憾。

史铁生曾经说过："艺术或文学，不要做成生活（哪怕是苦难生活）的侍从或帮腔，要像做侦探，从任何流畅的秩序里听见磕磕绊绊的声音，在任何熟悉的地方看出陌生。"我想，如果小说家写作时一直在抄袭生活，这种情形将是很可悲的。如果一个小说家表现的是大家都表现的东西，那么你只是在写雷同的东西；如果你写作时能够完全基于自己内心的思想内心的见地，你写的才是自己的东西。我一直很喜欢葡萄牙作家佩索阿的《惶然录》，他把个人的内心表现得淋漓尽致，但我觉得他顶多称得上杰出的作家，离伟大的作家还有一定的距离，托尔斯泰的小说才称得上伟大的小说，他的小说是社会变迁史、生活史、宗教史。简单地来说，就是小说家在作品中呈现的是小我还是大我的问题。年轻人写小说，往往是爱情题材，但爱情这东西写多了，就不能满足读者的需求，这时候你需要从狭隘的小我跳出来，来观察社会这个大世界。当然，拥有一定的痛苦经历与通过碎片化阅读来了解社会现状，也是有一定好处的，就是你写出来的东西不至于毫无感情色彩与主观判断。小说家要多阅读一些哲学性、史料性的东西并进行思考形成自己的见解，这是非常必要的，否则只会写出很傻很天真的东西，在影像比较下相形见绌，并遭到读者无情的抛弃。此时你需要转型，这时会有一些热心的老师告诉你要这么写要那么写你不能这么写你不能那么写，于是你晕头转向。这样的曲折是必然的，几乎每个写作者都要经历。批评意见要听，但不可全听。年轻人要谦虚，但对写作要有野心。另外，语言是小说家的基本功，把人的精神世界通过语言展现给别人看，这是小说家最独特的工作。因为语言有神奇的魔力，它横亘于外在世界和人类内心之间，让一切变得模糊、复杂、夹缠不清。一个写小说的人一定要先做好阅读、思考、积淀、内化、重新组织语言的准备。小说家的语言有多远，他展现的现实就有多远；小说家的语言有多深邃，他展现的现实就有多深邃。优秀的小说家都在想象力的语言地带，努力创造着属于他的现实世界。

  小说创作过程是神秘的，即使是作者本人，也难以原原本本地复述当时的创作过程，即使重新创作一遍，写出来的小说肯定会有不同的走向与枝节。小说出版之前，翻看自己这些近年来在灯光下写下的文字，就像在翻看自己在小说路上走过的一个个脚印，有些陌生，有些熟悉，更多的是感慨。感谢这本小说所有的阅读者，你阅读了这本书，就仿佛你参与了我的欢乐与悲伤，参与了一个写作者曾经的心路历程。谢谢你们！

叶子写于 2017.4.15

目录
contents

Part 01　哥俩好 001

后来李顺长大了，长得高过了乡村。于是，他来到了城市。但城市里的高楼比他更高，在高楼面前，李顺只是一只蚂蚁。城市里的人心都很高，心有多高，欲望就有多高。其中奋斗的艰辛真是让人欲说还休，剪不断理还乱。李顺进城了，兄弟俩之间竟然有些生分了，他们哥俩，就像站在一条河流的两岸。

Part 02　桃李赋 018

年轻真好啊。陶教授感觉自己还没尽情享受过年轻的好处就衰老了。时间打败肉体，肉体打败他。作为教授，陶教授是骄傲的；但作为男人，他身体上的短处——矮与胖，让他气短。

Part 03　冷月无声 ……. 052

秋声口吐莺声，千回百转，激越而又缠绵悱恻，身段英气而妩媚，字字带泪，唱尽了樊梨花的血性与女儿柔情，脸上画着类似于醉意的酡红，高蹈在舞台世界里，早把那听戏的人魂魄都勾了去。有一道追光亮在她头顶，那通身的范儿是浑然天成的，她天生就会唱戏。她翩若惊鸿，向着你走来，像一个耀眼的发光体向你走来。

Part 04　北京没有海 ……. 068

啊，牡丹花？图片上的牡丹花朱朱耳熟能详，那别在杨贵妃香鬓上的牡丹花，一朝得见真容，却恍然不识了。呵呵，不用跑到河南，在北京就能一头撞见牡丹，真好。朱朱一直以为，她只会在河南认识牡丹，没想到牡丹自己跑到北海公园来了。她在牡丹花边站立，抬眼望了望不远处的白塔——她在网络上见到的图片上的白塔灯光璀璨，塔前是碧绿的荷塘，荷花粉红，亭亭玉立。而朱朱眼中见到的北海，不见了荷花，只见了热闹的人间烟火。呵，他们这些北漂，原来不是漂在海里，而是漂在沙漠里啊。

Part 05　春天的医院 ……. 108

每天早上，吴医生都看见自己赖在床上，像个孩子一样用 1000 个理由劝自己起来上班。起初，他是带着诗人般救死扶伤的理想勤奋地读完四年医科大学的，没想到进了医院后他才发现，所有的诗意都是假的，只有肉体的疼痛才是真的。那感觉就好像误入了一间废品收购站，那么多七零八落残破朽坏的废品等着他去维修。慢慢地，病人在他的眼中就变成了一块肉，哗啦啦的肉。

Part 06　莲花台 ……. 146

母女俩很幸运，今天她们遇到了法会，诵经声此起彼伏，犹如歌声的翅膀，让人心沉静。披着红色袈裟的大师傅，并不理会从身边经过的朝拜者及游客，他们闭着双眼，双唇微启，让诵经声在空气中传递，诵经声像海浪一样穿过每一个缝隙。莲花仿佛闻到了佛香，千年芬芳如故。佛祖如同一个思想家，习惯于闭目养神，用莲花指擦拭人的心境，让人看见皓皓白月与星辰，让人内心生长一朵清净的莲花，学会用沉静的眼、平和的心看待世界。莲花想，母亲是幸运的，她有幸遇见了佛祖的辽阔，找到了另一个世界的通道。

Part 07　飞机下的鹰 ……… 167

在这个庆功的夜晚，尹老师终于明白了，自己充其量是一只鹰而已，而陈天来却是一架飞机。鹰永远飞不到飞机的高度，从飞机上看，甚至可以把一只鹰看成是一只麻雀。而飞机上的一切生物，假如一只母鸡坐在飞机上，那么，这只母鸡也完全可以傲视机翼下那只可怜的鹰，虽然鹰可以安慰自己说，母鸡永远是母鸡，鹰永远是鹰。老鹰非常困惑，自己怎么努力都飞不过飞机的高度。那只母鸡，平时顶多飞上个两三米，现在人家坐上了飞机，随随便便就飞了几千米高，甚至可以呼风唤雨，想让头上这片天晴它就晴，想让这片天下雨它就下雨。而自己，想飞上个 1000 米都要竭尽全力。

Part 08　你的愤怒还在吗 ……… 195

这天宴请程院长一家。饭局结束后，王瑶站在饭店前欢送程院长。大人物手握权力，娇妻年轻貌美，儿子聪明活泼帅气，他们钻进轿车，一溜烟儿绝尘而去。王瑶这个小人物站在汽车的尾气中发呆了一会儿，茫然了一会儿，看车灯把光明带走，剩下周围那有点破碎的环境和黑暗的夜色。

因为在院长面前承欢，小钟喝得酩酊大醉，猪一样死沉沉地躺在床上，冷不丁冒出一句话："有句话我要是告诉你，你一定很生气。"
"什么话？"被好奇心驱使，她不禁追问。
"就是不能告诉你。"
她气得将他身子用力一拍。

Part 09　结了婚的爱情 210

小米的心一惊，原来女人是死不起丈夫的。婚姻也许会将爱情的兴奋与热情绞干，可它蒸发后会留下斩不断理还乱的亲情，化作血液流淌进彼此的身体里。你如果硬把它扯开，你会揪心地疼痛。假如你为了一时之快一己之私将双方的血脉斩断，在命运的尽头，你可能会孤独地回到出发的地方，所有的温暖四散，最终只能和孤独的自己相遇。

Part 10　戏子 228

退休后的韦立秋心里藏着 个秘密，他明白，自己才是一个真正的戏子。他娶了根正苗红作风正派的女兵后，心里就后悔了，女兵要身材没身材，要脸蛋没脸蛋，毫无艺术灵气，就是能炒得一手好菜。炒好菜有什么用？全天下的女人几乎都会。况且，娶老婆又不是娶厨子。他这个人好面子，心中越是后悔，在别人面前越是要做出夫妻百般恩爱的模样，就这样演了一辈子的戏。他的演技如此高超，他才是真正的戏子，而钟玉琴远远不是；区别是别人不知道他站在舞台上罢了。

Part 11　香港的姐姐 ……. 264

从小，我就被笼罩在姐姐的美丽的阴影之下。阿雄哥喊姐姐上城里玩儿，我黏着姐姐也要去。阿雄哥从口袋里摸出两粒糖果塞给我，我剥开糖纸，将糖含在嘴里，使劲吸了两下鼻涕，还是坚定地对姐姐说："我要跟你们去。"阿雄哥脸上现出为难的神色，他一只脚撑在地上，拿不定主意。姐姐不耐烦起来，跳上阿雄哥的自行车后座，命令道："快骑。"眼看他们就要从我眼皮底下溜走，我追上去，拽住后座铁皮，姐姐跳下来，朝我飞起一脚，我应声倒地。他们终于如愿以偿甩掉我到城里寻快活去了。

PART 01
哥俩好

后来李顺长大了，长得高过了乡村。于是，他来到了城市。但城市里的高楼比他更高，在高楼面前，李顺只是一只蚂蚁。城市里的人心都很高，心有多高，欲望就有多高。其中奋斗的艰辛真是让人欲说还休，剪不断理还乱。李顺进城了，兄弟俩之间竟然有些生分了，他们哥俩，就像站在一条河流的两岸。

"顺子，在家吗？"

电话中的声音透着迟疑。李顺对大哥声音中的迟疑感到稍许的满意，大哥终于知道他的小弟是忙的，电话是不能乱打的，上门是要提前说一声的，免得撞见不该撞见的人。在此之前，大哥拎起电话那可是随时随地不管不顾的，即使李顺正在开会把他的电话摁掉，他还是执着地打进来，一而再，再而三锲而不舍，直到李顺皱着眉头对与会的人说一声抱歉强压内心的怒火紧捂着手机离开会场，大哥就在电话里滔滔不绝起来："村里的阿伟房子被强拆了，他要上访，你认识信访局局长吗？"每每这时，李顺就开始气恨死去的姆妈："妈，你怎么给我生了这样一个大哥？！"大哥为什么就不明白，权力资源是不可滥用的？宝贵的关系要放在万不得已的情况下才使用，平时尽量不用，好钢要放在刀刃上。即使李顺真认识信访局局长，最多最多也就帮帮大哥,哪里还帮得上村里的阿伟阿杰阿猫阿狗?

这样的事情发生得太多,李顺连大哥的事都懒得搭理了。现在,大哥终于稍微懂事点了,大哥是用了几年的时间才明白这些说不清道不明的道理的?不管怎样,大哥的变化还是让李顺感到高兴。李顺没有说自己在不在家,懒洋洋地问:"有什么事吗?"

大哥说:"是我自己的一点小事。"声音可怜兮兮的。大哥也不知道自己是从什么时候开始变得懂事的。一开始,村里人都跟他说:"你有个当局长的亲兄弟,万事不愁哇!"大哥脸上的笑像水波一层一层荡漾开来:"那是,那是,来,抽根烟。你要是有啥事,跟我吭一声就行了。"大哥一拍胸脯,大包大揽。媳妇北葱小声嘀咕道:"兄弟俩各活各的,旁人还以为我们沾了小叔子多大的光呢!一个在城里,一个在乡下,一个在天上,一个在地下,还真是够不着。"大哥火了,转头朝媳妇嚷嚷:"你没吃过人家的螃蟹?没吃过人家的虾?我看你是吃了屎!"北葱回嘴道:"那也是他们吃剩的。他们不给我们也要扔垃圾箱,只是做个顺水人情。"大哥变脸道:"人家干吗不送别人送给你?以后我叫顺子把螃蟹扔垃圾箱好啦!"

一开始,接受小叔子家东西的时候,北葱是欢天喜地的,要不是有小叔子,她这辈子恐怕没有机会吃上这些好东西。慢慢地,北葱也就麻木了,觉得是理所当然的事。那些膏满肠肥的螃蟹,如果小叔子不送给他们,最后只能发臭烂掉,小叔子把螃蟹送给他们只不过是做顺水人情,因为螃蟹小叔子是不敢吃的,小叔子有三高;他老婆物美也是不吃的,怕胖。那些樱桃,如果小叔子不送给他们,最后也只能长毛,整箱拿去扔掉。所以,北葱吃起这些好东西来心安理得,竟然也学会挑三拣四了:哟,这次的樱桃不大新鲜,有些都开始烂了。哟,这次的螃蟹个子比上次小。哟,小叔子怎么有一段时间没送给咱们东西了?

这几年来，大哥家虽吃了顺子不少好东西，但大哥没有白吃。大哥简直成了顺子家的勤杂工。家里电灯坏了，大哥拿起电笔鼓捣几下就好。水龙头漏水了，大哥用螺丝刀拧几下，水龙头马上不漏水了。这些说起来都是小事，但搞不好就会变成大事。就说那厨房的灯坏了好几天，那天晚上物美想煮面条，切肉的时候就差点切到了手指。顺子整天不着家，淹没在文山会海里，远水解不了近火，如果让顺子打电话请人来帮忙，又得欠下一笔人情。物美知道，顺子是最怕欠人人情的，中国的人情是一笔沉重的债，让人无法解脱。于是，大哥就派上了大用场，随叫随到。反正是自家人，肉烂在自家锅里。大哥每次来，都会带来一麻袋的地瓜，那是特意为顺子种的。顺子爱吃地瓜，因此大哥留了五分地，专门为顺子种了地瓜。还有地瓜粉，做粉肉汤特别香，那滋味是市场上买回来的地瓜粉远远比不上的。顺子不知道，这地瓜粉得来还是挺麻烦的。大哥先把洗净的红薯倒进缸内，再倒些水，接着把红薯加工成糊状，红薯糊不要太细，细了不好过粉。过粉这个过程最讲究，先把箩放在大缸上面，缸口要大于箩，缸上面放两根棍子，把箩架在棍子上，然后把红薯糊倒进去，第一遍可以用浆漫过红薯糊即可，浆就是磨红薯粉后撇出来的浑水，有酸味，可以帮助粉汁发酵。第二遍、第三遍用水，把水滤干后倒掉渣开始另一箩的过粉，直到把糊过完。全部过完后，用棍子把过的汁搅一搅，让它们一齐沉淀，最后把粉拿到大太阳底下去晒。晒粉时最怕下雨，淋了雨的粉就不好了，有一年粉淋了雨，大哥只好重新来过，又从地窖里拿了些地瓜重新加工。送到顺子家的时候，物美说："今年怎么迟了？前天要做粉肉都没粉用了。"大哥本想说之前的粉被淋了，这次送来的是重做的，但不知为什么，话竟然没有说出来，顺子招呼着吃饭，事情也就过去了。顺子把红烧肉放到大哥面前，大哥看了他一眼，意思是谢了。其实是顺子不爱吃红烧肉。这些年，顺子胖了，大哥很瘦，在瘦瘦的大哥面前，顺子胖得有些罪恶感。饭桌上，大哥砖头似地沉默着，而顺子滔滔不绝，看起来反而像是老大。

物美最喜欢的是北葱做的梅菜干，做梅菜扣肉特别香。那年北葱手痛，歇了一年没做，物美念叨了一年，盼了一年，馋得不行就到饭馆里点梅菜扣肉，吃起来却不是那么一回事，让人愤愤不已。第二年终于吃上北葱做的梅菜干，物美一边吃一边对北葱说："菩萨要保佑你这双手别再痛了，不然吃不上你的梅菜干我就惨了。"

物美这话北葱是不爱听的。合着自己这双手就得年年为她做梅菜干？不过，北葱是不敢把心里的想法说出来的，她只是憨憨地笑着。物美想，几袋梅菜干换一个电力专业的大学生，天底下再也没有这样的好买卖了。事情是这样的，前年侄子高考，北葱便时不时打电话来讨教究竟要报什么专业好，电话打得顺子都烦了。要进供电系统得读电气工程自动化专业，但侄子喜欢文科，顺子一直告诉大哥要尊重侄子的个人意愿，这惹得北葱很不高兴："就见不得别人好？你自己占着好位置，还劝着别人不要来……"弄得顺子也很不高兴。最后第一志愿填了华北电力学校，结果却差了投档线六分。分数是硬件，顺子无能为力，只得劝侄子先报别的学校，到时再转专业。为了帮侄子转专业，顺子真是费了九牛二虎之力。虽然顺子用的是手中的人脉，但再怎么朋友，顺子也要搭上几条中华烟和几瓶茅台。大哥左一口谢谢右一口谢谢，紧接着拎来了一麻袋地瓜。那天顺子突然火了，大声嚷道："等一会儿你把地瓜扛回去，我吃得满肚子都是胃酸。那半亩地以后也别种地瓜了，爱种啥就种啥，啥来钱就种啥。"大哥碰了一鼻子灰，也不知道该说啥来调节气氛，在沙发上坐了几分钟自觉无趣，就说家里还有活儿没干完起身告辞了。大哥打开门时，顺子指了指那麻袋地瓜，实心眼儿的大哥竟然一弯腰真把地瓜扛回去了，家里只剩下这些，儿子正喜欢吃呢。

眼见着侄子再过一年就要毕业了，工作的事还要落到顺子身上，顺子有时真觉得累，自己女儿自己都没有这么上心啊。李顺本来是烦大哥的，但为着大哥电话里的懂事，李顺的心突然软了一下："你来吧。"李顺将苹果手机放到茶几上，夫人物美就开始蹙着眉头发牢骚："好不容易有了个休息日，你那好大哥又来！能不能少来几回？每次来，拖鞋都让他穿成黑的，沙发扶手也是黑的，上次让人洗沙发，花了200块钱！"

李顺不吭声，物美知趣地闭了嘴。自从李顺升任副局长以来，物美对顺子有两大不满：一是秘密太多，单位的事总不告诉她；第二大不满就是顺子有这么个拖油瓶老哥。她假装专心干家务活，开始收拾挂历，家里有十几本漂亮的新挂历，占地方，干脆扔掉好了。收拾完挂历，她从衣柜里拿出一件新买的鸭绒皮衣让李顺试试："新款的，两千多块呢，赶紧试看看合不合适，万一大了小了还来得及去专卖店换一件。"

大哥是瘸着一条腿来的，进门时先把一个难看的塑料袋递给物美："一条山猪腿，新鲜的。"李顺看着大哥那瘸腿心里咯噔一下："怎么啦？打山猪伤着腿啦？"大哥龇牙咧嘴地在沙发上坐下来："不是啦，是十天前在圩场里被一辆小轿车撞了，我一下子就被撞到地上起不来了。那人是外乡的，一开始态度挺好，还陪我到镇医疗所拍了片子，医生说没骨折，就拿了一点药回家。哪知十来天了，腿还是痛得不行，竟然走不了路了。还是你家有电梯好啊。"

李顺生气起来："你当时应该打电话向交警报案！"

大哥小心地看着他："我不知道交警的号码呀！再说了，当时情况也不严重，医生说没骨折呀！"

李顺的脸阴得可以滴水："好好，你有道理。那你来找我做什么?"

大哥讨好地看着他:"我知道那个人的姓名,也留了那人的手机号码。一开始打他的手机还是通的,可后来再打,就老是您所拨叫的号码正在通话中,请您稍后再拨了。"

物美插嘴:"那是人家把你摁掉了。"

大哥眼巴巴地看着小弟:"我就是想找你想想办法让那人赔一点钱给我。你看,我的腿伤成这样,不仅要花钱看病,还不能下地干活,地里的活不等人呀!"

李顺瞪了大哥一眼:"这种事,要第一时间给我打电话!现在再说,多被动!先得让公安局的人查查这个孙家宝在哪儿,还得让交警来处理,若处理完对方不执行还得上法院,这些事都办完,我的脸面也被你卖得差不多了!"

大哥不敢吭气,任由李顺数落。李顺撒完了气,沉思了一会儿,最后把烟蒂摁灭在水晶烟灰缸里:"既然你的腿走不了路,肯定是有毛病。这样吧,你自己先掏钱去做个核磁共振,核磁共振效果比 X 光好多了,什么毛病都看得清清楚楚。总之一句话,你先自己掏钱把病看了,剩下的事情再说。"

大哥的脸色灰着:"我哪里来的钱?你就不能把那个孙家宝揪出来让他赔我钱吗?"大哥的心里凉凉的,每次都是这样,来弟弟家之前心都是热的,回去以后心经常是凉的。局长不是神通广大吗?为什么就不能帮帮他这个做大哥的?

李顺的火又大了:"把孙家宝揪出来事情也没这么快解决!交通事故赔偿要等受害方治疗费用发票拿来了才能让肇事者掏钱结案,你是不是以为我是龙王,可以呼风唤雨?"

大哥见弟弟又发火了,再不敢说话,可他就是固执地坐在沙发上不动,没有得到他想要的结果,他生着弟弟的气,也生着自己的气。李顺见大哥这模样,只好从西装口袋里掏出一叠钱,数了十张红色人民币递给大哥,余下的装回口袋里。旁边物美的脸色就开始不好看,李顺假装没看见,大哥也假装没看见。大哥揣着钱起身要走,物美指了指堆在墙角的那叠刚刚收拾好的挂历:"大哥,你顺手帮我把这些东西扔了。"大哥弯腰将挂历捧起来,他坐电梯下楼,看见小区的垃圾桶,并没有将那叠挂历扔进垃圾桶里,他准备抱回家,分发给同门亲戚,这么漂亮的东西,为什么有人舍得将它丢掉呢?挂历上有青山绿水也有美女,养眼着呢。

北葱陪着丈夫到市医院做腿部的核磁共振。市医院的人真多呀,好像全世界的人都病了似的。做核磁共振的人比圩场上买油条的队伍还长,不断地有人加塞,要么是重症病人,要么是医生的熟人,等了将近两个小时才轮到。北葱想,在这种地方,人没病也要急出病来。结果要第二天才拿。好不容易等到第二天,一看结果,傻眼了。说是韧带三级损伤,半月板三级损伤,要做手术,还要搞个外支架,需要准备三万元。

大哥这一次上门没有提前打电话,他直接从市医院到了弟弟家里。巧得很,顺子刚刚下班回来,大哥认得弟弟那辆黑轿车,大哥一阵高兴。今天运气不错,不用等顺子,以前有时一等就是好几个小时。午饭钟点工做好了,现成的,加两双筷子就成。大哥趁着吃饭的空隙将病情讲了,他的唾沫飞进那盘炒牛肉里,物美本来要下筷的,见了那唾沫星子,皱着眉头将筷子收回来。大哥讲到三万元的手术费,情绪顿时激动起来,拿着一双筷子在空中乱点:"那个狗狼养的孙家宝,把老子害得好苦!老子现在又痛又倒霉,他不知躲在哪儿快活,哪天老子撞着他,我让他赔十万!"李顺冷冷地舀了一勺鱼汤:"吃饭时不要用筷子对着别人指指戳戳。"大哥的脸红了,讪讪地将筷子放下。

李顺很郁闷。这大哥也真不懂事，净会添乱。三万元他是有，可他不能给大哥，原因不能对大哥说。最近单位一把手退休在即，三个副手正八仙过海各显神通忙着呢。在这个节骨眼儿上，钱就是最大的神通。李顺觉得，他比大哥更需要钱。大哥不知道，李顺向人借了很多钱。大哥一直以为，顺子过的是神仙生活，他并不知道弟弟本身也是负债累累。

家里存折上有多少钱物美一清二楚，这几天她老是缠着顺子问："怎么办？没有活动的经费，找谁借去？"顺子好像没听见，自顾自抽烟看杂志。物美急了，将香烟从顺子嘴里拿下来："问你话哩！"

"活什么动啊，有啥好活动的。"

物美真是恨铁不成钢："不跑不送，原地不动。"

顺子嘴里含混不清地嘟哝了一句，物美没有听清楚。等她追问顺子说什么的时候，他已经不愿意再说什么了，只是用"没什么"来搪塞她。面对这种搪塞物美感到既生气又无可奈何，他的那句真心话已经无影无踪了。其实刚才顺子嘟哝的是，你怎么知道我没活动啊。

李顺这时候太需要活动费了。但是他没钱。如果说堂堂一个局长没钱，大概是没人信的，就像你告诉人家说昨天你和外星人在一起吃饭一样。李顺天生胆小，一路从农家子弟走来，非常不容易，所以备感珍惜。他顶多接受吃请，或者到旅游区玩一玩，至于红包，超过三个零以上的，他都坚决不收。公务员那点工资，即使一分钱都不花，存一辈子也只是煤老板存折里的一个余额。顺子想来想去，不知该向谁借这笔钱。他盘点了一番，突然发现自己的几个哥们儿里面没有一个有钱人。如果化整为零，须得向多人开口，这样很容易走漏风声。最好是只向一个人借。向谁借好呢？悦华房地产王总那张胖胖的大脸突然跳进他的脑海里。也合该心想事成，当顺子想起王总的时候,手机响起来,正是王总打来的,请他吃饭。要是以前,李顺可能随便找个借口就推脱了,他对这个王总印象不咋地,有一次饭局上,王总说他青年才俊,李顺原本听了很高兴的,过了一会儿王总又赞李顺手下的小陈主任青年才俊,王总之前的赞美马上变得廉价,李顺甚至觉得自己受到了侮辱。但今天不一样,李顺因为心里有事,电话里欣然答应了,喜得王总一迭声地谢谢李局赏光。王总是醉翁之意不在酒,金城那块地马上就要招标了,王总急煎煎的。

饭后泡茶的时候,王总关切地问:"李局,最近好像瘦了些,是在健身吗?我这边有龙腾馆的健身卡,我经常偷懒,给您正好合适,不然都浪费了。"说着将一张健身卡递了过来。

李顺将健身卡推回去:"不怕王总笑话,我最近是有些烦心事,哪里还需要健身?我大哥出了车祸,需要的医疗费没有着落,正发愁呢。你也知道,医院就是个无底洞,千万不能进啊。"

王总一拍大腿:"李局,这事您不早说!兄弟我没什么长处,这点忙还是可以帮得上的!"说着,掏出一张金卡不由分说插进李顺的口袋里。

李顺把卡拿出来递还王总:"那怎么好意思?"

王总赶紧把卡再次插进李顺的上衣口袋里:"李局青年才俊,前途无量,能帮得上李局这点小忙兄弟我高兴啊!"王总没读过几年书,他觉得"青年才俊"这四个字极好,便时不时挂在嘴边,可以给自己添几分文化味儿。

李顺端起茶啜了一口:"那就谢谢王总了!这钱过一段日子我会还给你。"

王总连连摆手:"李局太见外了!李局的大哥就是我的大哥!李局,这茶越喝越淡,咱们还是去洗洗桑拿吧!"

李顺摇头:"桑拿就免了,我今天有点累,就先走了。"

　　这张卡连物美都不知道。角逐的过程太煎熬人,那猎物也不知最终要落入谁的囊中。李顺发现自己病了,而且病得不轻。人在高位,犹如处于火山之上,拿了卡还不得为人办事?也不知火山哪天要爆发。这几年,自己生活看似风光,实则暗流涌动,不能与外人道;不像大哥,大哥地瓜般心甘情愿地与泥土相伴,说不定自己哪天也回家种红薯了呢。哎,人有时还真比地瓜还不如呢。更让他苦恼的是,官场里,当他想跟人家谈感情的时候,人家要跟他谈工作能力;当他想跟人家谈工作能力的时候,人家却要跟他谈感情。为什么他总是不得其所呢?手头的钱,若是没这急用,当然可以借给大哥。但这钱现在关系到自己的前途,当然不能借了,不管哥俩感情多好也不行。小时候,李顺是很依赖大哥的。印象最深的一次是哥俩到集市上卖鸡蛋,太阳很毒,他们又没有帽子,顺子喊:"哥,我热。"大哥抓了抓脑袋,实在变不出一顶帽子来,只好把顺子搂在身边:"你就站在我的影子里吧。"那一瞬间让李顺非常感动,他发誓,长大了一定要对哥哥好。后来,李顺实在受不了了:"哥,你继续卖吧,我要回家。"大哥嚅动了一下嘴唇,还未说出话来,李顺已经撒腿跑了。

　　后来李顺长大了,长得高过了乡村。于是,他来到了城市。但城市里的高楼比他更高,在高楼面前,李顺只是一只蚂蚁。城市里的人心都很高,心有多高,欲望就有多高。其中奋斗的艰辛真是让人欲说还休,剪不断理还乱。李顺进城了,兄弟俩之间竟然有些生分了,他们哥俩,就像站在一条河流的两岸。要说兄弟俩之间勉强有什么相似之处,那就是喝酒划拳,两人各有胜负不相上下,"哥俩好啊,五魁首啊,六六顺啊,满堂红啊……"这是每年除夕晚上兄弟俩最和谐的时候。李顺这辈子抽的第一根烟,是从大哥烟盒里偷的。李顺这辈子喝的第一口酒,是大哥硬灌给他的。那时李顺正读高中，北葱答应了大哥的求婚，大哥的喜悦无处发泄，硬将李顺灌醉了。学会抽烟喝酒，是变成男人的标志。是大哥将自己慢慢变得有男人样的。后来大学时，顺子失恋了，他喝了一整瓶高粱酒，把哽在喉头的痛苦，火辣辣地喊出来，把未能倾诉的委屈与悲伤，滚滚地倾泻出来。后来，他喊了一声："哥呀！"仿佛大哥能赶来救他似的。

大哥觉得自己真倒霉，本来就穷，再加上车祸，不单单腿痛，更让他痛苦的是还得自己掏钱看病。孙家宝，你在哪里，你赶紧出来！你怎么这样没良心，我并不想讹你多少，只要你帮我把腿看好，我也不会朝你要营养费、精神损失费，你为啥就躲得无影无踪呢？最要命的是，他记性差，忘了孙家宝的车牌号，只记得尾数有个6，单单一个数有什么用呢？大哥捶自己的头。当时为什么就不懂得报警呢？自己这木头脑袋，也只配当农民，难怪顺子会当局长，而自己，农民就是农民。总是逮不到孙家宝，大哥开始失眠。他幻想着自己报了警，交警拿了记录本，一五一十地问他们话。孙家宝掏出中华烟递给交警，交警接过，孙家宝赶紧帮忙点着火。两个交警一个年老些，一个比较年轻，看起来像刚从大学毕业的楞瓜子模样。大哥也想朝交警丢根烟，摸出烟盒一看，里面却是瘪的，空空如也，上午就抽完了，大哥懊恼地将烟盒丢到地上。

"姓名？年龄？地址？"

"我叫李伟。今年50了。这是我们农村的算法，如果按城里的算法，我应该算49。其实我是51了，因为村里抄户口的时候把我的年龄抄错了……"大哥兀自唠唠叨叨地说个没完。那个年轻些的显然没什么耐性，打断他的话："无关的话不要说。"

大哥一瞪眼："年轻人，你对我怎么这么凶？是不是你认识这个姓孙的？"

年轻交警气得连连摇头，老交警帮年轻交警解围："我们是接到报警电话过来的，之前谁也不认识谁。要是照你这么说，全天下的人我们都认识。"

大哥嘟囔道："只要你们办案公正就好。我就怕你们偏心眼儿。"

年轻交警一脸严肃："你放心，法律只有一条，谁对谁错都摆在那里，黑就是黑，白就是白。"

大哥一拍手："那好，我记住你这句话。"

交警那边打电话来，说星期五上午要调解协商。大哥一颗心七上八下的，也不知到时是什么场面，那孙家宝那样狡猾，显然不好对付，也不知道要演哪出戏。即使公家人判了孙家宝赔偿，要是孙家宝耍赖说他现在没钱以后再赔那可怎么办？若申请法院执行，又要写诉状，又要请律师，那麻烦大了去了，最后得来几千块钱，人烦得舌头起泡，一颗脑袋痛得好像要炸破，实在是得不偿失。那自己到底要那孙家宝赔多少才好呢？嘴张大了，那个姓孙的跳起来接受不了；嘴张小了，自己吃亏，后遗症一大堆，自己这条腿以后还能不能正常走路还是个问题，估计田里是下不了了，后半辈子自己就是废人一个了。他让儿子列了一张纸，有医药费、护理费、精神损失费、营养费、误工费，等等。自己跟人家要个三万块钱，应该没有多大问题吧？现在的钱薄得像纸一样，住个院就要花掉两三万块钱。两三万块钱对自己来说是个大数目，那孙家宝开着小轿车，两三万块对他来说应该不在话下。

早上七点半，大哥提前到了交警大楼前，是儿子用三轮车把他拉来的。那大楼恐怕有十几层楼高，招牌上的大字看起来大得像要压死人。李伟腿有点软，儿子看不过眼："爸，你泄气什么？"

大哥喃喃道："要是顺子能来帮忙撑撑场面就好了。"不提还好，一提起小叔儿子就来气:"算啦,人家当着大官,咱巴结不上。"

进了办公室,有个胖胖的保险公司的人在交警大楼上班,专门负责车祸理赔这一块。大哥病急乱投医,起劲地朝胖子赔笑脸。

孙家宝也来了,他看了李伟一眼。哎,撞上这老农民,恐怕夹缠不清了,要是对方狮子大开口,自己填不饱对方的胃口怎么办?到时三天两头来家里闹,这日子就没法过了。

大哥有时候想着想着就走火入魔了,以为自己真的报了警,那孙家宝真的老老实实到交警大队准备赔钱给他了。他一说胡话,北葱就扇他耳光:"醒醒啦!别做梦啦!"这耳光倒也管用,大哥就会清醒一阵子。清醒过来的时候,他就常到集市旁晃悠,像寓言里那个守株待兔的农民。他碰到张老三,跟张老三打了招呼,张老三递给他一支烟,闲话两句走了。大哥本来要问张老三有没有看到撞他的那辆车的车牌,出事那天张老三也是在场的,但张老三已经走远了。大哥经常这样:遇到一个人,等这人离开后,他才想起是有事要问这个人的。大哥狠狠地拍了拍自己的脑袋,骂自己没用。也许是老天爷可怜他,那辆大众车终于出现了,大哥激动地跳到路中间,张开手臂拦车,轿车一个急刹车,差点就撞到了他。孙家宝气急败坏地下了车:"你找死啊?"一看,是旧冤家。大哥一把扯住孙家宝:"我的腿做了核磁共振,要做手术,得花三万块钱。我没骗你,不信你跟我回家,我拿医院的片子给你看。"

孙家宝一听三万块钱头就大了,也就一个小擦伤,当时拍完片医生都说了只是筋脉损伤,吃些药休息一阵子就好,现在竟然要讹他三万块钱!看来农民就是会讹人!他掏出口袋里的200块钱递过来:"大哥,我身上只有这200块钱,今天出来得急,没多带,你看,我要去开会,再不走就迟到了,到时又挨批了!"他一脸的诚恳,一脸的痛苦,一脸的焦急,大哥心一软:"那你先去开会吧,过后我再打电话找你!"

自从集市上狭路相逢,孙家宝的手机号码换了,像一滴水从人间蒸发。大哥在集市上再怎么守株待兔,也等不到他要等的那只兔子了。冬天了,风呼呼地刮,大哥在冷风中冻得嘴唇发紫,手脚冰凉,身上的棉袄一点也不保暖,已经穿了四五年,棉絮东一块西一块的,四面漏风。大哥几乎死心了,觉得根本得不到赔偿。他开始害怕出门,怕再次被撞。连北葱也害怕出门,怕撞到别人夹缠不清。慢慢地,大哥脸上没笑容了,整天苦着一张脸,成天躲在家里,也不跟人说话,愣愣怔怔的。北葱害怕起来,拉着老公上医院,医生给了她"百忧解",里面的药铝塑包装,每片20毫克,每盒七片,医生叮嘱说每天先吃一片试试,这药临床上治抑郁症效果挺好的,如果病人吃了效果不理想,再加大剂量。

听说大哥病了,物美上门探望。是李顺叫她来的,李顺没空。一进门,她马上瞥见了那挂历,她吩咐大哥扔掉的挂历。物美脸上有点红,凭良心说,物美还真不是小气的人,不是她舍不得将挂历送给大哥,这是她不需要的东西,她以为别人也不需要。大哥看见物美瞧见了挂历,搓着双手讷讷道:"看着挺漂亮,扔了怪可惜的,我就拿回来了。"

物美没有接这个话,她也不知道该怎么接。她朝大哥扬了扬手中的水果袋,物美买了些水果,莲雾、山竹、香蕉等,价钱不菲。本来家里是有条中华烟的,顺子不抽,而大哥嗜烟,只是这烟不能随便乱给——东西宁愿扔掉也不能乱给。很显然,大哥买不起大中华烟,他又爱显摆,专门在人前抽,人家问起来,他势必用最大的嗓门儿说是顺子给的,到时候别人浮想联翩再添油加醋,事情就全变味了。

北葱让物美先坐着,物美看了看那浅棕色的沙发,上面有很多可疑的污迹，物美捡了一块看起来相对干净一些的，小心翼翼地坐了下来。严格来说，她只坐了半个屁股。她身上这套阿玛尼黑西装，价值3000块呢。物美想，好像穷人运气都不好，本来就没钱，偏又车祸，偏又抑郁症，老天爷真是爱捉弄人呢。

　　大哥病了一个月后，突然在窗户根下的沙发把手看到了一条皱巴巴的纸条，上面歪歪扭扭地写着：撞你的人车号365718。一霎间，大哥感激得眼泪都要涌出来了，天可怜见，终于有好心人帮他一把了。他真想对这个好心人表示感谢，可惜这人怕被孙家宝报复，不敢留下姓名。好心人太多虑了，他李伟一定会为他保密，而且会一辈子感谢他的！

　　有了线索，事情就好办多了，李顺通过公安局的朋友很快就摸清了孙家宝的家庭地址、工作单位和店面。但大哥缺乏证据，李顺也拿孙家宝无可奈何。大哥三天两头催促，李顺烦了："我自己的事一大堆，你的事缓一缓，不会让你吃亏的。"大哥等得太久了，他再也等不下去了，大哥纠集了一大帮人到孙家宝的店里讨说法。孙家宝是卖建材的，乌泱泱一帮人把店都挤满了，只有店员在，那店员花枝招展浓妆艳抹，孙家宝在单位上班。店员也是个泼辣货："我们老板不在，有什么事你直接找我们老板说，你拿我这个打工的出气有什么用。"双方的情绪都激动起来，大哥说："让孙家宝出来，不要以为他王八脖子一缩，就什么事都没有了。他再不出来，以后我吃住都在这个店里。"吵吵嚷嚷一番，店里的顾客都吓跑了。双方的情绪都激动起来："撞了人就跑，太缺德了！这种人就是欠揍！"说的人一边说一边挥舞拳头，那店员就迎上去了："你打呀！你打呀！"闹了一阵，那店员吃不消了，偷偷给孙家宝打了电话，电话通了，店员把手机递给大哥。大哥说："喂，我今天到你店里找你算是客气的，你要是再当缩头乌龟，我就找到你单位去。我也不是要讹你，你不用担心,只要你把该付的医药费付了,咱们大路朝天各走一边。"

孙家宝也是爱脸面的人,他真怕这个农民闹到单位里去,无奈之下只好现身,一番讨价还价,只赔了医疗费。至于营养费、误工费、护理费等,他一概说手头没钱。大哥想,为了护理费、营养费什么的去打官司还真划不来,况且打官司也未必打赢,自己没证据,现在拿到了医疗费也总算出了一口气,不至于被欺负得太厉害,虽然吃亏些,也总比拿不到医疗费强。这件事就这么了了。

李顺等自己的烦心事有了分晓,才记起打电话给大哥,大哥一五一十将如何拿到医疗费的经过讲了,边说边得意地笑。那天晚上,李顺翻来覆去睡不着。这个社会,有些事你不要横就得吃亏,文的不行武的才行,大哥之前拿不到医疗费,竟然要靠上门撒泼闹事才能得到解决,对他这个当副局长的弟弟也真是个讽刺。北葱大概在心里怨恨他不出力了,没办法,怨恨就让她怨恨吧,天要下雨娘要嫁人。

李顺的心情其实比大哥更糟。局长宝座被人坐了,他没当上。周日李顺闭门谢客,在家中呆坐。门铃响了。大哥和大嫂在外面扯着嗓门儿喊:"顺子!"没奈何,清静不了,李顺只得开了门,大哥大嫂鱼贯而入。大哥灌了两杯茶,开始抽烟:"顺子,今天来是想找你借点钱开店。腿瘸了,不能到田里去了,总不能等在家里饿死。"李顺心里很苦,却又不能对大哥说个分明。他闷声道,哥,我没钱。

大哥不吭声。很明显,他不相信。

李顺没办法,只好说:"哥,我真没钱。钱拿去赌了,输了。家里真没钱,不信存折都可以拿给你看。"

大哥睁大眼睛:"输了多少?"

"反正不少。"

大哥的嘴半天没合拢,所谓的不少就是很多,至于多到多少,那可能是大哥无法想象的,就不必去纠结了。大哥心想,有这钱顺子为什么不借给他做手术?况且,他需要的不多,他只需要三万就够了,做了手术,不至于这样一瘸一拐走路。顺子竟然拿那么多钱去赌!要是不赌,钱借他开店多好!大哥想着想着,脸色就青了。

兄弟俩都没有再说话,盘桓在他们中间的是缭绕的烟雾。北葱眼尖,看见桌子上放着一盒"百忧解"的药,黄色的包装外壳,上面有几条波浪纹。北葱不禁瞪圆了眼睛:"顺子你也吃这药?"李顺苦笑。北葱想不明白,自己的老公抑郁是正常的事,谁让老公是个农民呢?而小叔子手握重权,呼风唤雨,小叔子怎么会抑郁呢?是不是医生弄错了?

过了两天,顺子闷得不行,开车到了大哥家,家里没人。顺子往地里走,很久没到地里去了,都忘了路怎么走,只记得大致的方向。顺子想,不知大哥那半亩地种了啥,不知是还种着地瓜呢,还是真种了别的。其实,顺子真希望能在那半亩地里看到绿油油的地瓜藤,但顺子又怕在那半亩地里看到丝瓜南瓜什么的。顺子真想扭头拐回去了。他暗恨自己矫情,明明喜欢有人为自己留着那半亩地瓜地,却又喊别人啥来钱就种啥,这不是自己找自己别扭吗。

手机响了。是王总的电话,顺子不想接,又不能不接,因为那张金卡一直在眼前晃动。"李局,明天去打高尔夫吧,有空吗……"

PART 02
桃李赋

年轻真好啊。陶教授感觉自己还没尽情享受过年轻的好处就衰老了。时间打败肉体，肉体打败他。作为教授，陶教授是骄傲的；但作为男人，他身体上的短处——矮与胖，让他气短。

渊明餐厅环境幽雅，四壁贴着陶渊明的诗与画像，菜式新鲜，价格也合理，因为靠近河西大学传播系，所以教授们都爱到渊明餐厅小酌或豪饮。不知从何时起，渊明餐厅几乎成了传播系的定点餐厅，餐饮报销比例竟占了六七成。

今天系里宴请，为的是欢迎海归博士王子恺加盟。王子恺头上光环一串又一串，这让陶教授很是感到威胁，因为系主任马上要退休了，王子恺却在这个时候杀进来。陶教授带着不愉快的心情踏进渊明餐厅，看见系里的几个学生正在餐馆大厅里小酌，桌上几个凉菜几个热菜，外带一瓶白酒和一箱啤酒。学生喝得面色微红，热闹地笑谈着，大概正在谈美国次贷危机。见了陶教授，学生礼貌地问好，陶教授也微笑着颔首。其实他内心是不喜欢在用餐的时候碰到学生的，估计学生会想着他们这些教授们又来吃腐败餐了。这种相遇的不自在，就好像在厕所里相遇，他还在抖着撒尿的家伙，学生们却笑着对他说："教授好！"这算咋回事！

酒桌上闹哄哄的，根本没办法让人想心事，于是陶教授也跟着一杯一杯地豪饮。桌上的菜大都是陶教授喜欢的：茶香浓郁的茶香鸡、色泽鲜艳的龙井凤片、茶香味浓的红茶蒸鳜鱼、滑嫩爽口的茉莉鱿鱼卷、滑嫩味浓的普洱猪蹄，还有五香茶糕、绿茶薯饼等甜点。陶教授夹起一个薯饼大口咬下，薯饼立刻缺了一大半。醉眼蒙眬中，服务员小桃为他端来了一杯热茶，小桃那张光洁的脸让人不由自主想抬手摸一摸，但陶教授克制住了自己。小桃身上有一股细腻如丝的香，蛇一样钻进他的鼻孔里。陶教授努力用手掐住自己的大腿，怕自己的手不听使唤伸向不该伸去的地方。他喉咙发紧，呼吸困难，把一直拿在手里的桃子重新放回水果盘里，拿纸巾擦了擦被桃子弄湿的右手。灯光照着小桃那张水红粉嫩的脸，上面还有一层小姑娘细微动人的胎毛儿，如将熟的桃子上还有一点毛蒙蒙的白，陶教授努力克制着内心那出于男人的原始冲动。

年轻真好啊。陶教授感觉自己还没尽情享受过年轻的好处就衰老了。时间打败肉体，肉体打败他。作为教授，陶教授是骄傲的；但作为男人，他身体上的短处——矮与胖，让他气短。近几年的养尊处优下来，直接结果是以前的西装扣上纽扣总有要崩断的危险，只好另买新的，淘汰下来的西装其实还很新，可惜不能穿了。正在胡思乱想，老板娘进来敬了酒，出于礼节，人家便拉老板娘稍坐了一会儿。老板娘习惯性地将左手支在桌上，因为这样的姿势才能让对面的人将她中指的大翡翠和她手腕上的大块羊脂玉看得最清楚。陶教授在心里连连冷笑，只不过是两块石头罢了，值得这样显摆呢，也不怕手酸。倒是王子恺一迭声地夸奖老板娘的羊脂玉，老板娘高兴起来，朝王子恺竖起大拇指："不愧是海归博士啊，见多识广！我给大家加个菜吧,昨天郊区农民刚好送来一只被车撞死的穿山甲,各位是贵客,就尝尝鲜吧!以后到餐厅来,我都打七折!"

陶教授听到"刚好送来一只被车撞死的穿山甲"心中又冷笑起来,却不能说破——唉,每个行业,都有你无法忍受的污浊。陶教授只得端起高脚杯又灌下了满满一杯葡萄酒。老婆有些生气,小声道:"你是不是患上酒精依赖症了?"不料这话被耳尖的王子恺听了去,他端了酒杯过来:"嫂子你错了,碰到好兄弟酒才能喝得畅快呀!陶教授,咱干一杯,以后还得劳你多多关照!"两人又是一杯见底。老婆不禁顿足:这是什么酒鬼理论,被强逼不过的时候得喝,碰到哥们儿更要畅快地喝,那什么时候才可以不喝?

这时,酒桌上热闹极了,王子恺和老板娘相见恨晚,他正在向老板娘吹嘘:"我评教授时一次性就通过了。"王子恺喜滋滋地重复。陶教授几乎要憋不住吼出声,你不就是关系硬一点吗?不就是人头广、八面玲珑吗?不就是一个人精吗?你别这样让人恶心行吗?陶教授不愿意再将目光放在王子恺身上,便一边喝酒,一边玩味着小桃和老板娘。老板娘花枝招展,小桃羞涩内敛,陶教授想,一个人有一个冷漠的外表可能有一个艳丽的内心,但一个人拥有艳丽的外表她绝不可能拥有冷静的内心。陶教授喜欢外表冷漠内心艳丽的人。

回到家,老婆愤愤不平:"海归博士有什么了不起?平白无故杀出来跟你抢摘桃子!你在桃树下等这颗桃不知等了多少年了,凡事总该讲个先来后到!他要是太过分了,老娘也不是好惹的!"老婆的话让陶教授心里一阵反感:什么老娘老娘,你是谁的老娘呢?亏你还是系里的办公室主任,与街上的泼妇无异,有辱斯文啊!

王子恺长袖善舞,很快知道了陶教授就是自己最大的竞争对手,表面上却对陶教授特别亲近。这天,王子恺夫妻约陶教授夫妻打牌。打了一会儿,陶教授便有些坐不住了,打牌有两种人,王子恺很精很认真，偏偏他老婆很傻很天真，王子恺便生气地对老婆大呼小叫。陶教授喜欢打牌很精很天真的那种人。打80分有两种规则，跟对子或者不跟对子。不跟对子的打法就像田忌赛马那种类型，人家出大炮，你打游击躲起来，等对方弹尽粮绝，你再发起反攻。牌局里演绎的就是一种险恶的人生。

　　老婆属于自来熟，是那种进攻型的人，只要认识的，都是她的好朋友；不认识的，也可以在认识之后马上变成好朋友。在打牌的几个小时里，她便和王子恺老婆好得像发小似的。偏偏陶教授却是蜗牛型的人，总把触角缩在壳内。他喜欢全世界都是陌生人，干脆利落，不拖泥带水，免得买个衣服都不好意思讨价还价，还落下了人情，好像自己占了多大的便宜。而老婆恰恰相反，她喜欢全世界都是熟人。王子恺夫妇回去后，老婆提醒他："你对别人就不能热情一点吗？"老婆屡次触碰蜗牛触角屡次进攻蜗牛壳，陶教授便不高兴起来，我把自己躲进壳内还不行吗，你还让不让人安生！陶教授急了，老婆也急了，每次想知道老公在想什么，他都一言不发，老婆叫嚣："早晚有一天我要把你的蜗牛壳砸了！"

　　"砸了便砸了，怕你什么？"不知为什么，在人际关系上陶教授一开口总是说错话。因为怕说错话，干脆就少说或不说了。陶教授死猪不怕开水烫，老婆便气急。老公有很多想法她弄不清楚，这种感觉很让她抓狂。老婆总是不明白，人的内心是需要自留地的。陶教授特别怕和那些自信心满满的人在一起，因为，他的自我感觉经常不好。偏生老婆却是个自信心满满的人，凭了一张伶牙俐齿，捞了个办公室主任的职位，平日里迎来送往，自以为经营了很强的人脉，每每顾盼自雄。陶教授一见老婆顾盼自雄的模样，便很想跟老婆讲讲狐假虎威的寓言故事。狐假虎威这个寓言故事讲述了几千年，但这世界上依旧有千千万万只毫不自省不自知的狐狸，他们自以为天生威严，实际上只不过是权力折射在他们身上的光芒，离开了权力这个平台，一旦退休，他们才会知道，人们畏惧的是权力这只老虎，而不是狐狸本身。陶教授几次话到嘴边，都缩了回来。没意思。说了她也未必领悟。况且，一个自信心满满的人是不会去理睬什么寓言故事的。

老婆提醒陶教授："你还别不当一回事儿，搞不好桃子还真被那只海龟摘了去，到时你哭都来不及。"

陶教授冷冷一笑："他凭什么？"

"就凭他是主任的远亲侄儿！"

这下轮到陶教授傻眼了。

"那只海龟是主任的侄儿，这是全系公开的秘密，你不知道么？"老婆吃惊地瞪大双眼，眼珠子似乎要掉出眼眶外。

陶教授这只蜗牛也觉得实在有些不好意思了："我真不知道。"

老婆撇撇嘴："谁叫你没有朋友，活该！"

小桃是河南人，是家中三个女孩中的第三个。母亲还没生小弟之前，父亲喜欢邻家小弟，喜欢到悲伤，喝上几杯酒后，会用特别悲伤的眼神看邻家小弟，那眼神，小桃一辈子也忘不了，就像苍蝇对着玻璃窗后的糖果的迷恋。小桃怨恨父亲，当父亲坐了近千里的火车来看她时，她看到父亲，并不说话，把身子扭过去，站在窗前，抬起头，看着外面灰灰的天，倔强地不让眼泪掉下来。父亲温言劝慰，又掏出两百块钱给她，小桃还是站在窗前，不回头，她要的不是钱，是要让父亲看到一个不被重视的女儿天长地久的委屈。父亲无奈地坐着，无话可说。

　　父亲走了。他是为小弟的升学而来的。他问小桃在河西大学附近打工，可否认识河大的教授。小桃冷着一张脸："不认识。"父亲失望地走了。小桃备感凄凉。她孤身在大城市里打工，在这个大城市里，她经常感到孤苦无依，她只能发奋努力工作。她经常提前上班，做卫生定位摆台，仔细检查台面餐具有无破损、水迹、油迹、污迹，力求台面干净整洁。她还主动清理地面卫生和室内卫生死角，勤快地参加班前例会，接收值班经理对当天餐厅的工作安排。当阿琴将顾客领到包厢时，小桃便及时微笑点头向顾客问好，殷勤地拉椅让座，递上菜单并翻开第一页请顾客阅览。"先生你好，我们的特色菜是茶香鸡，茉莉鱿鱼卷，普洱猪蹄，不知你们感不感兴趣？今天啤酒打折，先生来一箱怎么样？"等客人把酒水菜单都推敲完毕，小桃已经飞快地记下了客人所点的菜品酒水，日期、桌号、用餐人数、服务员姓名已一并写得清清楚楚。她重复了一遍菜单，然后甜甜地提醒客人稍等，菜马上就来，又一次提醒客人注意随身携带的物品以免丢失，才小跑着奔向厨房。一天的服务工作下来，她整个人就像散了架一般。父亲怎么不安慰安慰她呢？走在大街上，满大街都是妖冶到天上去的女人，她们像地里的小葱那样漂亮滑嫩，她们尖叫着嬉笑着，任由男人色迷迷的目光娇宠着她们。小桃羡慕有男人娇宠的女人。

　　小桃那双亮晶晶的大眼睛里盛满盈盈秋水，在这潭盈盈秋水的映衬下，陶教授这个50岁的老男人就是一段枯木。但是，那天酒醉的陶教授把手伸进她的内衣时，小桃并没有拒绝。陶教授如一片被饱满的风鼓胀的风帆，兴奋地颠簸起伏在巨浪的顶端，又如挣断笼头与缰绳的野马，腾跃啸叫于无涯的九天，探索遍小桃身体的每一个角落。她定定地看着陶教授，像凝视着一名陌生的男子，又像凝视着自己的父亲。她觉得自己现在就像一艘孤零零的小船出了海，没有了码头，没有了港湾，没有了缆绳。是的，她把自己变成了一片孤舟。

陶教授到了鲜花店里，准备买一束红玫瑰送给小桃。女老板见他指着红玫瑰，笑着搭讪道："先生您真浪漫。"陶教授脸红了："我不要红玫瑰了，给我来点粉色的就行。"女老板大概意识到自己可能无意间刺伤了顾客，便极力弥补："先生您想好了，红玫瑰热烈，粉玫瑰温馨，看您需要哪一种。"陶教授突然恼怒起来，抓起旁边一束已经包装好的粉玫瑰，丢下一张钞票，狼狈地落荒而逃。陶教授越走越懊恼，一大把年纪干吗还这么在意别人的目光呢？

小桃感受到找一个老男人当情人的好处，他有着年轻人没有的经济实力，可以让她像贵妇人一样在20层高楼上一边吃海鲜喝红酒一边欣赏外面霓虹灯组成的五颜六色的河流。这个老男人像父亲一样宠爱着她。

陶教授每次和小桃幽会出来，走在大街上特别茫然。他害怕回到家里去面对老婆。50岁的徐娘，泡个澡必定撒上红玫瑰花瓣，一星期上一次美容院，每日一杯枸杞桂圆茶，没见过哪只老鸟如此爱惜自己的羽毛。有时陶教授会恶毒地想，老婆其实和王子恺才是天生的一对。每每陶教授见老婆开始往浴缸里撒红玫瑰花瓣的时候，他便觉得一口气堵在喉咙里出不来，借口散步出了门。不然该怎么样呢？难不成跟老婆一起洗个鸳鸯浴？世上还有这么老的鸳鸯在一起洗澡吗？只能出门散步。老婆在浴室里面喊："帮我把睡衣拿来，我忘记了，第三个衣柜里第五件，粉红色的……"陶教授装作没听见，自顾自出了门。

老婆知道陶教授散步是借口。他一个多小时后还没回来。她憎恨谎言,她希望他明明白白告诉她他要去哪里。她洞若观火,他害怕她那双眼睛,害怕她的精明。他不与她交流。那种绝望的感觉,无数次希望后的失望,无数次幻想破灭后再幻想再破灭,到最后认命,知道对他无从希望,那种绝望的感觉旷古悲凉。

在校园里散步的时候,看着成双成对的学生,陶教授就会想,不知这些年轻的情侣里面有多少对像他和老婆那样错点的鸳鸯。老丈人是他的硕士研究生导师,导师看中了他的大脑和他手中的那支笔,便极力撮合。当时陶教授虽矮,一米六五的个儿,却清瘦,端坐着看起来神清俊朗。那时老婆还只是个专科生,觉得找个研究生很有面子,两个人便凑成了一对。慢慢地,老婆开始不满了,陶教授的大脑不错,可惜在人情世故上实在是笨拙了些,看看那些长袖善舞的人精,一个个当了系主任都七八年了,唯独老公还在副主任的位置徘徊,踟蹰复踟蹰。老公吃亏就吃亏在一张嘴不会表功,不会为自己涂脂抹粉,老婆一想起陶教授的这个短处便恨铁不成钢,横看竖看对老公都看不上眼。不过她终归不敢怎么在陶教授面前张牙舞爪:于学术方面,她深知自己的斤两,也知道陶教授怎么看她。她更没有勇气破釜沉舟甩掉陶教授,自己人脉虽广,若离了婚却找不到一个合适的人,爬得高的人比比皆是,关键是人家都是儿女成行,没人会甩了家中的黄脸婆来娶她。于是只能自怨自艾,偶尔和陶教授斗斗气,若气氛实在不行了,临了也只好软下身段委曲求全。

老婆急,陶教授却不急,他是以研究陶渊明起家的,笃信猴子爬得越高尾巴便露得越长,因此总是淡淡的,很有些陶渊明的做派。陶渊明作为古今隐逸诗人之宗,他的隐逸历来为世人所津津乐道,但有人称其为真隐,也有人说他假隐,无论如何他的隐逸总归是实实在在存在着的。陶教授本人因为姓陶占了不少的便宜，只要他愿意，他甚至可以冒充陶渊明的某某代孙。但他不愿意这样说，觉得没必要拿古人往自己脸上贴金，他一向瞧不起某些教授自搞的噱头。事实上，说不定他真是陶渊明的某某代孙呢，不然为什么天生就喜欢陶渊明的诗，觉得陶渊明亲近如同自家人。可惜他这个原本应该待在中文系的教授，稀里糊涂被调到了传播系。

老婆冷笑："你还自比陶渊明是吧？省省吧你！陶渊明早就死了几千年了，世无桃源，陶渊明焉在？"老婆这番话颇刺到陶教授痛处，他竭力忍耐，若是闹开了，脸上不好看，只能徒增别人笑话，都奔五了，人生几乎可以看到那个一成不变的未来，将就着过吧。

在鸣翠湖边走着走着，陶教授的心情慢慢好起来了。他喜欢绕着校园红区的鸣翠湖散步。河西大学堪称一个美丽的风景区，在寸土寸金的城市里占有几百亩的土地，骑着自行车一天下来都绕不完。鸣翠湖周围路面高低不平，曲折回环，湖中央波光潋滟，塔影婆娑；亭立湖心，石船横卧；石鱼翻尾，欲含塔影；垂柳环湖，岗峦起伏；小桥流水，松柏叠翠。柳丛竹影下，有孔子、吴晗等雕像及埋头看书的师生。在月朗星稀的夏夜，流芳亭旁的露天舞场荷香袅袅，舞曲悠悠，是河西师生最爱去的地方之一。每次散完步，陶教授都会觉得心满意足，昔年陶渊明为五斗米而苦恼，他陶教授却可以在河西大学这样的世外桃源里如鱼得水，两耳不闻窗外事，一心只做圣贤文章，这样的生活接近他的人生理想，很符合他的心意。

陶教授走累了，微微出汗，便在长椅上坐下来休息。校园里的风景那样熟悉，却百看不厌。横贯东西的主校道旁有一座白色三拱的牌坊，大拱两侧各嵌两根陶立克西式立柱，上有老校长书写的"厚德载物"四个大字，牌坊雄浑大气，线条流畅精细，外形挺拔清丽，在背后两棵古柏的呵护下显得美丽而有内涵。穿过牌坊往里，前面豁然便是一方绿色的大草坪。大草坪西侧,有一座外观普通的三层建筑暗红的砖墙、灰色的坡顶,大门上方刻有三个闪闪发光的金字:图书馆。陶教授要去开会时必定经过这里,特别是早晨,排队入馆的学生以及清澈见底的大喷水池更显得这院落有股醇香的人文气息,令人陶醉。洁白的朱自清坐像端坐池塘北边,静观一池静水里春夏秋冬的万千变幻。

陶教授坐着坐着,只见王子恺迎面走来。眼看遇到了不喜欢的人,陶教授心中有些不悦,不料王子恺嬉皮笑脸地打了招呼,一屁股在陶教授身边坐了下来,陶教授只好将身体往右边挪了挪。"哎,听说王主任马上要退休了?王主任还那么年轻,完全可以多干几年,为什么国家规定干部60岁要退休呢?人大不是在讨论延长退休年龄吗?可惜王主任赶不上这趟车喽。"王子恺一向很健谈。

"是啊,年龄是一条分界线,也是一把刀。60岁退休好啊,要是真延长退休年龄,年轻人没有就业机会,说不定真会出现网络上所描绘的爷爷拄拐杖去上班孙子到公园遛鸟练剑的场面。"陶教授懒洋洋地附和他。王子恺谈兴正浓,问:"陶教授你今年55是吧?"

"是。"陶教授用最简洁的话来回答,他简直是越来越不耐烦了,他不喜欢这个话题,他知道,王子恺才49,正是男人的好时候。

第二天,陶教授去系里开会。他们传播系在礼堂的对面,远看高大的大礼堂泛着铜绿的圆顶、红色敦实的墙身,四根汉白玉大石柱撑起的白色门廊以及泛着金光的大铜门。陶教授走进大楼的门厅及长廊,一种浓厚的文化气息便随着满目的名画奇雕扑面而来。一拐弯,陶教授看见王主任正走在他前头,他赶紧迎上前去,恭敬地喊了一声主任。王主任转过头,冷冷地看了陶教授一眼:"陶教授,听说你很拥护60岁退休的政策?你就这么迫不及待等我退休?"说完径自往会议室去了,也不给陶教授一丝解释的机会。陶教授目瞪口呆,自己何时拥护60岁退休的政策了?这话是何时由何人传到王主任耳朵里的?他马上想到了昨天与王子恺的闲聊,不禁愤恨地骂了句:卑鄙小人!

走进会议室,王子恺已经在座了,陶教授愤慨地瞪了王子恺一眼,但王子恺却神态自若,一脸天真无邪地望着他,仿佛陶教授无理纠缠似的。今天主要是讨论学生毕业论文的事,王主任咳嗽了一声:"我马上是要退休的人了,也不想操心太多,但我毕竟还有四个月才退休,只好勉力再主持系里事务一段时间……"陶教授脸上一阵红一阵白,只恨不得将心剖出来给主任看。

陶教授心烦,会议结束后一双脚便不自觉地走到了渊明餐厅,要了个小包间,叫了几个热菜和一瓶红酒。他很快喝得半醉,小桃看了不忍,捂住他的酒杯:"你有什么不开心的事吗?在我眼里,你们这些大教授都是本事通天的人,你们一伸手,就可以摘到天上的月亮,怎么还会活得不开心呢?"

陶教授惊奇于自己这样一个在大学里没有什么权力天天唯唯诺诺的人在小桃眼里竟然可以"一伸手就摘到天上的月亮",他半哭半笑:"什么狗屁教授,不怕你笑话,我老家的侄儿到城里找我,求我帮他安排个工作,可怜我在城里混了大半辈子,连帮侄子安排个工作的能力都没有。"

小桃没想到她眼中的大教授也这么脆弱这么伤感,在她看来,当教授的人都是天上的星宿。她变着法儿哄陶教授开心,自己小弟想读河西大学,陶教授大笔一挥,那还不是一件容易的事儿?

昨天陶教授上的是学生的选修课,选修课是学生最散漫对待的,他勉强打起精神走进梯形教室。三个班的学生参加者却寥寥无几,陶教授的心先凉了半截。这一两年,古典文学课越发门庭冷落。为了讨好学生,他先展示了自己精心收藏的大量关于陶渊明诗歌的真草篆隶法书名帖,以及雕塑、木刻与雕刻陶诗名句的篆刻,插图20幅。可惜这些陶教授眼里的珍珠到了学生眼里却变成了粪土,陶教授见学生有的交头接耳窃窃私语,一个学生走动着挪到一个女生位置旁。有三个学生退场。他假装低头没有看见那三个学生退场,可是,后面竟然响起了一个男生的鼾声,要知道,刚上课不到十分钟啊。他大概昨晚和女朋友熬夜了吧。陶教授再也不能假装听不见鼾声了,他走过去摇醒男生,男生嘴角带着风干的白色涎水,一脸茫然地睁开双眼。陶教授回到讲台桌,教室里空调尽职尽责地工作着,陶教授却觉得有些热,翻开精心准备的讲义。按他的备课,陶渊明足足可以讲半学期,从义理、辞章、考据切入,再加上训诂、诗学、陶诗书画的传播,合构成多维度、全方位的理路与格局,完整而大气。但现在看来,义理、训诂等绝对不能再讲了,讲下去教室里最后可能只剩下他一个人。现在的学生没人关心颈联尾字该用平韵还是仄韵,他们只关心找个富二代或官二代来谈谈恋爱,或者关心自己所跟的导师有没有前途,有没有分量。

　　陶教授清了清嗓门,先请学生谈谈他对陶渊明的印象。没有人发言。陶教授只好自问自答,陶渊明是中国士人向往的典范,他的诗散发着美学思想的双重价值。陶渊明的平淡是基于防卫,包括他的好酒也是如此。但他的平淡不是外包装,而是和内在奇拔融合得浑然无迹。他用平和、静穆,甚至微笑,来表达他金刚怒目的愤慨,只是让人不觉罢了。陶教授顿了顿,扫视了教室一眼,没有人做笔记。照现在这个情形,不知道后面的课还能不能讲下去,他本来还打算单独拿钟嵘的"省净说"从诗学分析陶诗语言的言简意远的表达功能,从微观上深入肌理,接下去还准备以阐释萧统的"文章不群,词采精拔,跌宕昭章,独起众类,抑扬爽朗,莫之与京"缜密解析陶诗文本,阐释陶诗内涵的真意与美学趋向,以及独立于时代风格之上的内在原因。这些打算看起来统统都是多余的了。陶教授草草收兵，布置了一篇关于陶诗语言分析的小论文，就坐在讲台旁抽烟，煎熬着等下课。剩下坐在前几排的十几个学生，用怜悯的目光看着陶教授，这目光本该让陶教授感动，然而，陶教授却因羞辱而感到恼怒了。

如果陶教授的教室是冬天的话，那王子恺的教室里应该是夏天了。教室里人满为患，外系的学生也赶来了，一直堆挤到教室门口。学生两眼炯炯放光，唯恐漏听了一个字，怕失去了成功学的葵花宝典。王子恺讲名人逸事，总之，要一鸣惊人，要与众不同，要惊世骇俗。他的表情千变万化，手势准确有力，浑身散发着佛陀般的光芒。他的课结束了，教室里响起暴风雨般的掌声，学生潮水一样涌上前去将王子恺围得水泄不通，请教问题，询问在哪里可以买到他的专著，有一些女生还掏出笔记本请王子恺签名。在三尺讲台上，王子恺的传播学如鱼得水，越游越欢快，而陶教授的古典文学，犹如涸泽之鱼，连个坟墓也没有，只能成为野地里晾晒的干尸。校园本是最后的一方净土，没想到连排个课也有猫腻，你与主任关系好些，他把课给你多些；你与主任关系差些，他便把你的课排得少些。每个人都要把手中那点可怜的权力放大到极致。陶教授和主任住对门，每天听王主任家的门铃声响十几回，他真担心王主任家的门槛被踏破。七、八月份本是一年中太阳最明亮的月份，却是高校各种肮脏交易的高峰期。陶教授被自己可怜的处境所刺激，决心全力以赴去争取系主任这顶乌纱帽。王主任退休在即，两星期后要进行新主任的提名与考核。这两个星期，对陶教授简直是煎熬：生活就是这样一程一程的等待和盼望。小区对面，新开了家婴儿用品店，每天用高音喇叭不知疲倦地喊着："全棉内衣买60送60。"单调的内容以30秒钟一遍的频率循环反复播送着，喇叭金属的质地不知疲倦，陶教授反而替它疲倦了。照道理他的耳朵应该起茧，他惊诧于自己还能如此清晰地听见这种让人麻木的日常生活的伴奏。不经意间一抬头，小区拐角那棵树不知何时开了满树繁花，陶教授惊奇地跑过去抬头端详。

老婆天天对陶教授施加压力，让他烦不胜烦。陶教授每次跟老婆吵过架后，小桃那里就成了他的避风港。他觉得现在挺好，老婆蒙在鼓里，小桃乖巧听话，彼此相安无事，这是最美满的状态。看着小桃盈盈的笑脸，陶教授心头的不愉快消散了些。小桃，这名字真好听。陶教授真喜欢这名字。陶渊明若有女侍，该就是叫小桃的吧。和年轻姑娘在一起，人也变得年轻起来。老年人通过攫取年轻来减小自己的年龄。看着小桃那张红扑扑的脸，脸上还带着婴儿般的茸毛，陶教授就琢磨着该为小桃谋划个好将来。总不能一辈子在这餐厅当个服务员吧。小桃说："我没有机会读大学，之所以在渊明餐厅做服务员，就是为了离大学近些，也好沾些大学的仙气。"瞧瞧这孩子，说得真让人心疼。小桃这模样，到他们系里资料室里干个复印的活应该是可以的，不过，得先为她弄个文凭。小桃勉强读到高中毕业，细细一问，英语单词几乎就只剩下"thank you"和"bye-bye"。不过，总有法子。先让她到他们系里读个本科函授班再说。陶教授在这件事上不想做得太明显，他知道有些人干脆就找做假证的买个本本，陶教授觉得这样做实在太危险，万一东窗事发，后果不可收拾。还是老老实实按部就班来的好。头疼的是小桃基础实在太弱，这件事只好由他来一手操作。跟出卷的老师要个题目是没问题的，只要他敢开口；或者暗示改卷的老师笔下留情皆可。陶教授生平从未做过这样的事，觉得二者都有些为难，只得亲自为小桃抓重点，忍痛将温存的时间节约下来为小桃温习。

小桃摸着陶教授带来的簇新的书，努力想进入状态。另一个心思却想着，陶教授这般真心对她，她无以为报，她唯一的好东西就是这具青春的肉体。因此，在陶教授为她解说的时候，她便往陶教授身上蹭，蹭得陶教授身上着了火，两人抱作一团，书掉落在地，陶教授哀叹一声，今晚看来又读不成了。小桃却不在意，只是全心全意迎合着陶教授。怕什么呢，考不及格，自有陶教授这棵大树为她撑腰。

考完后，陶教授细细问了小桃答卷情况，心知不妙，只得厚着一张老脸去跟改卷老师说。

"我有个远房表妹，很爱读书，这孩子挺努力的，就是考得不大理想。"一句话让陶教授说得磕磕碰碰的，一张老脸竟然涨得通红。招生办的陈教授一脸暧昧地拍拍陶教授的肩膀："你放心啦，老兄，你把你远房表妹的考号和名字写给我。"说着将纸和笔拍到陶教授跟前。

事情办得很顺利。高兴之余，陶教授斗胆趁老婆上课的时候把小桃带回家里。楼中楼，一屋子明煌煌的，博古架上的真假古董让小桃眼花缭乱。厨房里的德国进口整体厨具一尘不染，发出亮闪闪的光。小桃立刻想起餐厅里油腻腻的厨房，心里不禁感叹："要是能做这屋子的女主人该多好啊！"念头一出，她立刻把这一非分之想摁下去，如同把刚出生的女婴溺死在水中。第二天恰好是周六，陶教授对老婆撒了谎，带了小桃去看海。海浪喧哗，海风把小桃的长发吹乱，让她平添了一股魅力。陶教授想起有个诗人说："多少年了，我在反复的诵读与默念中，感叹大海撤退的平静。我想认真学，却终究学不到，它顺其自然、收放自如的进退。"陶教授感叹，人人都想进，何曾想过撤退也是一种本领？

03

陶教授提拔系主任公示期间，他的心都提到了嗓子眼儿。这个社会越来越复杂了，匿名信经常满天飞，真的、假的、捕风捉影的、子虚乌有的，只要有匿名信就会混淆视听，要是学校纪委一调查，事情一拖延，系主任的乌纱帽就飞走了。因此，这七天内，陶教授真是食不甘味、寝食难安，连散步的心情都没有，只一味躲在家里熬过一寸一寸的光阴。所幸，竟然相安无事，七天过去了，一切风平浪静，他顺利地戴上了乌纱帽。

一切尘埃落定，陶教授却疑在梦中。他竟然顺利当上了系主任。没错，海龟有老主任当靠山；但校长更欣赏陶教授，胳膊终归没有扭过大腿。这个结局简直有些失真，陶教授如腾云驾雾一般，总觉得人浮在空中，而不是踩在地上。看来，傻人有傻福，上天还是厚爱他的。老婆犹如打了鸡血一般，兴奋极了，说话倍儿大声，底气倍儿足，越来越爱向人多的地方去，耳边一片恭喜之声，老婆嘴里谦虚着"侥幸罢了，侥幸罢了"，神情却说不出的得意。陶教授暗地里告诫她不可太过张狂，树大招风，你没看见王子恺那眼神，背后不知准备了多少暗箭，还是小心点为好。老婆不高兴了，大声嚷嚷起来："整天夹着尾巴做人有什么意思？我就是高兴，难道我高兴还不行了？谁说我不可以高兴？"陶教授跟老婆夹缠不清，说了几回，便没有耐心再跟她说了。他自己陷入请不请客的矛盾之中，请吧，别人说你烧包；不请吧，别人说你吝啬。想来想去，依惯例是该请的，就依了惯例吧。那请谁好呢？请不请王子恺？请吧，可能让王子恺觉得他是在以胜利者的姿态嘲笑失败者；不请吧，又让王子恺觉得受了蔑视。想了一整夜想得头都痛了，那就请吧。

这天陶教授在渊明餐厅摆酒，大伙儿庆贺他新官上任。王子恺不想落人口舌，说他没有雅量，虽心中不情愿，却也跟着去了。走进渊明餐厅，迎面是"采菊东篱"的牌匾，龙飞凤舞的草书，是餐厅老板向系主任求来的墨宝。不少传播系的师生在此优哉游哉地浅斟慢饮，天南地北地闲聊。服务员清一色的紫色旗袍，头发高挽，脸上是淡淡的脂粉。若有若无的音乐，让人觉得说不出的宁静清雅。此处的酒局，其味清雅，其功养生，让人有说不出的受用。放眼望去，整个餐厅里都是悠闲小酌的人，看起来所有人心情都不错。陶教授他们包厢很快就进入了状态，大家都嗨起来了，小桃来上菜，陶教授老婆恰好上卫生间，陶教授已半醉，酒杯和小桃的菜碰在一起，红葡萄酒一大半洒在白衬衫上，小桃慌不迭声地叫起来："哎呀，新买的白衬衫，500块呢，也不知能不能洗干净？"王子恺听出那话里有着心疼和惋惜，全没有服务员做错事应有的惊慌和懊恼，不禁冷眼看了看小桃，这小姑娘长得还蛮不错。其他人都喝高了没有在意，倒是陶教授看到王子恺的眼神后酒吓醒了大半，忙半真半假道："小桃，这白衬衫要是洗不干净我要你赔钱的！上星期你不是在酒桌上听我老婆说这白衬衫500块吗？你还吐舌头说这么贵呢！"小桃不知陶教授是什么用意，便一连串地道歉，陶教授摆摆手："吓唬你一下，以后做事可要细心些！"老婆从卫生间出来，见那洒了红酒的白衬衫，心疼得叫唤起来。

小桃白了脸，回到厨房发呆。同乡小菊正在剥蒜，厨房里弥漫着一股蒜味。厨师正在炒菜，他将油哗哗倒进锅里，火旺得很，火舌不时跑到锅沿上来。另一个学徒正在切土豆丝，将砧板切得咚咚山响,还有一个正在"砰、砰"地揉面,以及稀里哗啦洗碗盘的声音。一只花猫在泔水桶旁边嗅来嗅去,那里面有客人吃剩的半条鱼,可惜浸在泔水中,花猫脑袋里大概在斗争吃还是不吃这条鱼。小桃发了会儿呆,听见313在喊着要啤酒。小桃赶紧搬了一箱百威啤酒过来,启开瓶帮陶教授他们倒酒。她额头前的那缕刘海被汗水濡湿了,更显得妩媚。陶教授有些心疼,克制住自己安慰她的冲动。他们推杯换盏觥筹交错,小桃默默地站在他们身后,以便及时补充客人所需。陶教授老婆满面春风,小桃心头滴血。

  他们吃到11点才散了,小桃默默清理着桌上的螃蟹壳、肉骨头、鱼刺等台面垃圾,将桌椅擦干净,重新将台面摆整齐。餐厅该打烊了,却仍然有一个大学生没走,桌上是吃剩的几样简单菜肴,另外就是几排空空的啤酒瓶,大概是失恋了吧。小桃悄悄收好其他的餐桌,然后和几个服务员静静地坐在一旁看电视等待,心里发愁着这个客人什么时候走呢?以前她在另一个餐馆做事,只因渊明餐厅靠近河西大学,她便托老乡把她弄到渊明餐厅上班。原以为河西大学的师生会比其他的食客文明,哪知他们喝醉了照样骂人,照样发酒疯,这未免让她感到些许的失望。当然,也有高兴的时候,那些大教授,一个个都西装革履,却一个个都那么和蔼可亲。在还没有认识陶教授之前,小桃想,要是能和其中随便哪个教授混得熟一些,自己弟弟考大学的事便多了些把握,一想到这儿,她便又兴奋起来,更加努力地工作。后来和陶教授有了肌肤之亲,那些教授便从先前的云端掉到了地面上来。

  那个失恋的学生终于醉醺醺摇摇晃晃走了。小桃拖着疲惫的身体下班回宿舍。路上,手机响了,是陶教授的号码。小桃心里怨恨,不接,任由手机无辜地响着。停了一会儿,手机又响了,小桃心如磐石,就是不接。侍候陶教授她是乐意的,但她可不乐意侍候陶教授老婆。到了宿舍,门一开,陶教授竟然坐在屋内,吓了小桃一大跳。陶教授上前用双手围住小桃,小桃要挣开,却挣不脱。陶教授温言软语:"我知道你不高兴,可我没办法,我没有理由不让她去。以后,要是我到餐厅吃饭,你就不要当我这桌的服务员了,你到另一桌去。"

小桃的身子这才软了些,两人温存一番,陶教授喝了口小桃泡好的碧螺春:"你这样下去终归不是办法,我得给你设计个好前程。等你本科文凭拿到手了,我把你弄到我们系的资料室去。"

陶教授把小桃哄高兴了才回家,回家后老婆却一脸不高兴,等着兴师问罪:"那个叫小桃的服务员怎么回事?要叫她赔那件衬衫!我讨厌名字里有桃的人,以前一个名字里有桃的朋友来家里坐,我失手打碎了一个青花瓷,过后出门还被一辆电动车剐到,总之,名字里有桃的人会给我带来飞来横祸。"老婆态度很激烈。陶教授一脸没好气:"她一个服务员,怎么赔?跟一个服务员有什么好计较的?"见陶教授就要发飙,老婆只好软下来,心里却愤愤地。

慢慢地,陶教授感受到当官的好处,他知道了什么是众星捧月。以前,他一直是星星,现在终于尝试了当月亮的感觉。路上会有人主动问好,凭空多出无数张笑脸;进了办公室,会有人主动为他倒茶水,打扫办公室,这种感觉真好。出了办公室,总有两三个人跟着,不管聊系里的事也好,聊家里的事也好,他不再陷入从前那种不知道公开的秘密的可笑境地了。特别是系里的酒局,进餐厅里简直是前呼后拥。以前也听说过当官的好处,但他一点也不羡慕,现在才知道,想象和亲身体验是两码事。他喜欢上了这顶乌纱帽,喜欢上了这把传播系的第一大交椅。

陶教授戴上系主任的小乌纱帽之后,老婆对他看得更严了。只要他外出,老婆经常要反复追问。陶教授以为老婆会理解他忙得脱不开身,但老婆从不这么想。我们总天真地以为别人会自然而然地理解我们，实际上别人通常都不理解我们，也许是懒得进入我们的内心，也许是能力问题，别人根本没有能力踏上我们内心那条曲折幽晦的小径。反正从结婚半年后开始，陶教授就发现他的话老婆从来没有听进去过，老婆的话他也从来没有听进去过。彼此都认为对方的思维是发散性思维，可惜欠缺战略高度。或者换另一种说法就是"你的智商越来越朴素了"。这句话翻译成直截了当的说法就是："你这个白痴！"一晃十年，陶教授一直拿不准对老婆的称呼。叫老婆太世俗，叫太太过于文气太自我抬举，叫爱人浑身起鸡皮疙瘩，叫妻子太无趣，因此，便沿用了婚前的称谓"小王"，或者称为"哎"、"喂"。现在看这个"喂"整天奔进奔出，陶教授便会从书桌前抬起头目送她的背影发出一声冷笑。

十年来，老婆对陶教授的升官发财梦经历了"幻想——破灭——再幻想——再破灭"这样恶性循环反复的过程，陶教授干脆对老婆说："你就别再幻想了！"可老婆怎能不幻想呢？陶教授是她唯一可以幻想可以依靠的对象呀！即使幻想破灭了100次，她还是得开始第101次的幻想。陶教授整日浸淫于老婆的唠叨之下，觉得自己实在是不容易。他送了老婆一个外号"爱生气"，老婆说，我爱生气还不是因为你经常犯错误才生气，我也要送你一个外号"无理头"。老婆觉得侍候陶教授还真劳心劳力，她要像天底下的所有女人一样与酒精争夺男人（杜康他万万没有想到自己发明了女人的情敌）。而且，她极为痛恨陶教授没有金钱观念。慷慨，在婚前是优点，婚后变成了缺点。同样100元，她的100元是人民币的价值，而陶教授100元的价值是日元的价值。有一次买鞋，店老板说300元，她刚要讨价还价，陶教授急着回家写论文，不耐烦地大声喊："很便宜了，赶紧买回家拉倒。"逗得店老板也笑了。瞧，自己的男人就是这样一个连小生意人都嘲笑的惊人白痴。

蛛丝马迹总是有的。陶教授到法国交流访问，带回了两条法国披肩。长长的流苏纷披着垂下，卖披肩的小姑娘将披肩示范性地围起来，流苏便随着身体的晃动而微微颤动，有一种异域的妖娆风情。陶教授为老婆选了一条玫瑰红底子的，老婆年龄往上走了，喜欢大红大绿来挽住年龄的颓势。他给小桃带了一条天蓝色的，那种蓝，说不出的清新典雅，小桃戴起来一定比蓝天还要纯净，还要明媚，还要青春。陶教授为这条蓝色披肩实在伤了脑筋，他知道，回到家后老婆照例要借收拾的由头检查他的行李，因为他的一切理所当然都是她的战利品。陶教授想来想去，也没想出什么好借口。

果然，老婆看到这两条围巾欢呼起来，先从塑料袋里取出玫瑰红的那条在梳妆镜前比画来比画去。她换下玫瑰红的这条，又待取出那条天蓝色的，陶教授阻止道："这条是带给阿芬的，别弄乱了。"阿芬是他的妹妹，以前常常相帮着老婆带孩子。老婆一听，便把手缩回来了。倒是陶教授懊恼得很，这借口也真不高明，披肩有没有送妹妹，老婆很容易探明虚实。但既然话已出口，收不回来，只能这样了。于是，陶教授另外到中闽百汇买了一瓶法国香水送给妹妹，装作不经意地说，原本还要送一条披肩的，但不小心弄脏了。妹妹觉得惋惜，但有了法国香水，始终是高兴的。

过了一阵，老婆的法国披肩已经在办公室里赢得了一片赞叹声，这天见到小姑子，便好奇地问小姑子怎么不围那条披肩，一条人民币七八百呢。小姑子说，哥哥说披肩弄脏了，改送我法国香水。老婆心中顿时疑窦丛生，却并不表露，她不想让小姑子笑话自己的猜疑，便回家审问陶教授。陶教授从容道："那天送披肩的时候，外面的塑料包装不小心被钩破了，又随手将披肩放在车里，结果沾了油污，没办法送阿芬，只好扔了。"陶教授心中暗暗出了冷汗，同时佩服自己怎么能在几乎没时间思考的情况下编出这样一番谎话，可见人人都是天生的撒谎专家。老婆不大相信:"那你怎么没告诉我?"

"不是怕你骂我吗?做事毛手毛脚的,不仅毁了一条披肩不说,还搭进去一瓶法国香水,我要是告诉你,不是自己找骂吗?"

老婆无话可说。

在很多个夜晚里,王子恺一直咂摸着陶教授和小桃的对话,越咂摸越觉得意味深长。他越想越兴奋,便打电话给小菊:"我觉得你们餐厅里的小桃和陶教授不一般呢,你帮我向小桃打探打探口风。"小菊不以为然:"这有什么大惊小怪的?就只许你和我好,不许人家陶教授和小桃好?"唉,这小菊真是头脑简单,根本不知道其中的利害关系,王子恺便哄道:"乖乖的,你帮我把事办成了,我重重有赏。"

小菊来劲了:"真的?上星期我看中了一条白金项链,我生日快到了,你买来送我。"

"这就要看你表现了。"王子恺在电话那边嘿嘿笑了几声。

小菊睡不着了,骨碌爬起来到小桃的宿舍去。小桃同宿舍的阿琴回老家去了,新员工还没进来,小桃这段时间独占单人宿舍惬意得很。哟,平时没注意,这小妮子不知何时手上多了一枚戒指,在灯光下特别耀眼。小菊一把捉住小桃的手,细细看了那戒指,故意道:"真漂亮!不过,肯定是地摊货,哪里买的?我也去买一个戴戴。"小桃急了:"才不是地摊货呢!两千多块呢,被你说得一钱不值!"

小菊摇头:"你哄谁呢?两千多块!鬼才相信!你一个月工资1500,还要寄钱回家,哪来的两千多块!两块钱差不多!这么漂亮的戒指我一定也要买一个,快告诉我,哪里买的?你别这么小气嘛!看不得别人漂亮!"

小桃是个老实人,禁不起小菊这样逼问,便红着脸道:"是陶教授送我的。"话刚出口她便后悔了,慌忙摇着小菊的手哀求道:"你可别告诉别人呀!"小菊惊讶地扬起眉毛:"陶教授?"小桃飞红了脸点点头,小菊便扑过去挠小桃的胳肢窝:"亏我们姐妹俩这么要好,你倒是对我瞒得密不透风!你老实交代,什么时候好上的?"

丑闻被直接捅到了网上。网上硕大的标题怒吼着:服务生变身本科生!教授被服务生贴身服务!河西大学一夜之间闻名于天下。校长几乎要被陶教授气昏过去:见过笨的,没见过这么笨的!事情闹大了,想为你遮丑护短都不行了!只能把陶教授交出去了。陶教授不要面子,河西大学还要面子,他堂堂河西大学校长还要面子。

陶教授今天是现代传媒学的课,走进教室,只见学生个个表情怪异,其中一个还笑出了声。陶教授莫名其妙,借着讲台的掩护摸了摸自己的裤裆拉链,好好的,并没有城门洞开。这下他放心了些,咳嗽一声问道:"有什么不对吗?"

全班不吭声,集体失语。这是从来没出现过的现象。陶教授无奈,只好说:"既然没事,我们就上课吧,今天讲如何制作专题片。"他正待转身在黑板上板书,班长终于站了起来:"老师,您还是回家上校园网看看吧。"陶教授一头雾水,虽然班长那表情让他直觉事情大大不妙,可他还是想坚持上完课,要知道,教师随便在上课时间离开教室那可是教学事故。陶教授勉强打起精神上了30分钟,下面的学生几乎没怎么在听,陶教授便匆匆布置了作业,让学生自习。

他小跑着回到家里打开电脑，一进校园网，上面的图片和文字几乎把他炸蒙了：电脑屏幕上，他正搂着小桃亲吻！而相关说明文字，有真有假活色生香。陶教授哆嗦起来，一行一行看下面的跟帖，足有几千条之多，用语之刻薄之下流是他闻所未闻。陶教授不敢再看，只觉得脸皮正在被一层层剥开，露出血淋淋的骨肉。流言像子弹一样将他击穿，有说他"良心的城堡已经坍塌"，也有大声召唤他"良心赶紧战栗着醒来"。陶教授大口喘着气，隔了几分钟之后又打开校园网，一条条评论像雪球般滚动，总共有一百多页，怎么也读不完，陶教授现在读到第五页，仿佛后面还有数不清的狂吠的恶犬在追赶，那些嘶叫咬破他平静的天空。

　　陶教授再也看不下去了，"啪"的一声关了电脑。这时，老婆开了门旋风般冲到他面前，劈头给了他两个耳光，陶教授愣在原地。老婆咬牙切齿："刚刚升了个主任，就生出这么多花花肠子！你也不撒泡尿看看你是谁！我没脸见人了！"老婆号啕大哭，边哭边叫："品位也得高点呀，弄个女教授什么的，结果弄了个女服务员，你真是猪狗不如，见腥就扑！"陶教授一声不吭，任由老婆言语的子弹和利剑射到他身上砍到他身上，只一味拿沉默当最后的护身符。过了一会儿，陶教授开始收拾衣服，学校他是待不下去了，至少得离开一段时间。打开门的时候，他扔下一句话："要离婚随时找我，我随时签字。"老婆捞起沙发上一个抱枕狠命朝他砸去："想得美！叫我让位给那个小狐狸精？我要让你们生不如死！"

　　陶教授拎着行李下了楼，只见不远处一个女生冲着地上啐了一口："真恶心！让我和女服务员当同学，亏得某些老师干得出来！道貌岸然啊！道貌岸然啊！"陶教授只得装作没听见，快步钻进汽车里。他恨不得自己有隐身术，他知道，现在对自己最好的保护就是消失，否则只能平白无故当了所有正义人士的箭靶。每个人的手指都戳向他，每个人的嘴巴都在咀嚼他，将他的骨肉嚼得稀巴烂再呸到地下。是的，他没有克制住自己的情欲冲动，他承认自己的错误，但不承认舆论对他奸淫的指控。因为小桃是自愿的，虽然年老对年轻的攫取在公众眼里有失道德。他们迫不及待地等着看他的笑话，盼望一场好戏快点进入高潮，他们在旁边敲锣打鼓疯狂助阵。没有任何尊严。像狗一样。陶教授不合时宜地回想起他和小桃第一次的情景。怪只怪小桃的皮肤太白，怪只怪小桃那天穿得太少。一个女人就是一个黑洞。他的前程就从这个黑洞漏掉了。天色灰蒙蒙的，像周围恶劣的脸色。他停在小区空地上的汽车遭到了破坏。玻璃上用水粉写上了"叫兽"两个红得像血一样的大字，车胎被扎扁了。流言的巨石不仅会砸烂人的声名，还会砸烂人的肉体。

路过鸣翠湖的时候，陶教授摇下车窗，将自己的手机用力扔进湖里。手机瞬间便消失得无影无踪，湖上荡起的涟漪也很快恢复了平静。陶教授稍微舒一口气，这样一来，即使记者将他的手机打爆，他也不必烦恼了。

河西大学的校园论坛热闹极了，好像迎来了一个百年不遇的盛大的节日。哎，怎么说呢，河大的师生们感情太复杂了，既有学校名誉受损的义愤，又有对陶教授的幸灾乐祸的快活，还满足了私下里不可告人的窥淫欲。要知道，河大的教授、讲师们都有一个肥大的舌头，渊明餐厅事件让他们充分享受了舌头的快感。从此以后，陶教授便多了诸多外号：陶渊明、陶公、东篱先生等不一而足。这个陶公是会被写进校史的，即使不能进入正史，野史里也断断少不了陶公的名字与风流韵事。身败名裂后，满世界都是你的熟人，每个人都认识你。

渊明餐厅一夜走红，前来就餐的食客络绎不绝，一时生意暴涨。平时较少来这里用餐的师生一窝蜂地涌向渊明餐厅。一进门就伸长脖子："那个叫小桃的服务员呢？"

"对不起，她这几天休假。"经理彬彬有礼地道歉。问的人便一脸失望的神情。

就像一群苍蝇闻到了臭蛋的味道，记者们蜂拥而至。找不到小桃没关系，餐厅里不是还有无数小桃吗。问得所有的服务员脸上青一阵白一阵，小菊想发火，隐忍着。经理交代过了，顾客就是上帝，得罪了顾客，就请你卷铺盖走人。小菊觉得自己变成了动物园里的猴子，任凭别人参观与戏耍。

校长送走了一批记者，马上又迎来了一批。后来，校长躲起来了，让学校纪委副书记、监察室主任陈有亮全权负责此事。风口浪尖的滋味不好受，让手下替他去站一站吧。不知是哪个爆料者将陶教授的丑闻捅到网上去的，这些网民，唯恐天下不乱，经常以激烈的言论煽动裹挟民意，实在令人恼火。校长的第一个冲动是希望这个丑闻是捏造的，他害怕河大的多年声誉毁在他手里，他不能让随便一个家伙就颠覆了河大固有的形象。假如这一丑闻是捏造的，河大就可以顺理成章从被迫的仲裁者转变为受害者，就可以对爆料者说话的权利与责任意识做一番深刻的剖析，从而还河大一个清白。然而，校长深知这件事绝不会这么简单收场，这里面水太深了。作为一名资深的传播学教授，校长深知民众经常带着偏见并裹挟社会矛盾看待公共事件，以仇官、仇富的眼光在网上随心所欲发表言论，诸多因素混合在一起，造就了激烈言论的舆论市场。因此，煽动家在网上影响力极大，简单粗暴的具有民粹倾向的意见更受欢迎。

在把重任交给陈有亮之前，校长召集学校领导及党委开了多次讨论会，征求大家的意见："现在老陶出了这档子事，大家都说说该怎么办才好。我最焦虑的是河大的声誉，我担心的是由一位教授的道德品质被质疑蔓延成整个河大被质疑。"

刘副书记斟酌着开口了:"我害怕这出戏演的时间越长,观众会越多。"

陈副书记说:"这下咱河大让广大网民欢乐得不行。他们都期待着黑幕进一步掀开,看看黑幕后面的烂泥潭有多烂有多深。咱们千万不要阴沟里翻船。"

教务部长说:"老陶确实太不像话了。大学本来是最纯粹的,是最不应该有功利主义的地方。正因为这种纯粹,社会的流毒以及垂暮的习气才能被遏制。可老陶却把服务员弄进函授班,这样做影响实在是太坏了。咱们学校要是对服务员都敞开了大门,那堕落是必然的飞快的。"

会议拖到晚上七点半才结束,与会人员对陶教授心怀怨恨。这该死的老陶!风流也就罢了,弄到大家为他饿肚子开会,那就是该死了。校长的脸上挂着冰凌,在休会前宣布了一条铁的纪律:"反正大家少传播是非,让我听见了,别怪我不讲情面。"

校长阴沉着一张脸。餐厅事件让河西大学在全国丢尽了脸面,也不知有多少人在看河西大学的笑话。他恨那个在网络上匿名撒播谣言的人,也恨手下这些不成器的系主任。在第二次党委会上,校长劈头盖脸臭骂了各系主任一顿,责令以后若有到渊明餐厅用餐的一律不予报销。会议室里一片死寂。停了一会儿,校长把目光盯在陶教授脸上,陶教授慌忙低下了头。他是昨天被急令回校的。校长过了一会儿才把目光停在学校纪委副主任陈有亮身上:"老陈,这件事由你召开新闻发布会澄清。"

校长的脸上好像挂着冰凌。这件事麻烦大了,处理得好,可能只领一张黄牌警告,教授们顶多开几次会多学习师德师风问题;处理不好,河大会领到一张红牌,直接影响到招生问题。沉默的压力把会议室塞得满满当当的,要朝屋子外边涨溢或炸开。他讲了河西大学的百年荣誉,讲了河西大学目前正在争取的中国十佳名校的头衔。最后,他悠长地叹了口气,目光复杂地望着陶教授:"老陶,你这事出得不是时候呀。"陶教授不敢抬头。副校长说:"老陶一向是高风亮节的,如果老陶能发表一个声明,说此事与河大无关,并主动辞职,我们会弥补你的。老陶,我有一个老同学在燕京诗歌中心当研究主任,那个地方最适合你不过,我那同学非常欢迎你。"这时,组织部长及时递上了他们拟好的辞职信和声明书,并推过来一支派克钢笔:"你只需要签一下姓名就可以了,其他的工作我们来安排。你放心,学校不会亏待你的。"陶教授因研究陶渊明曾获过国际大奖,当时很是轰动了一阵子,学校如果强硬开除陶教授,恐怕会引起不必要的麻烦。因此,党委开会研究的时候,个个都赞成要冷处理,不能热处理。

副书记、教务主任、职称处长该说的一个个都说过了,话语如水流在陶教授耳边塞塞窣窣嘤嗡响着,校长看了看陶教授低垂的头颅,用舌头舔了舔有些皲裂的嘴唇,总结道:"学校的工作原则一向是民主的,现在我们举手表决,同意让老陶暂时病休半年的请举手,不同意的可以不举。"校长话音刚落,在座的七个领导哗啦啦同时举起手来,集体宣誓一般。陶教授梦游般看了看这七只手,这七只知识分子的手都很白净,有的肥胖,有的瘦削青筋毕露,这些手,可真是知识分子的手呀。鲁迅说过,知识分子可用手中的笔做匕首做投枪,现在进步了,无须用笔,直接用手就行了。陶教授率先走出了办公室。校长环顾了学校的领导班子,严肃地说:"那个爆料者也要严查,这种唯恐天下不乱的人才还是请他另谋高就吧,我们这里庙小,容不下道行这么高的和尚。"纪委书记用力点了点头。校长又把脸转向陈有亮:"作为新闻发言人,你现在少说话。现在出点事,无论大小,官方说的,民众根本不相信。总觉得你在遮掩,在撒谎,在扭曲真相，甚至毁灭证据。总之把官府极力往坏处想。官方的事件调查，无论怎么做都不能让民众满意。这段时间你尽量少出门，不要让记者逮住你。要是你说错话，我唯你是问。"

散会后，各院系主任一个个溜得比兔子还快，只有艺术系的孙主任平日里与陶教授交好，见陶教授木偶般走着，孙主任凑近陶教授的耳朵道："玩玩就好啦，怎么搞得像真的似的？"陶教授尴尬一笑。失眠的夜晚里，陶教授苦思着学校里的各院系主任，他们几乎无一例外都有自己的小桃，可是，他们是怎么处理老婆和小桃的关系的呢？他们一个个管理得井井有条，个个都是走平衡木的高手，也不知他们的管理方法从何而来？难不成这是一门新的管理学？陶教授发现自己根本不会走平衡木，他只会傻愣愣地待在平衡木的一头，让另一头高高翘起，而另一头则坠入万劫不复的深渊。

陶教授的主任自然是撤了，换了王子恺。王子恺想，风水轮流转，以前说三十年河东，三十年河西，现在只需三年河东，便三年河西了。

校长回到家里，老妻问他："吃过了没有？"校长没好气地摇摇头，见老妻要去加热饭菜，校长摆摆手："别弄了，我不想吃。你帮我摁摁头。"于是校长便躺在老妻大腿上，享受老妻的拿手绝活。见他闭着双眼，老妻知他累了，也不说话，只一味在手上用功。摁着摁着，校长突然睁开了双眼："老陶艳福可真不浅！老牛吃嫩草，牡丹花下死，做鬼也风流啊！"老妻不高兴了，把校长的头推开，霍地站起来，冷笑道："我看你羡慕得紧哪！"校长便讪讪地。到了晚上12点，晚间新闻出来了，校长看到了学校的新闻发言人陈有亮。陈有亮西装革履，在电视屏幕里侃侃而谈。他信誓旦旦地告诉全国人民，河西大学已经成立了渊明餐厅事件调查组，若查明陶教授确有不良行为绝不姑息。校长起初有些生气，这个陈有亮怎么搞的？后来仔细想想，校长笑了。确实不能急于澄清，否则会留给人武断的印象。校方此时理应站在中立者的角色，致力于寻求事实真相，而不能急于发表文章批评爆料者的流氓习性。在事实尚未浮出水面之前，这种有着浓厚行政背景的批评行为，只会被视为曲线护短。在这个紧要的节点上，河大校方应该做的，只能是给真相一点时间。而且，时间是万能的灵药，这个世界新闻一大堆，吸人眼球的新闻数不胜数，慢慢地，世人自然会淡忘渊明餐厅事件。到时，甚至可以告爆料者一个诽谤罪。想到这里，校长从酒柜里拿出一瓶珍藏了七年的XO，给自己倒了一杯，慢慢地品咂起来。看来，这个陈有亮可堪大用，还可以让他进步一下，将来成为自己的左膀右臂也未可知。校长用指头有节奏地敲打着桌面。

小桃这几天都躲在自己的出租屋里不敢去上班。小菊一下班，便对她说："你幸亏没去上班，不然你可就惨了，来咱们餐厅参观的人一拨又一拨的，都想看看你长什么样子，就像买票到动物园里看大猩猩一样。我和阿丽这些一起在餐厅里端菜的姐妹们也跟着一起倒霉，外面风传什么餐厅里稍微长得漂亮一些的服务员都是有主的，说什么河西大学各系主任经常在咱们餐厅举办群芳宴，报销的公款多得吓人，还呼吁中纪委彻查此案。"小桃听了，咬着嘴唇不吭声，眼泪顺着眼角无声地流下来。小菊拍拍小桃的肩膀，正要安慰她,突然手机响了起来,是小菊母亲从乡下打来的:"阿菊啊,你在餐厅里有没有什么事啊?怎么全村的人都在说你们餐厅的服务员个个都是狐狸精,跟什么老教授有一腿?那餐厅要是真这么坑人,你就别做了,赶紧回来吧,帮家里种蘑菇,不然你以后可不好嫁人……"小菊不耐烦地打断母亲:"妈,你别听外面的人瞎嚼舌头,人家大教授什么身份,哪会看上我们这种乡下来的服务员?你放心吧,没事。"说完便把手机挂了。小菊冲小桃摇摇头:"好事不出门,坏事传千里,连我乡下的妈妈都知道咱餐厅出事了。"小桃突然跳下床来收拾东西,小菊惊问:"你干吗?"

小桃凄然一笑:"还能干吗,餐厅肯定是待不下去了,我只好滚回老家去,还能干吗?"

小菊一时也不知道该怎么办才好,愣了老半天,怂恿道:"不然你上寺庙拜拜佛,说不定坏事儿能变成好事儿?"

小桃眉眼低垂:"不拜也罢。每次我对菩萨有所求时,菩萨没有一次帮我实现我的愿望。我求什么,菩萨就让我落空什么,而且求菩萨之前,其实我隐隐就知道我的心愿必定落空。"

听小桃这么一说,小菊也没辙了,眼睁睁看着小桃收拾物件。小桃也没什么行李,三下五除二便收拾妥当,她将一个小瓷人塞到小菊手里:"这个送给你。"这个小瓷人小菊很喜欢,多次向小桃索要,小桃都舍不得给,现在要送给小菊,小菊反而不好意思接了:"你自己留着吧。"小桃不由分说将小瓷人塞到小菊手里:"收着吧,说不定以后就没机会再见面了。"小菊默然:"我送你到车站吧。"小桃摆摆手:"不要你送,哭哭啼啼的样子太难看。我这行李轻得很,自己拎着走就是了。"说着,冲小菊挤出一个比哭还难看的笑,便拎起行李走出了宿舍。

原是想一走了之的,但小桃想起了还没结算的工资,今天30号,小桃是个尽职的人,她想该把最后一天班上完。于是,小桃拎着行李走进餐厅，迎来了她生命中的劫难。陶教授老婆冲进渊明餐厅的时候，小桃还在当值，她正在给客人上菜，并不知道一场灾难正在朝她扑来。那是一盘热气腾腾的鱼翅汤，小桃小心翼翼两手端着朝前走，一个怒气冲冲的女人从天而降，劈手夺过鱼翅汤，小桃还未反应过来，本能地将鱼翅汤递给对面的女人，她怕两人拉扯来拉扯去把汤洒了。哪知那女人竟然把鱼翅汤朝她脸上泼去！小桃惨叫一声，本能地护住脸，脸上好像烧起熊熊大火。那女人又一把抓住小桃的头发，两人便抓扯撕打起来。女人的双脚往小桃的裤裆猛踢："我让你骚！我让你骚！"小桃被打得满腔悲愤，一张嘴巴也不饶人："就你那德行，怪不得老公碰都不想碰！"老婆被戳到痛处，嗷嗷嘶叫起来，下手更狠，两人好一场混战。七八个服务员好不容易将两人拉开，小桃脸上烫伤的地方红通通一片，密密麻麻都是水泡，头发上还缠夹着几根滑溜溜的鱼翅。陶教授老婆鞋子掉了一只，脸上也有几道长长的挠痕，那是小桃长指甲的杰作。周围的人把鞋子寻来让她穿上，陶教授老婆便开始哭诉小桃如何纠缠她家陶教授，如何施展狐媚术，如今弄得陶教授声名狼藉，斯文扫地。小桃早已在姐妹们的庇护下去了皮肤医院，老婆还在对着虚无的空气叫喊："这下你满意了吧？我家老陶当不成主任了，看你这狐狸精还勾不勾引他！"

　　小桃躺在病床上，她整张脸包扎得密不透风，只剩下一双眼睛目光空洞地看着天花板。小菊劝道："小桃，你可千万别想不开，你要是想不开，那就是天底下最大的傻瓜，只会便宜了那老女人！"沉默了一下午的小桃忽然冷笑起来："我才不会那么傻呢！我要那女人赔偿我的医疗费！把我的手机给我！"小桃摁了陶教授的号码，里面却传来一个甜美的女声："您所拨叫的号码已关机。"小桃顿时灰了心，将手机扔在一边，憋了一下午的眼泪终于汹涌而下。

　　陶教授此时病倒在一家异地的小旅馆里奄奄一息。小旅馆里没有像渊明餐厅里那样合口味的菜。陶教授勉强能喝几口水，就像一头困兽，每天都处于被制服的状态。最后，眼看就要出人命，店老板强行把陶教授拉到了医院，陶教授才捡回了一条小命。到后来，他的病情慢慢好转，感觉再也不能天天这样僵尸般躺在床上，于是慢慢走到医院后花园里。看着照射在冬青树上的一缕阳光，陶教授不禁流下了两行热泪。身与心的双重衰老，就在阳光下同时到来。一个病人走过来，骂骂咧咧的，将陶教授撞向一边，胡子拉碴的陶教授仿佛没有知觉。平时，他不容许有人对他这样无礼，不容许自己这样长满络腮胡。现在不一样了，现在他根本没有心情去理会什么胡子。他现在置身于名誉受损的大虚空里，失去知觉，失去重力。

他知道，他和小桃，已经永远地失去彼此了。他确实是喜欢小桃的，可要他离了婚娶小桃，他知道自己绝没有这样的勇气，单单想到老婆张牙舞爪的嘴脸，他就不寒而栗。每次他试图冲击老婆的彪悍，最后都被反弹回来，被打翻在地。他索性彻底投降了。现在事情已经糟到不可收拾，自己是该给小桃一个说法的，总不能一辈子当缩头乌龟。自己剥夺了她的美好，折断了盛开的玫瑰。至少该给小桃一个电话，但打通电话要说什么？似乎有千言万语，但似乎每一句话都不合适，再怎么说都是徒劳。陶教授思想斗争了一星期，终于拿起了那个千斤重的话筒。至于说什么，等电话通了再说吧。总比音讯全无强，即使在电话里沉默，打电话本身就表明了一种态度。陶教授咬咬牙，像上刑场的死刑犯一般，颤着手指拨打了小桃的手机。

手机里的女声说："您所拨打的号码不存在，请核实后再拨。"

没想到，小桃比他更决绝。一个比一个决绝。小桃对他是失望了。不，不是失望，是绝望。他运气好，碰到一个不纠缠他的女孩子。换了别人，也真不知要怎么闹了。小桃竟然连惩罚都懒得惩罚他，一声不吭便从他的世界里消失了，这才是对他最大的惩罚。就像一个死刑犯，等着枪响的那一刻，枪竟不响了，死刑犯被告知他可以走了。死刑犯号啕大哭，因为，生不如死啊。作为教授，学术上他声誉尚可；作为一个老男人，他声誉很低。而现在，人们都不把他当教授看，而是百分百将他当一个老男人看。他感到羞耻，他只想成为小桃人生中很小的一部分，而她连这一部分都舍不得给予他。人到了50岁，在女人面前就不讨好了，就这么回事。你就老老实实靠事业把剩下的日子过完吧。作为一个男人，他的力量正在一天天消失。

  陶教授最想不通的是究竟是谁在网上爆他的料呢？笑脸后面怎么会藏刀子呢？以他的性子，刀子就是刀子，无论如何是用笑脸藏不住的，可别人偏生就有这种好本领。想起王子恺那张笑脸，陶教授几乎疑心自己错怪了王子恺，不过，跟自己抢系主任位置的就只有王子恺一人，便是王子恺无疑了。陶教授凄凉地笑了。自己爱了一辈子陶渊明，没想到最后竟成了柳永。"忍把浮名，换了浅斟低唱"。陶渊明不为五斗米折腰，自己即使不回河大，也得另找一所大学任教，否则，他靠什么吃饭穿衣呢？要知道，他连陶渊明的一亩三分地都没有呀。陶渊明是主动放逐，柳永可是被放逐的呀。校园里寒光闪闪，刀来剑往，你若武功差，只有被砍杀的份儿。自己想做陶渊明而不得，只能被迫习成武林高手，可他真不愿意去学习砍砍杀杀的武功，何去何从，他真是彷徨了。不过，他清楚地知道，没有谁的屁股干净。听小桃说过，王子恺也常跟餐厅里的服务员小菊厮混在一起；也许有了自己的教训，王子恺和小菊早就断了，但猴子总有尾巴，放心好了。

  深秋的夜，凉意丝丝，淡淡的月空上飘着一朵雨云，毫无目的地飘着飘着。风吹起云朵里藏着的故事，一道忧伤划过夜空，坠落在都市的边缘。

PART 03
冷 月 无 声

秋声口吐莺声，千回百转，激越而又缠绵悱恻，身段英气而妩媚，字字带泪，唱尽了樊梨花的血性与女儿柔情，脸上画着类似于醉意的酡红，高蹈在舞台世界里，早把那听戏的人魂魄都勾了去。有一道追光亮在她头顶，那通身的范儿是浑然天成的，她天生就会唱戏。她翩若惊鸿，向着你走来，像一个耀眼的发光体向你走来。

秋声天生有一条好嗓子，从小混在香江市剧团里，剧团里经常排《五女拜寿》、《陈三五娘》，秋声竟然看着听着就会了。秋声的爹娘原本是坚决反对秋声唱戏的，自己唱了一辈子，遭受人不少白眼，原本发誓无论如何都不让女儿吃这一碗饭，无奈女儿就是喜欢唱，加上团长喜欢秋声的好嗓子，身边有这样一棵好苗子无论如何都不肯放过，于是利诱兼恐吓兼威胁，秋声终于还是走上了戏台，这大概是命中注定的事。龙生龙，凤生凤，老鼠的儿子会打洞，谁也逃不过命运的安排。后来，秋声果然成功了，她红极一时，接连捧回许多大奖，不单有她个人的，还有集体的。剧团是沾了她的光了，一个剧团有一根坚实的台柱子很重要，台柱子就是剧团的命根子，全团人都眼巴巴地靠着她吃饭。秋声和剧团应邀到北京演出，到省里演出，到台湾演出，她受过各级领导的接见，合影挂满了家中的两面墙。当然，这是后话。

秋声是理所当然的旦角，和她搭档的小生叫冷月。冷月身材挺拔单薄，像一棵修竹，两人郎才女貌，在台上眉目传情时，彼此都读懂了对方的眼神，便假戏真做，自然而然成了一对。在一个下雨的晚上，冷月搂住秋声，吻住了她的嘴唇。两个人都预感到，他们将珠联璧合，惊艳众人。他们的预感是正确的。在舞台上，锣鼓咣起咣起咣起咣咣起密集紧促，秋声扮樊梨花手执一双坤剑，跟着几下锣鼓迈着急促的碎步走将上来。比手一亮相，充沛的中气，开大口，她的腔掷地有声，高亢、裂帛般的。秋声借鉴了舞蹈手法，出场做、打都是她独创的，别有韵味。冷月扮的薛丁山在舞台上与她同舞，在那一刻，两人的世界交集在一起。只听樊梨花唱道："漫步江头百感生，姻缘家国两关情。这幽怀整日难排遣，梦里频叫转军营。一念那，一念那西进军情急，栖鸟飞动也惊心。二念那，二念那边关路艰险，半夜起身望风云。三念那大营来将令，免我夫妻东西分。四念那，丁山他早回心，不再与我把气生。暗地里自怨又自抑，每日登高盼望西来人。"秋声口吐莺声，千回百转，激越而又缠绵悱恻，身段英气而妩媚，字字带泪，唱尽了樊梨花的血性与女儿柔情，脸上画着类似于醉意的酡红，高蹈在舞台世界里，早把那听戏的人魂魄都勾了去。有一道追光亮在她头顶，那通身的范儿是浑然天成的，她天生就会唱戏。她翩若惊鸿，向着你走来，像一个耀眼的发光体向你走来。

冷月扮薛丁山，两人一唱一和，在这种隐秘的汇合中，冷月甚至有了轻微的眩晕感。秋声的唱腔带着一种从天灵盖一直往下浇灌的凛冽，那种逶迤而来顺着秘密气脉直抵冷月内心深处的奇妙感，让冷月惊呼：啊，这是谁在那儿唱，这是谁在唱？怎么像前生听过那般？

第一次在台上听秋声唱的时候，冷月暗暗庆幸自己与秋声不像樊梨花与薛丁山那样波折，他们之间无气可生，整天甜蜜蜜腻在一起，冷月经常陪秋声一起练功，当秋声嗓子疼的时候，冷月赶紧买胖大海，加上冰糖泡了让秋声喝下，忙前忙后嘘寒问暖。当冷月唱着薛丁山的唱词时，他一直暗骂薛丁山真是混蛋，真是混球，这么好的老婆不要，还一而再，再而三伤她的心。演到樊梨花与薛丁山误会冰雪消除两人把盏言欢的时候，冷月看到了秋声眉眼、身段里的妩媚，只觉魂蚀骨销。啊，这个秋声，简直就是来迷他的妖，他愿意呵护这个妖一辈子。冷月当然不知道，日后他也变成了像薛丁山那样的混球。

每次演出之前，冷月化好妆以后喜欢走到秋声身后看她化妆。暗红色帷幕外的观众早已入席，琴师与掌板各就各位，他们调试着月琴，有的低声耳语。其他演员有的戏服还未上身，花花绿绿的锦缎绣花戏服仨俩挂着，冷月看着那件漆黑的蟒袍突然微笑了起来，这蟒袍其实也不难看啊。外面有人声荡漾，冷月真希望时光永远停留在这一刻，年轻，干净，带着希望，一切都那么美好。

现任团长也喜欢秋声。32岁的团长经常派人给秋声送玫瑰花，派车请秋声吃饭。饭，秋声自然是不吃的，借口很多，肚子不舒服啦，明天要早起练功啦，朋友来找啦，等等。花，不好意思当面扔进垃圾桶里，先是礼貌地接过，一迭声地谢谢，然后随手把花交给身边的冷月，团长的脸便涨成了猪肝色，冷月也感到尴尬，这下子是确确实实把团长给得罪了。不过得罪归得罪，冷月是不怕的，为了心爱的姑娘，怎么着也是值得的，即使豁出这条命也是值得的，顶多被穿穿小鞋。

当然，团长有的是办法，团长又从外地挖来了个男一号，凭良心说，人家一举手一投足都比冷月好上一个档次。戏就是这样残酷，你一出声，一个动作，几斤几两便清清楚楚。冷月从此便退居男二号，以前扮陈三，现在只能扮陈伯贤，戏份一下子少了许多。以前扮薛丁山，现在只能扮杨藩，在戏台上眼睁睁看着秋声扮的樊梨花对薛丁山深情表白，而对杨藩怒目相斥。一个从前风光惯了的人突然风光不再，那种心理落差那种落魄可想而知。不过台下的秋声意志坚定，她甚至主动向冷月求婚，冷月大喜，不相信似的望着秋声，以为自己的耳朵听错了。秋声轻轻拧了拧冷月的耳朵："傻子，你到底答不答应？"冷月如大梦初醒，一迭声地："答应答应，当然答应。"两人闪电般地结了婚。

这下团长傻眼了。三个月后，团长娶了一个比秋声更美丽的女子，名叫兰心。听说兰心比秋声更美丽，因为秋声的美是内敛的，沉静的，而兰心妖娆异常，眼中带电，身上带火，她一嗔一笑，便会灼伤周围无数青年男子。团长母亲曾忧心忡忡地对团长说，娶妻应该娶实在人，这女人，一看就是飘在空中的。团长置若罔闻，他还沉浸在新婚的喜悦里，挽着新娘子到处出场，以此冲刷以往欲求秋声而不得的苦闷。母亲叹气道，总有你哭的那一天。

秋声结婚以后，冷月不满于男二号的角色，渐渐酗酒，结果竟堕落成了男三号、男四号，最后干脆跑起了龙套，到最后，弹月琴的老琴师退休了，冷月充当了琴师。之前并没有什么征兆，老琴师是个干瘦的老头，喜欢泡茶，冷月没戏的时候喜欢到老琴师那里蹭茶，有事没事随手拿起月琴拨弄几声，老琴师脸上便放出异光来，大概是因为冷月的心境符合月琴这种乐器的缘故。老琴师的嘴唇嗫动了几下，终于没开口。临近退休时，老琴师到冷月家里来了。那是一个雨夜，秋声出去了，她应酬多，总有些男人慕了她的声名盛情相邀，而对方又是不好得罪的，不得不前去。一开始，秋声总是拉冷月一起去，冷月道："我去干什么？"

秋声碰了几次钉子，以后就不喊冷月了。她不知道，其实冷月还是希望她喊他前去的，他去不去是一回事，但她喊不喊他又是另外一回事，但秋声不知道丈夫的隐秘心态，而这种心态冷月打死也不会告诉她的。男人其实喜欢女人只是温柔的小动物，不喜欢女人变成大动物，而秋声现在已经变成了大动物，这是冷月最恐惧最伤感的地方——也许哪一天这只大动物将会离他而去？

老琴师的到来让百无聊赖的冷月精神一振，在老琴师到来之前，冷月看了许久窗外的路灯和梧桐，到处静悄悄的，下着绵绵的雨。老琴师一来，冷月觉得自己的这个夜晚得救了。冷月殷勤地备火锅，在桌上摆了两个酒杯。老琴师的脸晦暗不清，趁着冷月烫青菜之际，老琴师道："有个不情之请，我说了，你若不爱听，千万别生气。"

冷月笑了："日子都过成这样了，还能有什么事可生气的呢，你说吧。"

老琴师道："我快退休了，很想找个人替我，你的节奏感很好，随手拉出来的声音就像你和月琴是多年的亲兄弟似的。我想让你接我的位置。"月琴其实就是二胡，只有老琴师还固执地称之为"月琴"。

冷月吃惊地瞪大双眼。

老琴师连忙道："哎呀，我真不该说这话的，我老头子昏了头了，自罚三杯，自罚三杯。"老琴师边呷着酒边说，我就喜欢把二胡喊成月琴，月琴咿咿呀呀诉说着一个又一个苍凉的故事。现在好多年轻人都喜欢当我的老师，都说我喊错了，这明明是二胡，怎么是月琴！年轻人嘻嘻哈哈地笑了，眼神里闪烁着不屑，夹杂着一丝丝对眼前这个头发花白的老头子的怜悯。

三杯下肚，老琴师絮絮叨叨着他的月琴不是团里出钱置办的，团里置办的那只月琴一直放在剧团的道具库里，他用的月琴是爷爷那一辈传下来的，别看旧，但鼓面是蟒蛇皮做的，珍贵得很。还有好几套技巧，都是爷爷辈传下来的，他不想随随便便把月琴给了别人。说着说着，老琴师竟然呜呜咽咽哭了。冷月心肠一软，鬼使神差道："我答应你。"老琴师听了又哭又笑，他喝得大醉，浑身软得像一根面条，根本走不得路，冷月只好把他留宿在家里。

第二天醒来，冷月其实就后悔了。说到底他还是曾经的男一号，怎么路走着走着，竟要走到琴师的位置上去呢？可冷月面子薄，反悔的话说不出口。三番五次想说，但看着老琴师兴高采烈的眼神，看着老琴师毫无保留地将弹奏技巧传授给他，话都咽回去了。

冷月的月琴拉得缠缠悱恻，常常把听的人的眼泪催逼下来。他一边拨动琴弦，一边冷眼看妻子在舞台上的风光无限。有一日市长出席庆功宴，市长举着高脚杯打趣："小秋这么优秀，不知什么样的人才有福气娶到你？"团长不失时机地回答："这个有福气的人就在这里。"团长指了指坐在秋声身边的冷月："这是我们剧团优秀的琴师。"一时间气氛有些尴尬，冷月只觉自尊心哗啦啦碎了一地。勉强撑到庆功宴结束回到家里，秋声温柔地抱住冷月："阿月，你别跟团长计较，我嫁给了你，从这个意义上来说，你是成功者，他是失败者。"

"有当琴师的成功者吗？有当团长的失败者吗？"冷月阴阳怪气，"你大概后悔了吧，要是当初从了团长，现在就是团长太太了，走到哪里都可以把人弄得鸡飞狗跳，哪至于受今天这样的窝囊气？"

秋声被丈夫噎得一口气堵在喉咙口，背朝冷月睡下。

每回团里夜宵，对秋声来说都是个难题。团长永远是要叫她同他一起坐一桌的，而作为琴师的冷月，永远坐在另一桌，即使团长客气地请他坐在同一桌，冷月总是磨不开面子，非得坐到另一桌。秋声心中不安，到冷月那一桌敬酒时总要找各种各样的话题，尽量延宕回主桌的时间。有时团长在那边唤她，秋声悄悄瞅冷月一眼，发现冷月面无表情地自斟自饮，似乎是聋了。秋声便悄悄回到主桌上。

秋声的演出越成功，回到家里的气氛就越冷。那天秋声庆功宴结束后到副团长家喝茶，副团长家的蝴蝶兰开得正好。副团长说："昨天还刚刚开了一两朵，你一来，它那全部盛开了。"喝着副团长家的金骏眉，秋声感到了快乐。至少，在这盆蝴蝶兰面前，她是受欢迎的。回到家里，冷月正在默默地洗碗，这种无声的谴责比厉声的批评更让人心虚气短。秋声从背后悄悄抱住冷月的腰，冷月一把挣开。秋声道："你总是这样一副臭嘴脸，好玩吗？有意思吗？"

冷月道："好玩。有意思。"

秋声无言，下意识地用手敲了敲身边的餐桌角，这才发现，餐桌角已经磨损得不成样子。十年婚姻下来，连餐桌角都磨成了这般形状。桌上瓶瓶罐罐杂物丛生，碗有青花的也有红边的，筷子有长的也有短的，秋声长叹一声。

冷月是个倒霉的老实人。他一辈子老老实实地守规矩，偶尔逼不得已不守规矩的时候，却总是被人发现，然后揪出来批评。他从不敢迟到，那天因为堵车排练迟到了，挨团长好一阵批评，而别人迟到多次都不会被发现。他的文凭是艺校中专，到他评高级职称的时候，要求本科文凭，因此，他的工资只是中级。而秋声早已是特级，还经常有外快。那个什么定律来着，就是说即使在银行排队取钱，冷月也永远是排在速度最慢的那一队。他就是这样的倒霉蛋。没有上天的梯子，冷月找不到路，找不到梯子，天就永远高高地竖在那里。他做生意被人骗去了一笔钱，炒股也亏了一笔，实际上，有一年他基本上是靠秋声养着。钱都是秋声默默地放在餐桌上。每次等秋声出门时，冷月从桌上拿了钱，他恨不得用头去撞墙，有时，他真恨不得去抢银行。冷月不知道自己为什么会混成这般模样。他比周围随便一个普通人都不如。就拿自己小区的物业主管来说，物业主管悄悄把摩托车管理招标标底透露给了朋友，朋友感恩戴德，经常喊物业主管到自己的摩托车管理处喝茶。那天冷月从小区出去，恰遇见垃圾工人正在把垃圾往垃圾车上装，那位物业主管站在垃圾工人身边道："你不要对别人说是我把你招来的，不然以前的那个工人会生我的气。"垃圾工人连连点头。冷月真是感慨万千，怔在原地许久，连一个物业主管都可以成为别人的贵人，而自己却像茫茫大海中的一株浮萍，连自己明天在哪里都不知道。

其实，秋声很想说，每个人都有人生低谷的时候，不必难受，人人心中都有一条线，其实那条线本没有，都是自己画的。冷月甚至很久没有抱过秋声了。秋声总是渴望着冷月来抱抱她，就像新婚时那样，在他的怀抱中感受激情，哪怕是最轻微的触摸带来的战栗，都让她感动到想哭。她很想对冷月说，笑一笑吧，就像我们初次见面那样。对我说说话吧，即使誓言明天就变。亲吻我吧，人生如此飘忽无定，最后希望我还在你身边。感情如同一潭水，一粒沙子落进水里也会改变水位，尽管它看起来平静依旧——最单纯的情感也有它深不可测的一面。他们的日子好像陷在泥沼里落在幽谷里。冷月不是曾经说过，要带她越过山和森林，越过云和大海，越过太阳那边，越过星空世界的无涯吗？这些话怎么到最后都变成假的呢？秋声真的很孤独，她曾经遇到过很多的爱，但她稀罕的是遇到真正理解她的人。

有一天，秋声回到家里，冷月在玩手机，把她当空气。在这死人似的气氛里，秋声终于忍不住了："我又没做对不起你的事，你干吗这样对我？"

冷月冷笑："我要怎么对你？是不是你一到家，我就得跑上去说太后回来了，小的侍候您更衣？"秋声气得瞪了他一眼，冷月道："后悔了吧？现在离婚还来得及，说不定团长还是会要你的。"这句话字字锥心，秋声的眼泪夺眶而出，她一把夺过冷月的手机恶狠狠掷在地上。这一夜，秋声夺门而出后一夜未归。冷月把手机捡起来，发现手机屏幕裂了一个大口子，仿佛一个人豁开了大嘴笑。他在家里喝着冷酒，想象着妻子如何梨花带雨地找团长哭诉，团长又是如何百般安慰，两人如何在微醺中翻云覆雨。想到这里，冷月大吼一声，抡起酒瓶用力在桌子上一砸，玻璃碎片扎伤了他的手，血蚯蚓般地从手指流到手腕上。

这夜，秋声其实是回了娘家。第二天冷静下来，秋声还是于心不忍，毕竟是自己爱过的男人，毕竟她能理解冷月的心境，她买了些熟食回家，看到一桌一地的碎玻璃，而室内冷月鼾声如雷。秋声默默将碎玻璃打扫干净，冷月醒来，四目相对无言。冷月近日用着裂掉屏幕的手机，感觉很没面子。朋友都说赶紧去换一个，冷月总是笑笑："用习惯了，舍不得换。"其实，他也想要一个新手机，但新手机在经济预算之外，他没有钱。好几次想跟秋声张嘴，硬是说不出口。冷月最怕刚刚与秋声闹翻，又得马上求她。冷月有着可笑的自尊心，打死他也不会朝秋声开口，包括夫妻间的那件事也一样。明明是饥渴难耐，在秋声面前还要做出一副冷若冰霜的模样。至于秋声，更不会主动朝冷月求欢，两人都太骄傲了，虽然明明知道夫妻之间彼此根本没有必要骄傲。

他们终究没有离婚，冷月舍不得，秋声也舍不得，若离了婚，就说明自己当初的选择是错的。为了证明自己当初是对的，无论如何也不能离婚。自从结婚后，两人一直都没有孩子。也不知是什么原因，两人也没去医院检查，也许，两个人都觉得孩子不重要吧，或者，冷月在下意识地躲闪着什么，他总觉得秋声有一天会离开他，如果有了孩子，秋声也许不忍，他不想让孩子成为拴住秋声的绳索，如果是靠孩子把秋声留在自己身边，那自己也未免太可悲了。冷月觉得，秋声除了戏，对什么都是根本不在意的。冷月错了，其实秋声对孩子是在意的，但孩子总是不来，秋声不愿强求，她一直喜欢随遇而安，也许潜意识里，她也想让自己的舞台生命延续几年，不想太早让孩子影响自己的舞台生涯。

不知从什么时候开始，整个时代都悄悄地变了，芗剧的观众越来越少，只有几个老阿婆还肯听听，年轻人都在电脑里看成龙的《十二生肖》，功夫片就是来劲，成龙的身手多好啊，满足多少年轻人的美梦，哪像芗剧那样过了十几分钟了，那个旦角还在那里咿咿呀呀地唱着，一边抹着虚拟的眼泪。演出任务越来越少，竟至于寥寥无几。团长最着急，上蹿下跳找出路。秋声也急，急了一阵后秋声就不急了。

鬼使神差地，团长的老婆兰心和秋声成了好朋友。那天，是无戏的日子，兰心带着一瓶香水噔噔噔地来到秋声家里。秋声深感诧异，因了团长的缘故，秋声对兰心总是敬而远之，路上遇到，礼貌地笑笑，一阵风似的飘过。兰心早就从别人的嘴里听说了团长曾经疯狂追求秋声的故事，她一直闹不明白，台下如此寡淡的秋声，怎么就让丈夫这么着魔。秋声手把着门，并没有让客进门的意思，兰心却不由分说挤了进去。兰心四处打量了一下房间的摆设，很是朴素，墙上那些风光的剧照也大部分收了起来，只剩一两幅。兰心感到满意，相比之下，自己那个家不知比秋声的家豪华了多少倍。然而兰心并没有得意多久，一想到秋声在丈夫的心里住了那么多年，她就心里泛酸。

兰心把香水瓶打开，不由分说洒了几滴在秋声身上。秋声一边躲闪一边笑："我不用香水的。"兰心道："这CD香水很贵的，老谭送我的。"

秋声道："老谭对你真好。"

兰心道："那真是没得说。总是送好东西给我，钱也尽着我用，天下的美食也几乎尝遍了。"

秋声浅笑："你真好福气，让人羡慕得很。"

兰心的脸色突然黯淡了下来："说出来也不怕你笑。他心里是没有我的，他只是把我当花瓶摆设。嫁给他时他的心里都被你装满了。"看秋声正待解释，兰心摆摆手："你不用解释，我知道。你看不上他。而且他现在心里也基本上没有你了，只有钱和权。"

秋声闻言一震，她下意识地搂了搂兰心的肩膀。那天，兰心絮絮叨叨地说了很多，说团长现在是市政协委员，回家摆的也是政协委员的面孔。兰心说，他对我缺乏最起码的尊重，有一次他要我陪他出席一次宴会，那天我生病了，可是他非要我去不可，我当了一回病恹恹的花瓶，回家还挨了他的骂。虽然锦衣玉食，可我还是觉得嫁给一个懂得嘘寒问暖的普通人会更快乐。

自此以后，兰心经常上门，一星期倒有三四个晚上在秋声家里，有时讲网络上的新闻，有时义愤填膺地声讨团长又喝了个烂醉，有时拉秋声去逛街。兰心声讨团长时，秋声有时还会帮着团长说几句话，但秋声决不在兰心面前讲冷月的一个不字。有时兰心说真羡慕你和冷月啊，郎才女貌，情投意合，有情人终成眷属。秋声不点头也不摇头，还是淡淡的笑。一开始兰心喊秋声去逛街的时候，秋声不好驳她的面子，加上没有排戏的任务，就跟着兰心去了几回，像个跟班似的，专门为兰心拎大手大脚买下来的衣物。后来，秋声就不想去逛街了，但她跟冷月一样，是个面子薄的人，张不开嘴。

再后来，兰心上门的时候，冷月的脸色一天比一天阴沉，太可笑了，他的妻子竟然变成眼前这个女人专属了，他要和妻子在一起还得跟眼前这个女人申请，事情太荒谬了。但兰心依旧兴兴头头地上门，一个美丽的太太被众星捧月惯了，是难以体察别人的情绪的。

甚至到后来兰心离婚的时候,兰心也是兴高采烈的,她是打破了枷锁奔着新生活去的,她的新任是一个款爷。

团长的离婚在团里也算是一条新闻。听说是夫妻双方都有了外遇。离婚后的团长看起来并没有受到什么打击,他依旧活得兴兴头头的,他头脑很活络,积极地组织剧团参加一些民俗活动,捞了不少外快。

那天,团长在秋声后面低声喊她。一开始,秋声装作没听见,她想加快脚步快快离开,但又怕突然的加速引起团长的疑心,还是保持着平时的节奏,心里却恨不得赶紧消失在团长的视线里。团长提高了音量:"秋声,你到我办公室来一下。"

这下子周围的人都听见了,秋声再也不好装聋作哑,回头笑道:"团长,你喊我?"团长径自往自己办公室去了,秋声跟着到了团长办公室。团长递给秋声一杯茶,第一句话就是:"秋声,你凭良心说,我对你好不好?"

秋声忙道:"好,好,当然好,真心的好。我非常感谢团长对我的关心和鼓励。"秋声没想到这是团长给她套的笼子。团长说:"既然好,那就应该为剧团出力。有件事,你得答应。"秋声头皮一麻,团长道:"你放心,咱们都使君已有妇罗敷自有夫了,是团里的事。"秋声心头一松,哪知团长说的事又让她皱起了眉头。团长说:"咱们团这个月工资马上发不出去了,张董事长说了,只要你去唱一晚上,他给咱们团捐助 300 万。300 万哪,可以解燃眉之急。"

秋声脖子一梗:"我不去。"团里的人都知道,谁提这个张董事长,秋声就跟谁急。张董事长白手起家,现在资产上百亿,公司马上就要争取上市,身为闽南人,张董事长就爱听一耳芗剧。他常常在电视上看秋声的演出,早就放出话来,要是秋声愿意当他的小蜜,什么条件他都答应。秋声恨得咬牙,心想有了几个钱就不知道自己是个什么东西,早就暗暗发誓绝不与这个张董事长有任何瓜葛。

团长道:"只是唱戏,没有其他。我们这么多人在,你还怕他吃了你不成?你去了,全团上下都感激你;你不去,你就是绝了团里的活路,团里男女老少都会恨你。"秋声呆了一呆,"容我想想。"

第二天,秋声木着脸走进团长办公室:"那个演出是什么时候?"

团长大喜:"就今天晚上。"

当晚演的是《陈三五娘》,这是剧团里排演得烂熟的经典曲目,大团圆的结局。任务完成了,秋声心情不错。演出完自然要吃饭,不吃是不行的。团长道:"你好人做到底,我就求你这一次,赞助费到位了,剧团就活过来了,我把你当功臣供着。"

秋声只好去了。酒宴上共有八个人,六男二女,团长、副团长、张董事长、董事长助理轮番向秋声敬酒,喝的是XO。洋酒劲头足,很快上头。秋声平时滴酒不沾,但第一杯放开了,就有第二杯、第三杯。在第一杯酒下肚的时候,秋声小声对团长说:"你要负责把我安全送回家。"团长小声道:"那当然,你放一百个心好了。"

秋声醉了。

第二天醒来后,秋声呢喃喊了一声:"冷月。"

没有回答。

秋声摸索着摸了摸冷月,感觉有些异样,猛一张眼,张董事长正低头得意地看她,他的脸毛孔很大,嘴里喷发着昨日的酒气。秋声只觉天旋地转,绝望地闭上眼,她感到一阵剧烈的恶心,她想吐。怎么办?给他一个大耳光?她对他说:"你闭上眼睛,我要穿衣服。"张董事长笑了,听话地闭上眼:"怎么还这么矫情呢?又不是黄花闺女。"秋声只觉恶向胆边生,只想找一把水果刀一刀扎向这个男人的心脏。秋声穿好衣服迅速离开了房间,张董事长在身后喊:"下次我给你电话!"张董事长昨晚很满意,这个秋声,没有生过孩子,全身上下还是少女般的感受，美死了。

秋声出了房间，电梯就在房间附近，她乘电梯下到一楼，从大堂出来，阳光刺得眼泪直流，头痛欲裂四肢无力，几欲晕厥。她转身回头看了一眼，酒店招牌在阳光下金光闪闪："富豪雅苑"。秋声使劲往地下连啐了几口，招了辆的士回家。幸亏冷月不在家里。秋声回到家第一件事是洗澡，她恨不得把自己搓下一层皮下来，直到将热水器里的热水全部洗完了，冷水从莲蓬头喷出来，冻得秋声浑身一激灵。秋声放下莲蓬头，双手掩面失声痛哭。

秋声一星期没去剧团，也没人打电话来催她，那天是发工资的日子，工资不仅没少，还多了一大笔奖金。秋声在家里待着无聊，那天团里开会，她也去了，遇见团长，她恶狠狠地剜了团长一眼，她想吃人。团长朝她笑一笑，端着杯子到台上去了。

开完会，团长回到办公室，他有些心虚。团长以为秋声会来闹，会来抓他的脸。没有。站在办公室窗口，看着秋声离开，团长有些庆幸，秋声毕竟爱惜自己的羽毛，如果闹了，不仅他丢丑，她自己也丢丑。团长长呼出一口气，找出张董事长送他的金骏眉，泡了一壶喝上。这金骏眉，听说一万块钱一斤呢。张董事长早就跟他说好了，要是帮他成了好事，不仅给团里一大笔赞助费，还帮他运作到市文化局当副局长。他还年轻，刚刚46岁，到了文化局再努力一把，几年后当上局长应该没有问题。团长对自己的将来充满了遐想。这金骏眉味道真好，有肉桂的甜香，回甘醇厚，真是一分钱一分货。

日子在无声地滑行。团长最后没有等到副局长的位置，那个位置被别人坐了，他还是在剧团里待着。不仅团长失望，连剧团的副团长都很失望，原来副团长指望着团长高升到文化局，这样副团长就理所当然可以升成一把手了。结果团长不动，副团长也动不了。

秋声和冷月终于离婚了。在一个安静的晚上，秋声说："离吧。"

冷月也很安静地说："好。"离婚的当天晚上，秋声梦见冷月在旷野的前方无声地呼唤她，她情不自禁地大步迈向他，她终于走到他身边，他站在一棵树下，问她："你是谁？"秋声无言。冷月面无表情地离开了，他好像忘记了一切。

两人仍在同一个剧团里上班，虽然演出任务越来越少，但总有碰面的时候。晚上大概11点左右，散戏之后的半小时，卸妆、收拾完衣物后，一群男女鱼贯而出，有的头发半湿，脸颊上还带着脂粉末子，有的只穿着白衬衫，西装外套或夹克潦草地搭在肩膀上。他们的前胸后背无一例外都洇出一大片汗，是两个多小时的锣鼓和高腔给催的。这一群人当中，你很难一眼认出哪个是秋声。从前亭亭玉立的婀娜女子秋声，现在竟然成了140斤的胖子。从前可口可乐瓶的腰身现在成了直桶，脸上肿得发腻，肚子像藏了许多秘密似的鼓着，身后的汗渍也比别人洇得更大。照道理，这样的腰身是会被团长二话不说拿下女一号让别人上的，但一时之间竟找不到人接替秋声的女一号，秋声的唱功做派还在那里，也就这样不死不活地拖着。酒桌上的秋声，似乎对食物充满了热情。大家暗地里都为秋声可惜，如花似玉的姑娘家，竟然变成这般中年妇女模样。带着肥胖的腰身再扮演小姐，纵使唱腔再好，也忍不住让人叹气。秋声甚至出过一次舞台事故，唱词错得离谱，被喝了倒彩。冷月惊慌失措地站起身，手上还拿着月琴，两手发抖，他想跑到前台安慰秋声。秋声站在台上道了歉，回到后台，冷月一把抱住秋声的肩。秋声抬头看了他一眼，冷月吓得赶紧把手放开了，他已不是眼前这个女人的丈夫，他没有资格抱她。秋声想，眼前这个男人，曾经让她盛放，也是这个男人，让她今天枯萎至此。也许不是因为这个男人。是因为唱戏本身。一台戏，在短短三个小时里悲喜交集，一会儿哭，一会儿笑，耗尽了她一生所有的气力。只有年轻时才会有那么丰沛的情感吧？喜怒嗔怨，字正腔圆，众人仰望，那是多久以前的事情了？数不完的历代风流，演不尽的历朝剧目，挣不脱的情山恨海，所有的桃红柳绿都化为翠色的苍苔，炫目的影子退居为时间的配角。在舞台上轮回的，只是前世的倒影。

　　五年过去了，冷月一直想着哪天会收到秋声和团长的结婚请柬，却一直没有等到。那天，冷月抱着月琴，走到秋声住的那栋楼下。这栋楼还是早先剧团里的家属楼，楼下堆放着许多杂物，是所有光鲜演员卸下的荣枯。冷月小心翼翼地走在这些老物件的呼吸里，抬头朝秋声所在的那扇窗子望去。远远一灯如豆，玻璃窗半开着，欲说还休。

　　冷月看了许久，既不见人影，也听不见响动。那灯光仿佛被丢弃了，生硬地亮着。冷月不敢上楼去敲门。这样的深夜，这样没头没脑地闯过来，为的是什么呢？冷月觉得自己太可笑，终于还是转身回家。不料脚下碰倒一个箱子，在月光下轰然倒塌。冷月受了惊般大口喘息，直直望着地下，原来那铺满月光的地上，不知是谁用来练功的一双旧极了的坤剑，溘然仰面，正望着他。冷月许久才回过神来，俯身将剑拾起。

　　霎时间往事滔天扑面而来。冷月几欲回身去敲秋声的门，终究还是没有，只是更加小心提着步子走远，低着头，将自己藏进了深秋的夜晚。

　　后来，秋声又瘦了，瘦成了一个带着点凌厉的女人。她重新拥有了一个瘦长的腰身，脸却不能再恢复青春年华时的模样，皮肤松弛着，有了两条法令纹，像是什么密信似的。每天晚上她都喜欢到香江边散步，在香江旁，她什么也不想，总是挑有落叶和枯草的地方坐下来，一坐就是许久。天边一弯冷月，无声照着这个水边的世界，周围甚是寂寞，只有蛐蛐的叫声时有时无响着，秋声回想起前半生，只觉像个梦。

PART 04
北京没有海

啊,牡丹花?图片上的牡丹花朱朱耳熟能详,那别在杨贵妃香鬓上的牡丹花,一朝得见真容,却恍然不识了。呵呵,不用跑到河南,在北京就能一头撞见牡丹,真好。朱朱一直以为,她只会在河南认识牡丹,没想到牡丹自己跑到北海公园来了。她在牡丹花边站立,抬眼望了望不远处的白塔——她在网络上见到的图片上的白塔灯光璀璨,塔前是碧绿的荷塘,荷花粉红,亭亭玉立。而朱朱眼中见到的北海,不见了荷花,只见了热闹的人间烟火。呵,他们这些北漂,原来不是漂在海里,而是漂在沙漠里啊。

在北去的火车上,朱朱接到了母亲气急败坏的电话:"你这死丫头,你给我回来,回来!"朱朱有气无力地把手机盖合上,默默地看着逐渐由南方过渡到北方的景色。

从人头攒动的火车站出来,朱朱几乎被人流挟裹了去,眼前是一张张疲惫的面孔,他们肩膀上背着外乡的行李,看起来像许多片叶子,被风刮动着。朱朱定了定神,看到西天上挂着一轮散发着疲软的黄蒙蒙的光芒的夕阳,像一个未知的软绵绵的召唤。身后是显示着时间、座次、价位的屏幕,字样不停滚动变换着,车声、人声不断地涌进人耳朵里。朱朱无数次想象了北京的面孔,到最后都把北京想象成她的亲人了,但没想到北京还是比她想象的陌生得多。

朱朱投奔了居住在朝阳区的一个文友。她转了两次公交车,又步行了一段路,才到了文友的住处。北京的大北京的弯北京的绕吓了朱朱一跳。朱朱是个方向感极差的人,北京的弯绕增加了她对北京的恐惧感。

文友听明了朱朱的来意,大吃一惊:"你这不是现代版的鲁滨孙么?你就拎这么一个袋子来闯北京?你今后工作有什么打算?"她打量了一下朱朱随身携带的那个不大的旅行包,那里面顶多装着两三套换洗衣服。

朱朱高兴地在屋子中间转了一圈,然后摔倒在文友的床上:"我最想当文学编辑,像你这样的。"

文友给朱朱倒了杯茶:"我说姐们儿,现在找工作不是你想干啥就能干啥的,你别发烧了。现在一家杂志就只有四个编制左右,都是一个萝卜一个坑,北京人还安排不过来呢,等考虑到你们这些京漂都已经猴年马月了。"

朱朱有些泄气,将自己的毕业证书、发表的作品拿出来给文友过目,文友翻了翻,叹了口气:"现在的大学毕业生十个有九个会写些小文章,况且现在报纸杂志多如牛毛,发表些文字不稀奇,没有谁会把你当宝。我劝你最好还是把标准放低些。"朱朱被说得绝望起来:"那我到哪家公司当个文字秘书总还可以吧?再不行帮人家打字、校对都行。"

文友很残酷:"你不要太乐观。当个文字秘书也得凭运气,机会不是永远在等你的,要恰逢其时才行。况且人家都要有经验的,又要人长得漂亮,伶牙俐齿的,条件苛刻得很。"

朱朱呆住了:"难道我要饿死在北京不成?"

文友安慰道:"人家捡垃圾的都能活命,怎么就独独把你饿死?关键是你自己要有个准确的定位。我帮你出个主意吧,现在北京新增了很多家报纸,到处在招聘编外记者,你赶紧抓住机会去试一试,你也别到人才市场投简历了,那基本上都是石沉大海,就专门留意网上的报纸招聘启事吧。现在先解决住处问题再说。你自己掂量一下,看自己的经济能力适合于住地下室呢,还是租市郊的房子,香山脚下那一带出租房比较便宜。"

朱朱一听地下室就毛骨悚然,脑袋瓜里立刻闪现出黑暗、潮湿、无法呼吸的地下洞,火柴盒般大小的屋子里整日亮着一盏昏黄的灯,衣服永远晒不干,走到地上完全像个长毛的山顶洞人,那不是活死人墓吗?住在活死人墓里,估计不可能涅槃重生,只可能走火入魔。她飞快地说:"租市郊的房子吧。"

文友欲言又止:"你考虑清楚了?"

朱朱道:"考虑清楚了。"心里想,这有什么好考虑的,钱和人,当然是人要紧。

文友瞟了她一眼,哎,一点点钱,不懂得计算着花,到头来可别来找我的麻烦。

文友将朱朱领到魏公村一家便宜、简陋、窄小的出租房里,帮忙杀了价,一个月400块钱,就算完成了自己的使命。同租房里是一个漂亮女孩,叫如玉,两片美丽的嘴唇像六月天的石榴花瓣。这个女孩看起来是那么妩媚动人,长发披肩,一米六三的个儿,身材苗条,如风中的杨柳,她的苗条不是瘦,不像有的女人摸一下就会觉得硌手,她是由于骨架小而显得苗条,肌肉饱满富有弹性,只要读过《诗经》里"窈窕淑女,君子好逑"的人,见到她都会不由自主想到这句诗。

她不冷不热地与朱朱打了个招呼。朱朱愣愣地望着文友的背影,那种感觉就像大海中溺水的人眼睁睁地看着唯一的救生圈越漂越远。到北京的第一天与朱朱的想象有很大的出入,在朱朱的想象当中,文友会热情地款待她,席间两人畅谈文学,过后文友还会请几天假陪她逛逛天安门、地坛、十三陵、王府井等。文友的话让朱朱明白，这个出现在她眼前的城市，它的容貌与她无关，它美丽与否丑陋与否都与她无关。

尽管有足够的心理准备来应付北京城的寒冬，朱朱还是发觉自己准备得远远不够。南橘北枳，她这只水分充足的橘子到了北京一下子变成了酸涩的枳。她带着口罩走在大雪中的街道上，臃肿的衣服使她迈不开步，好像前面有无限大的阻力，她似乎在推着一堵墙前进。身边的树木上上下下抖光了叶子，枝丫冲天，北风呼啸而来，刮起一堆又一堆落叶。天空惨淡而灰黄，空气里是南方人无法忍受的干枯与寒冷。她的手好像不是自己的，她试图弯一弯自己的手指，但手指不听使唤。鼻子里面灌满了风，连呼吸都十分困难。刚到北京的第二天，感冒就袭击了她，北京把伤风感冒当作第一份见面礼送给了她。到了她租房的那条小巷里，路上满是泥水，她的鞋子一路上都在吧唧吧唧地响，她听见自己的牙缝里挤出"咯嘣咯嘣"的声音。回到出租房里，清清的鼻水接连不断地淌下来，一包面巾纸很快就用完了，桌上纸巾堆积如山。她没有手帕，只好一遍一遍地将鼻水甩在地上。如玉横眉冷对，最后朱朱想了个办法，拿来了自己的毛巾。

感冒使朱朱状态极为恶劣。她从报纸缝里抄了几则记者招聘启事，转了三趟公交车费了老大的劲儿才找到应聘的单位地址。在家乡，她是个路盲，可她心不慌；在北京城里，她越走越觉得自己像一颗慢慢消失的沙子。路上经过故宫时，紫禁城太和殿的琉璃金顶在天空下发出虚幻的橙色光芒，恍然如海市蜃楼。

主考者一听她那浓浓的鼻塞音，无一例外把眉头皱了起来："有这样嗓音的人怎么能当记者呢？"尽管她一再解释，得到的回答仍是："你走吧。"受了打击的朱朱坐在公交车上，呆呆地看着雨水顺着玻璃不停地流下来，好像哭不完的样子，一切都模糊了，看不清路标。

已经在出租房里住了八天。口袋里的钱在一分分减少。朱朱体会到"锱铢必较"这个成语的准确性，搭公共汽车多少钱，吃饭多少钱，甚至连买卫生棉的花费也得计算在内。在这几天里，朱朱没有吃上一个水果。她开始有些后悔，可是开弓没有回头箭。朱朱脑海里浮现出老家校长那张气急败坏的脸。那天，校长把她叫到了办公室。平日里校长和颜悦色，那时却怒容满面。校长批评的话还没完，朱朱突然爆发了，她将桌子重重一拍，大喊："我不干了！"她的声音如此之大，以致教学楼窗外那棵苍老的榕树上的榕籽儿被震得噼啪落了满地。校长蒙了，仿佛该引爆的炸弹没有引爆，而不该引爆的炸弹却突然炸了。

朱朱师范学院毕业，分配到县一中教书，以前在大学里她是学校文学社副主编，平时喜欢看《秃头歌女》、《嫉妒》、《荒原》、《恶心》等文学作品，整日里疯疯癫癫，一点也没有为人师表的样儿。她竟然公开在课堂上煽动学生说，高一高二不必学语文，你爱看什么杂书就看什么杂书，等高三再来做一台考试机器就行了。她在课堂上朗诵诗歌：

我想去死，只是因为我疲倦了／只是因为大教堂的玻璃窗上／天使们的巨像／让我出于爱和悲而颤抖／只是因为，而今我温顺得／像一面镜子／像一面不幸而忧伤的镜子

你瞧，我并不是一个诗人／我是一个想去死的忧愁的孩子／啊，我确确实实是个病人／我每天死去一点儿／我可以看到，就像那些东西

学生们并没有像她估计的那样喜欢她的课。当她激情朗诵诗歌的时候，下面的学生有的在演算数学题，有的睁大困惑的眼睛，更多的是在小声讲话，课堂秩序越来越混乱。教了半年之后，一学期

例行的期末考来临了,她所任教的班级语文成绩一塌糊涂。校长信箱里收到了一大堆学生和家长的来信,老校长沉痛地看着这些措辞尖锐的来信,气得嘴唇直哆嗦。他将学校的成绩统计表摊到朱朱面前,朱朱将脸别开,说:"我早就看过了。"

校长满脸沉痛:"我当校长二十几年了,还没有遇到过像你这样不负责任的教师。我都想不通你究竟是不负责任,还是能力差到这个地步!"

朱朱跳了起来,声嘶力竭地大喊起来:"弱智,弱智,全都是弱智!"

校长不可思议地看着朱朱:"你们现在的年轻人究竟怎么了,出了事不好好反省自己,还有脸说别人弱智!古语还说吾日三省吾身呢!"

朱朱决定放弃教职,上北京去。不管当文学编辑、记者、写时评、当校对,甚至帮别人打字也好,她再也不教书了。这并不是她一时冲动的决定。半年来的教师生涯让她十分痛苦,这是一个中规中矩、丝毫没有创造性的职业,她自己本身就不符规矩方圆,怎么有可能用规矩方圆来圈定一群稍一放纵就肆意妄为的孩子呢?关键是,她一门心思想走文学创作的路子,北京自古以来就是文化中心,占领了北京就等于占领了全国。她越想越兴奋:打到北京去!在无数次的梦里,她已经占领北京城了。

回家后母亲喊吃饭,朱朱心不在焉端起碗,有一搭没一搭嚼着饭粒,一双筷子在盘子里来回扒拉了好几圈,心里盘算着怎样跟母亲说。她知道,保守的母亲一定不会同意她上北京的,假如北京有一个现成的职业在等着她或许还可以考虑考虑。母亲总是想好了退路才会走下一步棋,不像她那样冲动地先把帽子扔过围墙去。朱朱看着母亲背后的窗帘在飘荡,从外面吹进来的风把它们鼓舞得像一张海上的帆，却没有撑足，最终还是无力地垂下了，这让她感到无端的沮丧。

朱朱还没有想好如何开口，母亲已经先唠叨起来了："阿朱啊，你成天猫在房里看书有什么用？你看和你一起毕业的阿红假期收了十几个学生补作文呢，一次两个小时30块，一个月下来就有2000块的收入，是工资的两倍呢，你也去收学生补作文吧。"

看来去北京的事是没法跟母亲谈了。朱朱还没吃饱，气鼓鼓地扔下碗筷出了门，她去找她的男朋友。男友和她是大学同学，在县城的另一所学校教书，她的决定必须让他知道。

朱朱宣布了她的决定后，男友吃惊地瞪大眼睛："你走了，那我呢？"

朱朱豪迈地一挥手，雄心万丈地保证："我先去探探虚实，等我站稳了脚跟，你也去。"

男友的口气斩钉截铁："我是不可能去北京的，我的根在这里，我的亲戚、朋友都在这里，我一辈子都不可能离开。就算你在北京找到一口饭吃，你买得起房子吗？你准备一辈子都租房子住吗？我可不想把租来的房子当自己的家。在这里多舒服啊，我爸妈已为我买了一套120平方米的商品房，半年后就可以装修好，你想想，半年后咱们就可以举行婚礼了！"

听到男朋友的拒绝，朱朱脸色黯淡下来，咬紧嘴唇不吭声。男友看了不忍心，想抱抱她以示安慰。朱朱把他推开了。

朱朱扭头看窗外："谁也不能改变我的决定。"

男友的脸色更为惨淡。他说："我是一个负责任的人，我等你一年。一年后你不回来，咱们的缘分就算尽了。你也知道，等人很累的。时间长了，我等不起。没有人会永远留在原地等另外一个人。"

朱朱抬起脸，干笑道："这是最后通牒吗？"

是的，朱朱已经完全没有退路了。在出租房的这八天里，朱朱悄悄观察着如玉的生活方式。如玉自己买了一个电磁炉，煮稀饭的时候，就守在电磁炉边，怕里面的粥沸出来，弄得电磁炉短路。如玉手拿汤匙在电磁炉边不断搅动稀粥的姿势十分奇怪，朱朱发现她连一把饭勺也没买，就把汤匙当饭勺。更奇怪的是，如玉时不时地清洗着她那把汤匙，朱朱实在忍不住好奇，一问，如玉面无表情："厨房在露天，汤匙不一会儿就有灰尘，所以必须时不时地洗一次。"

配的各式袋装咸菜倒也齐全，有萝卜、榨菜、小白菜、海带等。中午有时弄个汤，是水煮青菜。有个小饭桌，折叠式的，桌板是人工聚合板，靠边的地方都翘了起来。上面是水果图案，其中一只香蕉已经模糊不清了。如玉就那样默默地喝着粥，一边听 MP3 的歌，那满带伤感的音乐迤逦而来，使朱朱觉得置身于一座既陌生又捉摸不定的雪山当中，朱朱必须奋力昂起头来呼吸，否则就会有被淹没的危险。她烦躁地叫道："可不可以别放这死人般的音乐？"如玉冷冷地看了她一眼，终于摁下结束键，径自出去洗碗，将汤匙敲得乒乓响。

朱朱本想与她搭伙，但禁不住嘴馋，受不了这种尼姑式的素食，有时觉得买个肉包开开荤也是好的。朱朱一边咬着肉包，一边试探着问："如玉，你干什么工作？"

如玉有些尴尬，稍作停顿，不情愿地回答道："我做营销。"

朱朱不识趣，打破砂锅问到底："主要推销什么产品？"

如玉道："我推销的东西多啦，先做过安利，也做过玫琳凯，现在做康美丹……哎，做这一行要靠人气，我真恨不得我所有认识的人都是富翁，那他们就可以用他们指甲缝里漏出来的一点儿钱来购买我的产品……"

朱朱刻薄地想，如玉说她推销产品，估计最大的产品就是她自己。因为如玉总是三更半夜回来,开门的声音总把朱朱惊醒,这使朱朱非常不满。朱朱猜如玉是坐台小姐,为各式各样的男人提供有节奏的夜晚。这使朱朱心里对她极端地不耻,朱朱暗暗想,即使饿死,我也绝不会去当坐台小姐。

朱朱连一粒感冒药都没舍得买,她太大意了。她误把北京当成了南方。以前在南方,她也感冒过,不用吃药,多喝开水,几天就没事了。北京的感冒比南方的感冒凶猛。出租房里没有配备卫生间,街尽头有一间简易的厕所。她的肚子突然痛了起来,感觉一股稀稀的屎水已经淌到了裤子上,她来不及披上棉衣,就往街上冲。她蹲在厕所里,四面八方的风争先恐后地扑进来,她瑟瑟发抖,她的头又晕又痛,摇摇晃晃挣扎着回到房间里,一头扎倒在床上,全身热烘烘的,她知道,她发烧了。她焦急地盼望着如玉回来,等着她的救援,现在唯一能救援她的只有如玉了,整个北京城像一片汪洋大海,千帆竞渡,却没有救援她的船只。这是一次绝望的等待。三点了,如玉还没有回来。朱朱懊悔着没有抄下如玉的手机号码。可是,即使她抄下了如玉的号码,她给如玉打电话,如玉能深更半夜赶回来照料她吗?朱朱渴极了,她想喝一口水,可热水瓶是空的,她现在连弄一杯开水的力气都没有。窗外黑漆漆的,这是一个寒冷的雪夜,朱朱就像一具没有生命的躯壳在夜的汪洋大海中随波逐流。也许有夜风在枝条上颤动,还有人世的气息在大地上流连。

朱朱痛恨着自己往日的刻薄,后悔平时没有对如玉温和一些。她大声呻吟,最后哭泣起来,眼泪淋漓而下。她想到了远方的母亲,一想到自己背叛了母亲,现在又渴望着母亲的温存,渴望母亲握着湿毛巾的手在她额头上停留,她羞愧难当。

天亮了,朱朱昏睡了过去。如玉进到房间,一见朱朱没反应,觉得很奇怪,以往她回来,朱朱总要轻蔑地看她一眼。如玉看到朱朱面色潮红，觉得有点不对劲，摸了摸她，烫得吓人。她摇醒朱朱："喂，你怎么啦？"此时朱朱已经整个人恍恍惚惚，说不出话。如玉摸出自己常备的退烧药，喂了朱朱一颗。过了四个小时，朱朱还是全身烫得吓人，如玉说："要不我送你上医院？"

朱朱费力地摇了摇头："我没钱。"

如玉只好又喂了朱朱一颗退烧药。到了晚上，情况丝毫没有好转，如玉有点害怕了，她说："你这样子要上医院输液的，不输液搞不好会死人。这样吧，钱我先借给你，不过你得尽快还给我，而且必须写张借条。"

病床上的朱朱极度颓废。人有病，天知否？在家里，工资虽然少了些，起码有母亲的呵护，生病了有母亲嘘寒问暖，她为什么要跑到这北京城里当一只任人踩踏的蚂蚁呢？额头滚烫，浑身酸痛无力，高烧让她忘却了所谓的理想，坠入悲伤、颓废与木然。

第二天，烧退了，朱朱开始焦急地盼望自己赶快好起来。钱消耗得越多，她的安全感越少。第四天出院后，她马上去参加了《京都日报》的记者招聘。笔试很顺利地通过了，她拿到了第二名。面试时出了点小小的问题。临结束时，考官说："我对你的业务素质基本满意，但你的形体语言很成问题。当一名好记者一定要敏锐，可你看看你的样子，无精打采，脸上一点笑容都没有，记者本人哭丧着一张脸，会严重影响到被采访者的情绪。假如你今后想在这方面有所发展，一定要改掉你这个致命的缺陷。"

朱朱诚惶诚恐，唯唯诺诺。

考官说："你回去等我们通知吧。"

朱朱忐忑不安地问："大概什么时候？"

"七天之内。"考官连眼皮都不抬，喊道："下一个。"

朱朱神思恍惚地走在大街上，心里嘟囔道，笑笑笑，你来试一试，你处在我这样的位置上,看你还能不能笑出来。她的心里一会儿充满了成功的希望,一会儿又充满了万一被拒绝的绝望,也不知道命运将对她做出怎样的安排。

她两眼无神,拎着那个卷了角的塑料袋在街上晃荡着,似乎连塑料袋里的文凭、简历也觉得深深地疲倦了。两边店面透明橱窗里的衣服显得那么精美,她根本没有兴趣看第二眼,因为她知道它们是不属于她的。她的口袋里只剩下五十几块钱,假如每顿饭吃一个包子,也至多能维持20天。这是北京的又一个黄昏,从一些高楼的窗户玻璃上反射过来的金色,射进了朱朱的眼睛里。她有点惧怕这样的黄昏,因为她到达这个城市的时候也是在黄昏,给她一种艾略特的荒原的凄凉感,自己像一只大雁一样被寒潮驱赶着。

之后的七天,朱朱不敢再去别的地方应聘,唯恐要是这家报纸真的聘用她,到时两边为难。她一会儿希望七天赶紧过去,好早日知道结果;一会儿又希望这七天之期永远不要结束,让她永远处于等待的希望当中。百般煎熬之下,朱朱索性到北海公园玩了一趟。这是她在北京第一个无所事事的一天。想象中,北海公园应该像南方的大海那样辽阔。进得门来,朱朱有些失望,这哪里是海?顶多就是一个湖罢了,大概是因为以前的北京人没有见过真正的海吧。公园里一堆又一堆的老头老太太,有跳绸子舞的,有吹口琴的,有拉二胡的,南腔北调,热闹极了。孩子们在水泥道上无忧无虑地奔跑。有一个看起来刚学会走路的小男孩,穿一套天蓝色童装,上面画着可爱的唐老鸭,正在笨拙地追逐着一粒篮球,另一个大孩子飞速奔跑着,因为他旋转着小小的风车。老人们坐在台阶上下象棋,也有闭目打太极拳的,似乎他们的手中正环绕着一团团气流。她突然意识到这是一个老人与小孩的世界,偶有成年人,也是陪伴着孩子来的,要么就是孕妇。她窘迫起来,她才二十几岁,却吊儿郎当地在这里散步。所有的年轻人都在工作,唯有她在这里散步。她深深地感到羞耻。因为在刚才的一瞬间,她竟然幻想自己是一个退了休的老人,领着不菲的退休金,生活上有足够的保障,在这里闲庭信步。即使不能这样,那让她重返孩童时光也好。从来不去思考人生的意义,只是懵懵懂懂地度过每一天,知道吵着大人买好吃的,买多得不能再多的玩具……突然,朱朱摇了摇头,几乎想打自己一个耳光。她怎么能这样想呢?难道她真弱到像老人和小孩这样的地步?而此时,她的同龄人都在职场上拼杀……

水泥道旁一丛花开得正艳,花朵硕大,非常精神,有淡紫色、红色、白色。朱朱凑到正在浇水的花工身边问道:"这是什么花?"

"牡丹花。"花工头也不抬,继续忙活。

啊,牡丹花?图片上的牡丹花朱朱耳熟能详,那别在杨贵妃香鬓上的牡丹花,一朝得见真容,却恍然不识了。呵呵,不用跑到河南,在北京就能一头撞见牡丹,真好。朱朱一直以为,她只会在河南认识牡丹,没想到牡丹自己跑到北海公园来了。她在牡丹花边站立,抬眼望了望不远处的白塔——她在网络上见到的图片上的白塔灯光璀璨,塔前是碧绿的荷塘,荷花粉红,亭亭玉立。而朱朱眼中见到的北海,不见了荷花,只见了热闹的人间烟火。呵,他们这些北漂,原来不是漂在海里,而是漂在沙漠里啊。

逛完北海公园,时间尚早,朱朱决定到现代文学馆去逛逛,那是文学的圣地。她拿不定主意是要在惠新西街地铁站下车,还是在芍药居地铁站下车,问地铁工作人员,对方说随便一个地方下都可以。她曾在晚上和如玉到芍药居找过一次老乡,隐约听如玉说起过现代文学馆的位置在芍药居,那似乎在芍药居地铁站下比较合适。她还在犹豫当中,地铁广播已经在喊"芍药居站到了",容不得多想,朱朱随着人流出了芍药居地铁站。一从地下电梯升上地面,她傻眼了，白天的芍药居和晚上的芍药居截然不同，她仿佛来到了一个完全陌生的地方，分不清东西南北，根本不知该去往何处。她记得要过一座天桥，结果过了天桥，却是芍药居地铁站的另一个入口。朱朱狼狈地退了回来，举目四望，心中一片茫茫然，团团转了几分钟，正赶上一个小姑娘向一个貌似当地的中年妇女问路，那位大姐热心地往前一指："往南走……"朱朱大喜过望，在她闽南老家，指路都是说往左往右的，可北京上至老大妈下至小孩子都说往北往南，朱朱根本不知所云，她唯一能做的就是紧紧跟着那位小姑娘往前走。哪知小姑娘虽然背着一个挺重的大包，腿也不长，但走起路来却大步流星，朱朱穿着高跟鞋尽力追赶，已经很努力了，可惜小姑娘还是一眨眼工夫就消失在朱朱的视线之外。朱朱硬着头皮往前走，问了一位卖水果的大姐，大姐倒也爽快："往前走，左拐。"路越走越长，腿酸痛无比，朱朱心里发虚，开始埋怨如玉，如玉啊如玉，你为什么给我芍药居地铁离现代文学馆很近的错觉呢。朱朱埋怨了一路，拐了个弯，猛抬头一看，是国医堂的招牌。朱朱喜出望外：终于看到熟悉的地方了！她的步伐轻快起来，心里对如玉感到歉意，如玉真是无辜，她肯定做梦也想不到，在这么一个下午，自己平白无故地遭受到了朱朱的一大通埋怨。

紧赶慢赶到了现代文学馆，小保安面无表情地告诉朱朱："闭馆了。明天再来吧。"无论朱朱如何请求都无济于事。看来，自己是与文学无缘了。朱朱沮丧地回到了住地。

日子并不以她的意志为转移，仍然一天天过去，七天过去了，朱朱没有收到任何通知。她真想痛哭一场。原来自己的外在形象和口头表达能力是如此之差。以往的自信已经无影无踪，取而代之的是深深的自卑。她从来没有像现在这样感觉到自己是这样的渺小。

她开始到另一家报纸应聘。第九天,《京都日报》来电了。考官说:

"本来你是上不了的。因为另一个应聘者没有来签合同，我们才考虑到你。不过你要记住，试用期三个月，到时发稿量要是排在最后一名，那就对不起了。"

朱朱感激涕零，一迭声地说："谢谢，谢谢。"她发现自己的声音里充满了谄媚。在南方，她从未用过这样的语气和人说话。

她欢呼雀跃。文友在电话里祝贺她："你真了不起！一个月内能找到工作，比我预想中的要快多了！"朱朱真诚地说："要感谢你才对，没有你指点迷津，我可能在半年之内都找不到工作。"

受了文友的鼓舞，朱朱多少又找回了一点自信。朱朱很想庆祝一下，买一点好吃的犒劳一下自己，和如玉分享一下自己的喜悦。一想到欠如玉的六百多块钱，就打消了庆祝的冲动。朱朱打电话给男友报喜："我找到工作了！"

那边是长久的沉默。

朱朱的心沉了一下，她感觉到男友似乎不愿意她找到工作似的，他在热切地盼望着她早日败走麦城呢，意识到这一点，朱朱感到十分气愤。男友说："已经过了一个月了。"他是在提醒她呢，他说过等她一年，现在还剩下11个月，朱朱心里一阵阵作痛。她不知道11个月后，他和她会是什么样的结局。

朱朱很快熟悉了自己的工作环境。她发现，大部分跑一线的记者都没有医疗保险、养老保险、失业保险、伤残保险，没有公积金，没有档案，俗称新闻民工。不过这些她都不计较，能找到一份工作、有口饭吃已经是万幸。她发现自己的心正在变硬。有一次她报道了一起特大交通事故，当时聚光灯把现场照得一片雪白，无数灰尘在其中沸沸扬扬，满地的碎玻璃在灯下不停地闪烁，一大摊暗红色的血反射着幽幽的光，朱朱就站在死者旁边出镜；另一片聚光灯下，死者的家属哭得像个小孩。朱朱一点都听不到死者家属的哭声，她只是在心里计算着这次采访在自己一个月的发稿任务中积累了 3~4 分，折合人民币 100 元左右。

工作是愉快的，整座报社大楼四处能看到 80 年代出生的、朝气蓬勃的年轻人在忙忙碌碌。朱朱很喜欢报社锃亮气派的旋转式楼梯，穿过那条 100 米左右的内走廊，就进入了自己的办公室。但人事关系很快掺杂了进来。朱朱很为自己的记者证感到自卑，那张记者证上面用红字写着"实时付酬"的字样。外行人可能会忽略，但抢新闻的时候，别的记者要是知道你的记者证写着这么四个字，就会毫不客气地把你挤到一边。朱朱感到前所未有的委屈。有一次，一个在编记者扔给朱朱一份通讯，不容置疑地吩咐朱朱："主任叫你把这个稿子改改。"这个女人 40 岁左右，留着朋克头，一副精明的样子。朱朱不情愿地接过来，又作声不得，她刚才明明听见主任吩咐这个在编记者好好改改这个稿子，现在这个胖胖的女人一转手把任务摊派到自己头上。照朱朱以前的性格，她早就戳穿这个朋克头了，朋克头竟然借主任之名来欺压她，现在她只能默默地忍了下来，就当作无偿出卖自己的劳动好了。这天晚上改完稿件，她气愤得睡不着，不明白自己为什么不做故乡的主人，偏要跑到北京来当异乡人，当这个艰辛的吉卜赛女郎。每当她来到报社办公室的时候，都盼望着能在桌子上发现一张硬而板正的信封，那时她就会眼睛一亮：准是请柬来了。而后她就撕开信封抽出请柬来，扫一眼邀请单位和发布活动的名称，以自己的经验揣度出这封请柬的分量。朱朱希望整个北京城天天有气球升起，她就天天朝有气球的地方奔去，气球升起的地方就意味着那儿又有产品鉴定、商品展销、工程剪彩等新闻发布活动。

报社里公布第一个月的发稿量了，新招聘来的十个记者挤成一团争着看那张躺在办公桌上的纸张，朱朱不大敢看那个结果，等最先看完的那个人挤出来她才挤了进去,看到自己排在倒数第二,朱朱吓出一身冷汗。她自以为凭自己的文笔完全可以迅速在报社里开辟出一片崭新的天地,没想到会是这样一种局面。原来搞新闻并不需要多好的文笔,而是看你的嗅觉灵不灵敏,能不能抢到最新的、最有价值的独家新闻,而朱朱太过于被动,常常只按报社里发给她的任务进行采访,这对她很不利。朱朱看到那个排在最后一名的贵州女孩,眼眶红着,强忍着不让自己掉下泪来,因为这意味着从明天起大家就再也不会在报社里看到这个人了。朱朱想过去安慰安慰她,又觉得此举多余,其余八人都沉浸在"我不是最后一名"的喜悦里,她又何必多此一举呢?况且说不定下个月就会轮到她自己,到时谁来安慰她呢?即使真有人来安慰她,说不定她也会认为对方是惺惺作态。数着手中的工资,并没有比在南方时多出数倍,看来,北京并不是遍地黄金。

  在这个如释重负的晚上,朱朱感到特别孤单。她买了一份北京地图,细细研究起来。东城区、丰台区、北二环、北三环、静安庄、三元桥、北太平庄,这些原本陌生的地名现在已慢慢地熟悉起来。在来北京时的火车上,在她浪漫的想象当中,她来到北京,应该先看看那代表着江山社稷的万里长城,站在古老的城墙上做上下五千年的追思。根本不是这么回事儿。现实和想象完全是两回事。到北京已经两个月了,她没有去过一次酒吧,没有过一天休闲的日子。工作是为了享受,如果没有放松、休闲和享受,那这样疲于奔命地工作又有什么意义呢?在这个晚上,朱朱特意为自己放了假,她想邀请和她同一批招进报社的那个叫陈琳的女孩儿一起去泡泡酒吧。刚领的工资让她有了底气,她还了如玉600,兜里还有两千多元可以挥霍。陈琳在电话里为难地说:"我还在赶一篇稿子呢。"放下电话,朱朱责备自己的松懈:刚获得了一点点小小的胜利,就开始得意忘形了！要知道，想在北京的职场上站稳脚跟，要展开的可是一场肉搏战啊。后来，朱朱买了卤鸭脖、卤大肠等下酒料，回到出租屋后炖了一锅排骨汤。锅盖一掀开，不知哪里跑来的黄毛狗和一只黑猫闻风而来，锅沿旁一只猫头一只狗头，两者都跃跃欲试。要是往日，朱朱肯定把它们轰跑了，今天她心里高兴，就夹了一块肉骨头扔给黄毛狗，猫见了不平，喵喵喵地叫起来，朱朱紧接着夹了一小块鸭脖扔给黑猫。正巧如玉下班回来，"哟，你发财了？"

"我请你喝酒。我领工资了。"朱朱扬了扬手中的燕京啤酒。买啤酒的时候，朱朱跟老板说要冰的，结果一看里面大半都是冰碴，原来北京所谓的"常温"基本上就等于南方的冰啤。朱朱后来跟老板换成常温的，准备和如玉一醉方休。如玉高兴地搂了搂朱朱的脖子。

晚上半醉时，母亲打了电话过来："阿朱，我帮你补办好了停薪留职手续。你还有退路，要是在北京待不住了，就赶紧回来！"朱朱才不想回去呢，开弓没有回头箭，她要是回去了，不是明明白白把失败两个字写在脸上吗？那不成了很多人的笑柄！再苦再累，死也要死在北京！喜欢北京，不是因为它好，而是因为它在梦里召唤她。即使北京有再多的不好，也要从受虐中得到快感。唉，人真是受虐狂啊。风从香山上刮下来，朱朱酒意上涌，唱起《乌兰巴托的夜》："穿过旷野的风啊，你慢些走……"朱朱放纵地唱着，啊，新生活如醉如痴，旧生活难以舍弃。朱朱此时肚子里的啤酒顶到了嗓子眼儿，在喉咙里上下起伏，带着强烈的胃酸，她忍耐着不往外吐，吐了只能给自己添麻烦，还徒增如玉对自己的厌恶。到了最后，她实在控制不住自己了，一大股液体从喉咙里喷涌而出，喷泉似的。痛痛快快地吐完之后，朱朱就昏睡了过去。如玉恨恨地把她弄到床上，一边骂道："死猪！"

第二个月的发稿量，朱朱排行第五；第三个月的发稿量，朱朱排行倒数第四。报社里和朱朱签了一年的合同。这天，《京都文学》举办一个作品研讨会，因为文学性质，去采访的记者估计领不到红包，朋克头把这个任务塞给了朱朱。朱朱几乎要拥抱朋克头了，由于朋克头的慷慨大方，朱朱又有机会得以拥抱文学梦了！自己到北京四个月以来，没有看过一本文学书，没有写过一篇跟新闻报道无关的文字，朱朱抑制着一颗怦怦直跳的心来到了《京都文学》作品研讨会的现场。

　　她悄悄地为自己选择着目标。台上的主编、副主编、主任等人显得那样高不可攀。朱朱注意到一个王编辑，大概五十几岁的样子，眉间刻着一个深深的"川"字，看起来比较可亲近。朱朱估摸他应该是一个资深编辑，双手将自己的名片递给了他，紧张地说："王老师，我手头有一篇两万字的小说想让你过目一下。"王编辑爽快地说："好啊，你拿来我看一看。"

　　朱朱也想不通自己怎么会对王编辑夸口说自己手头有一篇两万字的小说，实际上连个影儿都没有，朱朱白天完成采访任务，晚上通宵熬夜，一连奋战了五个晚上，一篇两万字的小说《京城漂流》赫然出来了，草草修改了一个晚上，写完最后一个字，朱朱两眼发黑。看来，写作不仅仅是脑力活儿，同时也是体力活儿。这是酷热的夏天，朱朱消费不起空调，只有一台小小的电扇，整个人汗津津的。朱朱从来没有这样强烈地感受到人在四季之中的夏季特别接近于动物。白天在散发着刺眼白光的骄阳下奔波采访，就像一条伸长舌头喘气的狗。

　　朱朱惶恐无比地将小说稿双手奉给了王编辑。过了五六天，王编辑打来了电话："文字技巧粗糙了些，但你所抓住的主题'京城漂流'会有很多读者。这样吧，你把稿子拿回去修改修改，相信会是一篇较好的小说。"

这个晚上，朱朱好似被打了强心剂，兴奋得通宵未眠，她似乎看到，生活向她敞开了另一条宽阔的道路。朱朱在写景、心理描写、细节描写、比喻各方面一一润色，四十多天后再次将小说稿送到了王编辑手中。等待二审、终审，朱朱等待了三个月，因为她必须老老实实地排队。尽管等待过程那样漫长，却因为有希望支撑在那里，因而能够一天天地熬过，有时又不免被"小说被枪毙了"的想象吓坏。王编辑电话通知朱朱："小说预定在9月份刊发。"朱朱晕眩在巨大的幸福感当中了。

随着小说的刊发，朱朱稳固了在报社里的地位，有点"一纸定乾坤"的意思，王编辑屡次对她说："期待着你下一篇佳作。"朱朱感觉自己开始一点点膨胀了。

成功的喜悦之余，她痛苦地意识到：男友的电话越来越少了。她拨通了男友的电话。男友在电话里说："你到北京已经11个月了。"男友意犹未尽，补充道："现在周围偶尔有人提起你，都说你是北京人了。"朱朱企图说服他："现在北京有很多私立学校，你来这里应聘，好吗？"男友丝毫没有商量的余地："别说聘不上，就是聘得上，我也不会上北京的，我早就说过了，关于这一点，我永远不会改变。"

朱朱手握响着忙音的话筒发呆。自己是北京人吗？虽然在这近一年里，她努力学卷舌音，试图把普通话说得带上京味儿，到底还是四不像，老北京一下子就能指出："你是南方人吧？"在衣着打扮方面，她也极端不自信。当她面对一个染了红指甲的女人时，会欣羡对方的珠光宝气，自惭形秽于自己丑小鸭般的黯淡无光；反过来，当她染了红指甲，面对一个指甲光洁的女人，她会惭愧自己的俗气，激赏对方的朴素大气沉着。她总是这样缺乏自信，患得患失。

她不敢想象和男友的前景。

有了《京城漂流》垫底，朋克头主动提出与朱朱搭档。她们这一次的任务是对红心鸭蛋的质量进行跟踪采访，因为《人民日报》已经在10月份公开刊登了对各厂家红心鸭蛋质量抽检的结果。她们的第一站是东三环边上的光华红心鸭蛋厂。进了工厂大门，初秋金色的阳光从玉兰树叶间洒到她们的脸上、身上，影影绰绰地涂出一些亮晶晶的圆点。朱朱深深地吸了口气，对着阳光眯起了眼睛。整条厂道几乎都遮盖在斑斓的树影里，而在厂道中心留出了一阔条蔚蓝色的天空。

朋克头老练地进行了开场白："我们是《京都日报》的记者，《人民日报》已经公布了一些不符合规格的红心鸭蛋厂家，你们厂也在其中之一，你们的苏丹红严重超标。我们就是跟踪这个的，我们要看看你们这一个月以来采取了什么质量措施，有什么效果。"

这番话一亮出来，秘书招架不住了，脸上很是尴尬。厂长很快露了面，拿来一大叠整改资料，又指着会客室里密密麻麻的锦旗满脸堆笑说："两位记者你们看，我们是十几年的先进单位了，就是最近管理上出了点纰漏，导致质量滑坡，我们已经坚决将那批不合格的红心鸭蛋销毁了，那可是十几万元的损失！烧钱啊！可我们思想非常明确，顾客第一，要保证消费者的人身健康。"

朋克头一脸严肃："耳听为虚，眼见为实，我们这次质量跟踪采访结果是要见报的，我们要对读者负责。"

那位红脸膛的厂长忙不迭地点头："那是，那是，要对读者负责。这样吧，已经到了晚餐时间，我们先去吃顿便饭如何？"朋克头推辞道："便饭就免了吧，家里人等着我回去吃饭呢。"厂长忙道："既然如此，那就不敢勉强了。"这时秘书拎着两套化妆品进来，分别送到朋克头和朱朱手里，说道："两位记者辛苦了，在外奔波不容易，希望这套玫琳凯的化妆品能助你们青春永驻。"

朋克头说:"谢谢了,本来我们想在贵厂生产车间和仓库实地考察一下的,时间关系就改天吧。你们的整改资料我会仔细查阅的,到时我们一定对你们的整改措施和效果做翔实的报道。"矮胖厂长连忙站起来握手道别:"谢谢记者们光临指导!"

在回去的的士上,朋克头得意地对朱朱说:"看来这家小型私营企业胆子很小,那个矮胖厂长是个没见过世面的人。还好,也不算太笨,觉悟还算挺高,要是敢送给我几个红心鸭蛋,我明天就让他见报!这小子还算有点良心!"

朱朱第一次开了眼界,如坠云里雾里,半天回不过神来,傻傻地说:"那厂长满脸堆笑,谢谢记者们光临指导,说不定现在正咬牙切齿地戳我们脊梁骨呢。"

朋克头鄙夷地撇撇嘴:"操心那么多你还活不活了?又不是我们开口要,是他们自动送上门的,他还怨谁?干我们这一行的,就要专拣对方的痛处捏,你捏得他越痛,他就越想赶紧花钱让你撒手。你猜猜,这套玫琳凯要多少钱?不知道吧,从基础护扶开始,先是洗面奶,然后是收缩水,面霜,美白产品,一套下来要近千块呢。"

朱朱回到租房里,打开化妆品一看,袋子里竟然还有一个红包,里面赫然有八张红色的老人头。朱朱差点惊叫起来:"800块!是我拼死拼活月工资的三分之一呢!怪不得那些老记们可以供房供车!"那钱捏在手里显得有些发烫,一颗心跳得厉害,她甚至有点喜极而泣的感觉。在以前,她从不知道钱可以把一个人感动成这个样子。朱朱照了照镜子,镜子里面是一个灰姑娘。朱朱知道自己一点也不漂亮,丝毫没有炫耀的资本,北京城没有童话,她是不可能遇到王子的,一切只能靠自己。于是她开始动手用毛巾将脸醺湿,倒了一丝洗面奶在掌心,在脸上搓揉起来。洗净之后,再照照镜子,果然皮肤细嫩光洁了不少。朱朱躺到床上想:"也许发展到以后,金钱可以购买生命。"

朱朱很快就搬进了二环。住在市郊的确太不方便了，更重要的一点是，当别人偶然得知她的住处时的那种表情实在有伤她的自尊心，否则她是不会下定决心搬迁的。如玉显然意识到了朱朱经济方面的改善。一个月后，如玉突然找上门来。她亲热地握住朱朱的手："好久不见了！"朱朱的心热了一下。

"朱朱你漂亮了不少！"这话朱朱爱听，心里十分熨贴。朱朱奉上切好的西瓜。如玉的眼睛闪闪发光，朱朱知道，如玉也正处于财富累积的阶段。

互诉别情之后，话题又绕了一个多钟头，回到了如玉正在经销的专治妇科病的"康美丹"身上，如玉先拿出一幅子宫图，样子像一块猪后腿肉，朱朱随便扫了几眼，有"阴道、宫颈口、子宫、卵巢"等字眼儿。如玉做了个夸张的手势："我自从做了康美丹以后，才知道有这么多女人有妇科病。因为子宫内的垃圾没有及时排除出去，所以现在女性子宫肌瘤及各种并发症越来越多。"如玉嘴巴中吐出的各种妇科病令朱朱感到恐怖，朱朱讨厌那些名词发出的阴森森的气息，挥之不去。

如玉将样品拿了出来，药末像菊普茶那样袋装着，形状比普通药丸大一些，由藏红花等药品组成，朱朱想，那样的东西，成本大概一粒五块钱已经绰绰有余了。朱朱问："是不是很贵？"

"一点都不贵。一盒九粒装，每盒零售价380元，"如玉说，"我卖给姐妹们的时候，都是按出厂价算的，每盒238元，厂家规定，一次性购满十盒就可按出厂价处理，我就当作几个姐妹们凑份子向我购买产品。"见朱朱眼中闪现出不信任的目光，如玉补充道："我销售出十盒，厂家就奖励我380元，我相当于不赚姐妹们的钱，只赚厂家的钱。"

"我送给你一粒试用看看吧，我的朋友试用了一粒后大吃一惊，排出了一大堆豆腐渣似的东西，她一下子跟我要了三盒。"

如玉伸出一根食指，示范道："用食指将这个小药袋送进下面。"

朱朱感到恶心。朱朱无法想象，这个世界上有多少个女人正在用食指戳进自己的下身；朱朱无法想象，在城市的道路上，有多少个女人下身里夹着个药丸似的玩意儿匆匆行走。既然衰老是不可避免的，皮肤会皱褶，青丝会变成白发，红颜会老去，为什么要去保持一个年轻的子宫呢？还不如顺其自然让它像其他器官一样老去。

朱朱推托道："东西放在里面，它不会掉进去吗？"

如玉甜甜地笑了："你是个近视眼，你刚才没有注意看，这个药袋上有一条线，就放在外面，这样小便的时候都不用取出。"她手脚麻利地将这条线展示给朱朱看。朱朱想，要是每个女人下身外都垂着这么一条玩意儿，真是令人匪夷所思。朱朱一直固执地认为，一切还是顺其自然为好。朱朱假装倒茶，说："算了吧，这种用法这么恐怖，厂家干吗不发明口服的药品呢？"她趁倒茶的空儿偷偷瞄了一下时钟，已经十点半了，如玉是八点进的门，也就是说，如玉已经在朱朱住处工作了两个半小时。朱朱的喉咙开始灼痛，因为朱朱有咽喉炎，说话时间一长就开始作痛，朱朱真的很想闭口不说话。可是不行，朱朱得跟如玉陪练。朱朱感觉面前好像有一条水蛭。那是朱朱生平最害怕最讨厌的动物，黑黑的，长长的，充满弹性，一般情况下你不敢去抓它，除非它已经吸附到你腿上，你不得不抓它，一头抓起来了，另一头还牢牢地吸附在你身上，直至鼓鼓囊囊地吸饱了血，自动从你身上脱落为止。

如玉解释道："这跟女人特定的身体构造有关，口服的药物难以到达子宫，只有药品直接放在病灶上，才能达到令人最满意的效果。"

朱朱连声道太恐怖了太恐怖了，坚持不受。如玉见朱朱态度那么坚决，心里不悦，表面上还是亲热地握着朱朱的手："反正我免费送你一颗，你试一试就知道其中的好处了。"如玉在包里翻找了数遍，惊讶地叫道："咦，我每次出门包里都会带上一颗，今天怎么忘了？难道我放在刚才去的顾客家里了？"朱朱笑了笑，说："算了，你送给我说不定也不敢用，白白浪费了，你还可以送给别的用户呢。"这类小把戏朱朱见多了，要是在十七八岁的时候，朱朱可能还会相信。

如玉抱歉地笑了笑："下次有空的时候我再带过来给你，或者你什么时候觉得有需要了，你再打电话给我也行。"如玉起身告辞，朱朱送如玉出门，想象着如玉下楼梯时失望的面容。要是做成了一单生意，相信那又会是一张灿烂的笑脸。朱朱粗粗估计了一下，十盒赚380元，如玉必须在十个人面前重复十遍晚上的那番话，鼓动十遍她的如簧巧舌。

仿佛不甘心似的，临分手时，如玉突然冒出一句："我有男朋友了，北京人，地地道道的，如假包换。"

朱朱心想："北京金龟婿有那么好钓吗？"嘴上却笑道："祝福你，哪天请我喝喜酒。"

两个半小时之前，朱朱的心是热的，现在，朱朱的心是凉的。她必须攥紧自己的钱包，任何人都别想从她钱包里掏走一分多余的钱。以前，在南方，她花钱大手大脚，从不考虑明天，她可以古道热肠地请远方来的朋友吃饭，直至把腰包里最后一分钱掏空。现在情况完全不一样了。假如钱上面没带有那么多细菌的话，她真想一张张亲吻它。它是她立身的根本，是她的命根子。她现在生活中的第一件事就是看紧自己的钱包。

到永庆红心鸭蛋厂就没有这么幸运了。朋克头照例亮出了她的开场白，对方自始至终都非常客气，一再声称他们已经通过了质检局的再次验收,并且很乐意陪她们到厂里四处转转。厂房里那些密密麻麻的鸭蛋奇形怪状地向她们做着鬼脸,窗外不知是什么机器的隆隆声,仿佛是另一个世界发出的哀号。朋克头心思并不在厂里,像这种厂,要查出他们的问题,除非有内线,否则是抓不住他们的把柄的。她们被客客气气地送出了厂房,连一顿工作午餐也没有捞着。

朋克头气得咬牙发誓:"我总有办法让你们放血!"

第二天,朋克头拿着篇《兴许你买个"不合格"》,带着朱朱再次闯进了永庆红心鸭蛋厂,将稿件放在桌上:"吴厂长,这是我们对贵厂的追踪报道,明天就见报,先请你们核实一下。"

吴厂长拿起稿件看了看,不冷不热地说:"这不符合事实吧?你们准备怎么办?"

朋克头暗示道:"假如贵厂拿出点诚意来,我们就还有商量的余地。"

吴厂长笑了笑,示意秘书拿了两个红包放在桌子上。朱朱觉得吴厂长的笑阴阴的,让她心里发紧。她垂下眼睛,局促不安地搓着自己的衣角,尽量把自己藏在沙发的角落里。很显然,朋克头也感觉到这一点了:一般送红包时对方都会巧妙地塞在礼袋里或者很诚恳地塞到你手里,这姓吴的看起来不大好对付。

吴厂长犀利的目光像探照灯似的扫过来:"这半个月以来,我接待了六拨记者。红包在桌子上,你们要是敢拿,就拿走吧。"

朋克头迟疑了一下,终究未敢伸手去拿红包。她甩下一句话:"好,算你狠!"气呼呼地一阵风似的旋出了门外。

朱朱慌里慌张地紧随其后,脸上火辣辣的,觉得狼狈至极。这是她第一次看见这种彼此撕破脸皮的阵势。朋克头水深,没想到吴厂长的水比朋克头更深。一路上,朋克头反反复复道:"姓吴的,总有一天我要你哭着来求我!"朋克头自觉在朱朱面前失了脸面,一路上紧绷着脸,好像朱朱得罪了她似的,吓得朱朱不敢说话。

朋克头自言自语道:"看来我现在的线人搜集的情报还太少,今后要多联系几个线人才是。"

朱朱不吭声,在心里对自己说:"我不能挣那昧心钱。"

朱朱晚上写作得更勤了,她梦想着出书。她找出以前的旧作,加上新写的两三个小中篇,想买一个书号出一个集子。她已经从牙缝里抠出了5000块钱。有了书,书就是她的名片。她向王编辑打听书号,王编辑很爽快地说:"正规出版社书号贵,审查又严格。我介绍个卖书号的给你吧,特实惠。"

朱朱一谢再谢,她做梦也没有想到事情会这么顺利。和卖书号的人电话联系后,那人说:"我看在你是王编辑朋友的面子上,给你算便宜点吧,3000块。我的账号是……"

朱朱是个急性子,第二天就到银行里把3000块汇到了那个账号上,迫不及待地请对方查收,对方很快将书号用短信形式发到了朱朱手机里。朱朱像捧着聚宝盆一样拿着小说稿和书号请王编辑审阅。她的心情是愉快的,一路上,明亮的月光仿佛在摇曳的风中跳着圆舞曲。

王编辑一看书号,咦了一声:"这书号怎么不太对劲?"

朱朱吓了一跳:"王老师,你别吓我,怎么不对劲了?"

王编辑皱着眉头说:"你这书号前缀ISBN7—80502是已经被取缔的书号,该家出版社由于违规操作已被撤销。难道我记错了不成?"王编辑起身查找一份红头文件。

朱朱的心咚咚狂跳,把一丝希望寄托于那份红头文件上,王编辑特意戴上老花镜用手指头一行一行查对,将白纸黑字摊到朱朱面前:"你看,就在这里。"

朱朱急急地核对一遍，没错，她3000块钱买来的书号就是一个废弃的书号。朱朱眼前一黑。

王编辑关心地问："多少钱买的？"

朱朱强打精神道："3000块。"

王编辑连声庆幸，还好还好，不多不多。

朱朱努力克制着自己的情绪，她知道自己千万不能流露出埋怨的情绪，小心翼翼地问："王老师，你知道这个卖书号的住在哪里吗？他是哪个单位的？"

王编辑连声埋怨自己："也怪我太大意了，我这是好心办坏事！我是在一次饭局上认识他的，这家伙把自己吹得神仙似的，还叫我帮他留意有没有作者要出书买书号的，他可以优惠，哪知道就是一骗子呢？我找找他的名片还在不在。"王编辑在几个抽屉里翻了许久，最后颓丧地说："真该死！也不知被我随手塞到哪里去了！"朱朱反过来安慰道："找不着就算了，找到了也没用，既然是个骗子，名片上的信息肯定都是假的。"王编辑只好说："别丧气！也算花钱找个教训，这样吧，我帮你联系一家正规出版社，不过价钱方面你得有个心理准备。"

朱朱绝望极了，她连这个骗子的面都没有见着，3000块就打了个水漂，也许那骗子正在某间酒吧里纵情买醉呢！她头顶冷漠苍白的月光，徒步走回房子，有两公里的距离。在一条繁华的步行街上，一群红男绿女咬着烤羊肉串，看他们吃的模样，好像很香。立柱似的街灯魔术似的变幻着颜色，一会儿是红的，一会儿是黄的，一会儿是粉的，除了主灯以外，还有一束一束的小灯绕在上面，好像葡萄串。朱朱很伤心，为什么这样欢乐的景象非得把她排除在外面？

朱朱不甘心。那个骗子就像大海涨潮一般卷走了她辛苦拾来的贝壳。她决定将被骗的3000块从她所采访的企业中捞回来。做这个决定的时候,她觉得自己的目光都变得凶恶起来了,好像要吞没一切,好像要跟敌人勇猛地搏斗,也不知最终自己会不会像一个巨大的浪头一样在礁石上碎裂?

第一次尝试的时候,她有点紧张。可她无法跟自己心中萌生的热烈的渴望说不。临出发前的那个晚上,她将自己的提问拟了一个提纲,并拿着那个纸片反复背诵。

黑猫皮革厂的唐厂长热情接待了她。当他看了她的名片之后,一拍巴掌高兴地叫了起来:"朱记者久仰久仰!我拜读过你的《京城漂流》,我也是京漂啊,你的生花妙笔写出了我们京漂一族的共同心声!"

朱朱一阵窃喜,嘴里恭维道:"哪里哪里,唐厂长事业有成,属成功男人之列,已变成京都土著一族。只有像我这样没根基的小记者,才是名副其实的京漂哪!"她按步骤装模作样地采访了唐厂长。在热情款待她的晚宴上,她一直举棋不定,她拿捏不好火候,不知该选什么时候适时地开口。出发前编好的话已在忐忑不安中散乱成碎片。唐厂长点燃了一支烟,香喷喷甜丝丝的烟味弥漫在空气里。眼看就要道别了,再不抓住机会今天的苦心就算白费了。唐厂长热情洋溢地对朱朱说:"朱记者,拜托你了,我们厂的形象就靠你那支生花妙笔了!"朱朱说:"哪里哪里,贵厂员工上下一心,宣传贵厂塑造贵厂形象是我分内的职责。不过——"说到这里,朱朱显得略微有点窘迫,那种感觉就像妓女首次接客。唐厂长善解人意地说:"朱记者,有什么困难尽管提。"朱朱道出了自己的真实目的:"唐厂长,很不好意思,我们报社经费紧缺,贵厂能不能在我们报上登个广告?你放心,我给你八折优惠。"唐厂长皱了皱眉头,还是答应了:"以前我吃过两次亏,前一次那人拍胸脯说要给我一个版面,结果只用了两行字,还是在夹缝中的,揩了我一万元。另一次只要了我5000块,结果连人都跑得无影无踪。相信我这次不会再看错。"

朱朱从这个广告中提成了 1000 元。

第一次旗开得胜,以后开口就脸不红心不跳了,就像妓女一样希望客拉得多一些,不过运气大都不好,还要装出一副高姿态的模样。现在的企业家也看穿了记者们的伎俩,加之中央前几年加大新闻职业道德建设力度,企业家不再像 90 年代那样好糊弄了,个个都精得要命,好像每个记者都是骗子似的,他们都懂得"防火防盗防记者"。有的企业负责人会用讥讽的语气说话,让朱朱窘迫而又慌乱。朱朱很多回像落水狗一样带着僵硬凝固的笑容狼狈地走出采访单位的大门。最严重的一次是对方威胁说要通报她所在的报社,当时她强硬地冷笑:"你去通报啊,看报社信谁的。"之后几日朱朱都惴惴不安,唯恐听到有人告诉她:"社长请你到他办公室泡茶。"到时她就完了。过了几日,竟然了无声息,想必对方觉得此等小事不必费此功夫,作罢了。朱朱突然像临终的病人一样什么也不怕了,她从中领悟到一个奥妙:不能太贪,每次只须几千块就好,即使过后出了什么乱子,对方也懒得大费周章去追究,要知道,现在形形色色的商业骗子让企业忙都忙不过来呢。别人是鳄鱼,她顶多是一只吸血蝙蝠罢了。

朱朱现在一头扎进钱眼儿里,她现在整天盘算着怎样才能赚到更多的钱,她知道,挣钱首先要有恒心,然后才会产生加速度。她写作的心越来越淡。文学,只是灵魂的一种装饰品,而灵魂是看不见的,所以无须花太多力气去装饰。只是在工作之余,她偶尔会抬头看看天,一朵朵白云相拥着朝一个方向移动,在苍白淡漠的背后有一片使人心颤的蓝色,好像一双沉默疑问的眼睛。王编辑几次向她约稿,朱朱都拿不出像样的作品。王编辑惋惜地说:"这种昙花一现的女作者太多了!真可惜呀!"不过,《京都文学》还是把 2006 年的新人奖评给了朱朱。

领奖过后吃饭，觥筹交错一番。朱朱有点醉，坐着报社的汽车离开了饭店。饭店旁边是一家小吃店，朱朱瞥见白色招牌上用红字写着：烙饼1元/个。十几个人站在小吃店前排队购买，朱朱看不见他们的脸，只看见他们的背影。朱朱心里有点酸。车行两三里，路过公交停车点，七八个人零零落落散在站台上等着，朝着公交车驶来的方向引颈翘盼，时不时地搓搓快要冻坏的手，跺跺快要僵硬的脚。朱朱伤感地闭上了眼睛：在相当长的时间里，自己就是那些等公交车当中的一个人，就是那些买烙饼当中的一个人，说不定永远是。

回来后，朱朱让朋克头就《京都文学》的新人奖做了一组报道，等于在自己头上戴上一个光环，只是她自己清楚地知道，要是自己不继续努力，这光环很快就会消失了，不过这光环在三五年内作为炫耀的资本不成问题。在以后的采访里，当涉及赞助的谈话开始紧张时，朱朱有时突然不明白自己为什么会坐在那里，有时她甚至会为人生的这种莫名其妙笑起来，笑得对方吃惊地盯着她。

转眼到了年终，各家单位门口都挂出了"欢度春节"的红色横幅。农历二十八中午，发了年终奖，日报还算殷实单位，记者们拿着自己的红包，个个喜上眉梢，朱朱顾不上和别人攀比，急着给母亲报喜："妈，我的年底奖金7000元。"

母亲并没有意料中的欣喜，沉痛地告诉了她一个坏消息："小陈有了新女朋友了，已经订婚，准备明年农历二月份结婚。不过你别怪他，听说是他家里人安排的。你看你准备怎么办？"

朱朱如遭雷击，全身麻木动弹不得。男友一直是她的大后方，现在失去了支撑，她哪有干劲来干事情？

晚上报社请吃团圆饭，朱朱才得知别人的奖金有一万多元，心里一不平衡，就喝醉了。回到出租房里，四面逼仄的墙壁，显得特别冷清。北京的热闹是别人的,唯有孤单是自己的。吐过了之后,人清醒了一些,朱朱想:照目前这种现状,自己只能在北京一辈子租房了,买房就好像是缥缈的蓬莱仙岛神话。没有一个像样的家,没有一个亲人,永远是一只水土不服的南橘。朱朱意识到:这样的生活是残废的。

大年初一,朱朱踏上了南下的列车,这是一次由北至南的回首。到了火车站,离家里还有 70 公里的路程。朱朱迫不及待想回家,打调度电话叫了拼车的士,的士里坐了一个客人,加上朱朱两个,还差两个,继续在火车站转悠,朱朱忍无可忍,对师傅说:"师傅,赶紧走吧,剩下两个的钱我付了。"朱朱觉得,再多等一刻,她的男朋友就马上被别人抢走了,再多等一刻,她就崩溃了。

男友对她的归来显得有些意外,局促不安地看了自己的未婚妻一眼,讷讷地介绍道:"朱朱,我的大学同学,去年闯北京去了,人家现在可是大牌记者。"朱朱冷着脸对那位显然不知内情的未婚妻说:"把你未婚夫借给我一个小时吧,一个小时后还你。"语气显得有些蛮横,弄得那位未婚妻很是不悦,拿不定主意不知该故作大方地答应好呢,还是小气地拒绝才好。

朱朱和男友在小区里找了个地方坐下。她的大衣使她出汗,她不得不脱下来,她诧异地发现,她好像开始不适应南方了。

朱朱眼睛茫然地盯着前方:"你也到北京来吧。"

男友咬定一年前的那个调调:"你回来吧。你现在回来,一切都还来得及,你仍然是我的新娘。你看我说话多有底气,在这里的未来是看得见的,而在北京的未来完全看不见摸不着,瞧你说话那底气不足的样儿。要是我在北京找不到工作,你养我吗?"

朱朱也一口咬定:"反正我死也要死在北京。"

男友站起身,冷冷地对她说:"你这么没有诚意,何必浪费一张火车票的钱呢?"

男友大步流星地走了。

朱朱没想到会是这种结果。她耗尽了自己的所有,终究走不进他的生命。为什么飞鸟和树永远不能相互理解呢?树永远不了解鸟儿为什么总要徒劳地在天空中扇动翅膀,鸟儿也永远不明白树为什么甘愿一辈子扎根在同一个地方。本来朱朱还想着在这里多留几日,顶多让报社扣她几日奖金,看来留在这里没有什么意义了。耳边爆竹声声。在这样的新年里,也许新年对别人意味着新的开始,意味着更高的起点,对朱朱来说这个新年却像是电脑死机一切从零开始,旧的一切所有全部抹杀,好像地球在漫长运转中重新回到了零的时间量度。这是将黄叶运走埋葬的冬天,是将爱情放入库房里冷冻的凄凉,当那黄叶纷纷从树枝上飘落的时候,那些荣光那些梦想飘飘摇摇随时间远去,进入了时间的河流。

回到家里,父亲跟她唠叨:"你这孩子,就是不听话,好好的干吗跑到北京去呢?人家隔壁的阿红,嫁了市里税务局的科长,新提了副处长,带着阿红一家去香港玩呢。"

朱朱怒吼起来:"我被甩了,我浑身上下都是伤,你是我爸爸没错,可你不能往我伤口上撒盐!我在外面尝尽人情冷暖,回家不是来挨骂的。"父亲也就闭口不言了。当天晚上,全家三口人当了一夜的哑巴。

朱朱没有去看望旧日的朋友,大年初三直接回了北京。旧友纷纷议论说:

"肯定在北京混得不好,不然肯定找我们炫耀来了。"

"我看她迟早要在北京熬成个老处女。"

当朱朱在寿终正寝的爱情中绝望挣扎时,如玉也正在为她的北京爱情费尽心机。北京男友35岁，未婚，长相平平，东挑西拣耽误到现在。以前，男友净碰到物质水平尚可、长相一般的姑娘，下定决心非找漂亮姑娘不可。现在倒好，碰到漂亮姑娘了，却又犹豫起来，因为漂亮姑娘的贫穷同样令人生畏。男友和如玉早就滚到一张床上去了，每次抱着男友的身体时，如玉总企图整个地把握他。因为她需要他的所有，她那样渴望停留，想借男友的身体在北京生根发芽。她奋力带他进入另一个世界，在这短暂的时间里，没有目标，没有灵魂，没有苦与悲，一个消失在另一个里。

如玉抓住时机时不时在男友家进进出出，可男友就是一直下定不了决心结婚，因为和一个京漂结婚意味着起跑线从低处开始，要转户口，麻烦多多。要从头开始编织社会关系网：假如找一个北京姑娘结婚，男友就可以像一只蜘蛛占用另一只蜘蛛的网那样简易轻便，彼此在彼此的网中穿梭爬行，重新结网是费力的，而且不知道触角要伸向何方；或者从最实际的物质角度出发，娶一个好的北京姑娘，就等于娶了岳父岳母的退休金，运气好的话还可以娶上一套房子。尽管男友并未将这些想法在如玉面前明说，如玉却很清楚男友肚子里的蛔虫。她要想办法往自己的天平上加码。

这天，如玉趁男友心情愉快的时候说："小张，不如我们去合一合八字吧，如果合得来，你就娶了我，你也知道，姑娘的青春比无尾猫的尾巴还短，我经不起耗。要是咱八字合不来，早日散伙拉倒。"

小张一想也是，这样耗着实在是自己不讲理，不能老是占着茅坑不拉屎，该是决断的时候了，只是此事太过难于抉择，不结婚吧，眼看美女就要拍屁股走人；结婚吧，似乎又太对不起自己，好比旧时大户人家娶了贫寒之女一样委屈，有失自己的身份。既然抉择如此之难，不妨就由算命先生来决定自己的命运，像他以前考试时不知该选A还是选D时就扔纸条来决定一般。

有一个远近驰名的老先生，据说通读《易经》，几近天人合一的境界。

小张一见那老头，两只手枯瘦如鹰爪，眉宇间一股清淡之气，心里便生了一份好感。两人各报了生辰八字，老先生逐一写下，字迹笔走龙蛇。先是闭目心算琢磨，而后睁开眼睛，一股精锐之气从眼中射出，开始侃侃而谈："两位虽算不上天作之合，却也能善始善终。小姐是土命，先生是金命，土能生金，如影随形。生肖上一个属羊，一个属猴，是很好的搭配。最重要的是——"老先生停下来喝了口水，男友显得有些着急，问道："最重要的是什么？"如玉在旁边暗笑，那老头演技果真不凡。老先生继续道："世间信男善女大都婚姻平淡，难以有大成就。这位小姐虽然从事业走势上劲头弱于先生，却能够为先生产下极有出息的婴儿，也因了这极有出息的婴儿，你们夫妻二人晚景极为幸福美满。"

寺里面种满菩提，放眼望去，满是菩提那肥厚浓绿的叶子。小张付了钱，和如玉走在菩提树下，放声大笑道："这老头满嘴胡说，想来老头专以这三寸不烂之舌取悦于人。"话虽如此，如玉却看见男友两眼晶晶闪亮。她脸上现出狐狸似的微笑，一边得意着计谋奏效，一边心痛起昨天送给老头的 800 块钱来："这老头，狠着呢，从 1200 勉强杀他到 800。"昨日如玉先把两人生辰报给老头，老头略一掐指，道："这位小姐，恕我直言，两位八字并不相配，难以成事，我看——"

如玉急了："我明天带男友来再算这相同一卦，务必请你美言几句。"老头朝如玉挑了挑眉毛："我说这位小姐，婚姻大事岂能儿戏？"如玉道："大师，我迫切需要这段婚姻，请你玉成。我愿略尽心意。"

老头面露难色："我从业多年，第一次遇到这种请求。我若打了诳语，就是对另一人的不公。"如玉说："大师何必放在心上？你只是说话而已，信不信由听话的人决定。"老头沉吟道："那好吧，这个数，"

老头左手伸出一根手指，右手伸出两根手指，"1200，我打了诳语，要献一些给佛祖才好。"

如玉央求道："大师，你看我浑身上下这行头，要是能付得起1200，我也不必急着要这段姻缘了。少一点吧，好不好？"

老头说："800吧。再不能少了。"如玉张口还想再砍，老头摆摆手："这位小姐，实在不行你就请回吧。"如玉一咬牙："好，800就800。我事后一定将红包送来，只是请您明天务必帮我。"

如玉风光体面的婚礼深深地刺痛了朱朱的心。假如生活也是创作的话，那么，朱朱的创作是失败的，她创作生活的能力远远低于只有高中文凭的如玉。如玉顺利地找到了一扇进入北京的门。朱朱觉得自己就像坐在一艘船上，可那个划桨掌握方向的人却不是她自己，倒好像有一双无形的大手在推动似的。朱朱只凭着一股惯性上报社去，回出租房来，回南方或者不回的念头一直在脑袋瓜里拔河。她麻木地上下班，不知道要确立什么样的人生目标。

这晚，朋克头叫她去参加一个饭局，她痛快地答应了。意想不到的是，王编辑也在饭局里面。席间人谈笑风生，一个个养尊处优的模样。朱朱天性不会喝酒，只喝一杯啤酒就开始头昏脑涨，但还是恭敬地敬了王编辑两回酒。她一直怕见王编辑，因为王编辑热情地帮她在作家出版社联系了一个书号，她却改变主意不出书了，亏欠了王编辑一个人情。朋克头悄悄地捅了捅朱朱："你这丫头怎么这样笨哪，那姓王的可是敬陪末座，在圈子里没有人不笑他的迂，老朽得不能再老朽了。你倒好，眼中只有他，人家不笑死你才怪。"

王编辑埋头吃菜。有人正在谈男人的"老干部"和女人的"老干部活动中心"，席间嘈杂，王编辑只听了一个尾巴，接口道："你们谈的这个老干部活动中心如此有趣，在哪里呀，我下个月就退休了，我也去活动活动。"全席"轰"地一下笑开了，有的把口中的酒喷出来，溅了一桌子,那人忙不迭地道歉,却无力去擦拭桌子。朋克头笑得花枝乱颤,另一个笑得上气不接下气的男人道:"欢迎欢迎。"王编辑被莫名其妙地笑得红了脸,讪讪地不知如何是好。

朱朱难受极了,就好比自己当堂出丑一般。看着曾经有恩于自己的人被人嘲笑,她的心里涌起一阵悲凉。可她不敢站出来为王编辑说话,不知什么时候她也学会了退避,当一个气场的决定权完全掌握在对方手里,很多人会选择投其所好,免得自己受损。人在江湖飘,常常要不得已地判断谁能对自己有所助益,而谁又不能;即使曾经助益过自己的人,在不得已的情况下,也不得不与对方划清界限。更可悲的是,如果你有一天抛弃了曾经帮助过你的朋友,以后也会被朋友所抛弃。啊,这些让人厌恶的弯弯绕,都是这美丽而又复杂的北京城教给她的。本来朱朱听了朋克头的话想把自己豁出去了打通关,敬在座一人一杯。这个笑话一出,朱朱执拗地沉默着无所作为。散席后,朋克头责怪道:"本来拉你来是为了活跃气氛,你却像根木头似的,原想你跟这些码文字的人比较有话说。早知如此,我还不如叫上小刘来帮我攻关呢。"

朱朱心不在焉地听着朋克头的责怪,目光却在搜寻着王编辑的影子,她真恨不得立刻对王编辑说:"王老师,那帮人对你误解得很深呢。其实我看过你的散文,文字特别有力量,他们怎么能这样笑话你呢?"转而她又打消了这个幼稚的念头:"算了吧,搞不好还会让王编辑误以为我在搬弄是非。"顺着这个思路下去,朱朱又想到:"说不定王编辑也听说了有关我的不好的传言,比如说文字力度不够啦、短命作家啦,为人死板啦,人家怕伤害我,也忍着没告诉我。为人还是成熟一点吧。"

想到这里,朱朱忍不住长长地叹了一口气。王编辑下个月就退休了,从王编辑身上通往文学的路也就堵死了。以后的路更渺茫了,好像一艘船在水光中徘徊，最终极可能消逝在茫茫大海烟波浩渺处一般。她真想回南方去，可是她哪里有脸回去呢？无论她在外面混得有多惨，哭声有多凄凉，至少，他们在南方听不到她在北京的哭声，尽管她是那样渴望着亲人用他们的话语抚慰她那颗像冻在冰窖里的心。

农历二月，朱朱听到了从南方传来的消息：男友的婚礼定于明日举行。朱朱急了，想都不想就捞起电话筒，口不择言道："小陈，我求你了！我不在北京待了，我现在立刻就回去，好吗？"

那边一字一顿地说："一切都已经晚了。即使你现在立刻回来，你永远不在北京待了，也没用了，来不及了。"

声音听起来是那样地冷，好像北京的寒流蔓延到了南方似的。

埋葬爱情时痛苦尚少，唯有在对往昔甜蜜爱情的追忆时，痛苦倍增。朱朱将钱包里男友的小照片拿出来，抄起剪刀就剪。又找出大学时的几封情书，一角一角地撕。撕得红了眼，把手机里的短信调出来，找到昔日的甜言蜜语，一条一条地删。三年来对爱情的惨淡经营已告失败，所有的情感开始褪色。她曾经盼望着走向爱情的彼岸，末了想不到彼岸迎接她的是这样一片黯淡的天空。

她要在这个晚上焚毁所有关于往日爱情的记忆，这个晚上因爱的缺失而显得加倍的寒冷。朱朱喝了一夜的酒，末了将酒杯砸到墙壁上："我就是不回去了，死也要死在北京！我宁愿伤心，宁愿流泪，宁愿后悔，就是不回去了！"呼啸的北风在窗外怒吼了一夜，啊，离开故乡来到一个陌生的地方就像死过一次又重新活过一次一般！只是没想到，从此岸精疲力竭地泅到彼岸，她仍然是这样地一无所有。别人失恋，可能只是对爱情绝望，而她的失恋，则让她对整个人生感到彻底的失望，包括对自己一直认定的人生道路产生怀疑，由此带来了铺天盖地的虚无感与幻灭感。

北京又下雪了。雪花白如岁月的淙淙流水。天空分裂成凌乱的一块块，满布着铅状的云，光秃秃的树木在满是寒光的天空下瑟瑟发抖。前面等着她的，仍旧是一座满是悬崖峭壁的高山。

三个月后，如玉刚回到家，事情就毫无预兆地发生了。外面已是暮色沉沉，屋子里静悄悄的，没有声音。往日丈夫下班回来，第一件事就是开电视，今天屋里阒寂无声，有些蹊跷。如玉刚换上拖鞋，忽听到背后一个阴沉沉的声音道："智谋家回来了？"如玉吓了一跳："你今天怎么啦，阴阳怪气的。"她看见坐在沙发上的丈夫脸上闪着蓝幽幽的光。

"骗子！女骗子！"小张突然歇斯底里地叫了起来。

如玉心虚起来，又故作镇静温柔地说："到底怎么啦？"她才不会上钩呢，自己主动交代，不正坐实了小张的猜疑？

小张气急败坏："什么极有出息的婴儿，什么晚景幸福美满，全是骗人的鬼话！你费尽心机，总算如愿以偿把我算计到手啦！"如玉上前一步想拉住小张的手，小张一把将她推得往后倒退了几步，厉声道："别碰我。我最容不得欺骗我的人。离婚！"

一听到"离婚"两字，如玉的心颤抖起来："你说清楚，我到底哪里欺骗了你？你让我死也死得明白，死刑犯也得知道他为什么被判死刑吧？"

小张冷笑道："你还挺会演戏的，你不当演员真是中国演艺界的损失。我妈急着抱孙子，拿咱们的八字去问我们什么时候生儿子，结果人家说我们根本八字不合。"如玉急辩道："现在的算命先生，有的道行深，有的道行浅，你怎么能随便相信哪个江湖骗子的鬼话？"小张的气好像消了，坐在沙发上跷着二郎腿问道："你凭什么说人家道行浅？"他的眼神高深莫测，脸上现出猫逗弄老鼠般的神情。

如玉明知事情不妙，仍然垂死挣扎："我们去找的那位先生声名远播，当然道行最深啦！"

小张接口道："道行当然深啦，不然怎么可能不费吹灰之力就赚那么多钱？你贡献了800块，我可是贡献了2000块才从他口中套出真话的！"小张好像解脱了似的轻松起来，竟然去舀水浇起富贵竹来。如玉脸色惨白，跟在他身后道："是我不对，我骗了你，我向你道歉还不行吗？我们干吗要相信那些所谓算命先生的话呢？现在我们结了婚，不是很恩爱吗？"

小张只用屁股对着她："别用恩爱这个词，我感到恶心。连婚姻都要算计的女人，什么东西不能算计。离婚协议书我已经写好了，放在桌子上，你签个字就行。"如玉像挨了闷头一棍那般傻掉了，猛然之间竟问道："那财产怎么分割？"这句愚蠢的话不啻火上浇油。小张道："这还不简单？你怎么来的你就怎么去。你可别跟我提什么青春损失费之类可笑的字眼儿，夫妻之欢，双方付出都是平等的。"

如玉跌坐在沙发上："我坚决不离。"

小张平静地笑起来："你还不了解我的做事风格吗？我相信不出几天，你很快就会在离婚协议书上签字的。或者在民议庭上见面也行。这几天暂时让你借住在我这儿，等离婚证拿到了，我一分钟也不会让你多待。"

如玉在沙发上整整呆坐了一晚。黑暗里是无边的寂静，没有任何痕迹，仿佛什么也没有发生过。

朱朱挎着采访包在街上踽踽独行。她不知道，在这个城市的深处，有很多个女孩像她这样在街上踽踽独行。也许这个城市里还有无数个像她们这样在街上踽踽独行的人，他们没有家园。无人处，风沿着黑色的电线长长地吹着，从黑色的方向到黑色的方向。以疏落的电线为弦索，低低地弹奏着。天上看不见一颗星星，仿佛无边的沙漠。而人群热闹处,北京的夜晚在霓虹灯的照射下依然显得分外的美丽。这时,朱朱的手机响了起来,朱朱按下接听键,里面传来如玉微弱的声音:"我在协和医院,喝了酒,胃穿孔了,快来救我。"

PART 05
春天的医院

  每天早上，吴医生都看见自己赖在床上，像个孩子一样用1000个理由劝自己起来上班。起初，他是带着诗人般救死扶伤的理想勤奋地读完四年医科大学的，没想到进了医院后他才发现，所有的诗意都是假的，只有肉体的疼痛才是真的。那感觉就好像误入了一间废品收购站，那么多七零八落残破朽坏的废品等着他去维修。慢慢地，病人在他的眼中就变成了一块肉，哗啦啦的肉。

医院是正常生活的界限，
医院是各类疾病的汇集之所，
身体其实是历史和事件的印记。

——题引

01

  吴医生目光空洞地穿过医院的圆形绿色花圃，进了电梯，摁下了12楼的神经科。当他走进办公室的时候，他有点恍惚，一时不明白自己到底怎么来到了这里，他很惊讶惯性对肉体的操作性。他慢吞吞地披上白大褂，开始一天的准备工作。隔壁间传来 3 床一声高过一声的号叫，那号叫声踩着人们的神经像跳橡皮筋似的，他皱了皱浓眉，一种恶心的感觉涌上心头。每天早上，吴医生都看见自己赖在床上，像个孩子一样用 1000 个理由劝自己起来上班。起初，他是带着诗人般救死扶伤的理想勤奋地读完四年医科大学的，没想到进了医院后他才发现，所有的诗意都是假的，只有肉体的疼痛才是真的。那感觉就好像误入了一间废品收购站，那么多七零八落残破朽坏的废品等着他去维修。慢慢地，病人在他的眼中就变成了一块肉，哗啦啦的肉。他发现一个现象，所有的病人不是奇瘦就是奇胖，瘦的眼窝凹陷，两腮干瘪，嘴巴像洞口豁着，皮肤像一张随时可裂的薄纸勉强包在干枯的骨头上，幽深可怖。胖的人身上的肉像浪花似的，一浪拍过一浪，还随时随地抓住吃的往嘴巴里塞。再想想 5 床的那个脑瘫患儿，七岁大的孩子，口水源源不断地流出来，鸭子似的走着剪刀步，抓住你的衣角朝你痴痴笑着，让人本能地将自己的衣角迅速抽出来。吴医生是 3 床、4 床、5 床的主治医师，3 床、4 床都是脑梗塞，有趣的是治疗态度截然不同，3 床整天吵着用最上等最好最贵的药，4 床则小心翼翼地拉着他的手哀求他开些最便宜的药。5 床是个脑瘫患儿。窗户玻璃整洁宽大，斜射的阳光似金色薄雾，可见其间浮尘游动，把吴医生的三个病人映成不同角度的侧影，这三个深深浅浅的影子，让吴医生感觉像一伙人围坐在生命的迷宫处冥思苦想。

一想到这些，吴医生就觉得世界上的阳光到医院门口就止步了。这里的时间很慢很慢，一日长于百年，仿佛每个房间都在冬眠，给吴医生产生身在寺庙的错觉，只不过这里比寺庙多了一份压抑与悲怆。只要想到自己工作在没有阳光的世界里，吴医生就颓丧地低下了头颅：医院外边是阳光、热血、蓬勃、喧闹，里边是乌云、冰冷、虚无、冷寂。实在是令人颓丧。任何一个人，都有权理直气壮地要求看到红润的皮肤、青春的脸庞、朝气蓬勃俊美的手臂与矫健的双腿。凭什么要剥夺他世界里的阳光？凭什么？吴医生这样追问，但没有人给他回答。

他妈妈给他逼急了，就刺他：路是你自己选的。

可我现在后悔了。怎么办？

怎么办？你自己买后悔药去。

可医院里什么药都有，就是没卖后悔药的。在医院里，吴医生患了神经衰弱症。他最怕夜班的时候，走廊上有护士走来走去，家属推着病人的轮椅慢慢走过。夜太静了，可以清晰地听见水流冲击吸痰器的声音，还有病床拖挪着从地板上拉过，甚至一粒药丸滚到角落……病人昏昏沉沉地躺在病床上，疾病扑扇着翅膀在病床边飞来飞去，唱着永恒沉睡的歌："比黑暗更加黑暗。你必须一只脚踩在墓穴中，另一只脚踏在医院里，才能聆听天上的音乐。"唯一的安慰是4床病人的女儿，她喜欢穿高跟鞋，每当她看望完母亲离去的时候，阴郁的走廊里响起高跟鞋清脆的敲击声，像是一个战士与医院决绝的声明。不知为什么，今天吴医生没有听到熟悉的声音。也许她出差了，也许她有一个要紧的会议，也许她病倒了。总之，吴医生想念起这个在黑暗隧道里独自穿行的脚步。

吴医生套上白大褂向5床走去。5床小军住院已经十天了。这几天着重训练小军的走路姿势，先从后边轻轻支持膝部，向前、后、左、右大幅度摆动，使身体保持平衡；同时训练足跟移动，站时立稳足跟着地。对常人来说轻而易举的动作，对小军来说却像珠穆朗玛峰一样难以攀登。吴医生在旁边一边看一边喊："注意立位平衡！前移时重心在足跟，后移时抬起足尖，保持平衡。先要有一条腿承担体重的准备，重心前移，同时另一脚迈出。唉，我说过多少遍了，孩子不懂事，你这个家长怎么也听不懂呢？你这个步行时一定反复练习，也要训练向侧方、后方迈出……"喊到最后，吴医生几乎要吼起来了。他没有意识到自己运用的专业术语给孩子和孩子母亲造成了理解上的困难。

吴医生喋喋不休地抱怨着，他觉得，在这间病房里，治病的人并不是在这里普度众生，而是和病人一起在这里受难。也许，他比病人更需要修行。陈红胆怯地望了望极不耐烦的吴医生，一边强忍住泪水，猛转过头大声训斥小军："脚要正！"可小军还是迈出了剪刀步，气得陈红一巴掌打在儿子脸上："你这个笨孩子哟！"小军哭起来，他哭得非常凶猛。他不明白妈妈到底怎么啦，以前，妈妈对他宠爱有加，这是妈妈第一次打他。大概是脸上辣辣作痛，小军干脆用小手往脸上抓挠起来，陈红忍不住放声大哭。她知道，这种康复训练，对儿子来说，不仅是肉体上的折磨，同时也是心灵上的折磨。每天，护士的针头都要毫不含糊地与皮肤成 45 度夹角从手上、脚上、额头上斜刺下去，药液粗暴地进入小军的体内。如果找不到血管，要一遍两遍三遍地重复，在护士看来，她面对的只是一个标本，而小军的血肉却禁不起这样的折腾，他本能地排斥，一见到针头就大哭着要逃跑……陈红一把揪住试图逃跑的小军，母子俩哭成一团。

吴医生摇头叹了口气，走回自己的办公室。每天，当他看到这个瘦削的母亲一遍又一遍地训练儿子正确的走路姿势时，他觉得这个女人正拖着沉重的脚步走向她那无尽的苦难。但这个女西西弗斯似乎比她要重复推动的那块巨石还要坚硬，她好像试图要超出自己的命运。事实上，目前全世界没有一个脑瘫患儿能够完全康复像正常人一样生活，也没有哪一个脑瘫患儿成人后走路不东摇西摆以维持身体平衡的。但吴医生给了这个女人一个错误的希望。女人荒谬地试图胜利，她不想被迫无奈地接受儿子被人蔑视的命运，于是她陷入了疯狂的无休无止的努力当中，她认为这是争取胜利应付出的代价。她在慢慢地认识黑暗，适应黑暗，然而她的心中还是疯狂地追逐着光明，也就是儿子康复的那天。

陈红抱着儿子从1207窗口远望。她看到一个拉着红绿色垃圾车拼命爬坡的清洁工，努力向上蹬，那垃圾车似乎有倒退的趋势，清洁工不得不敏捷地跳下来挽救向后滑的车子，先稳住车身，再埋头往前推；一个出租车司机被迎面而来的一辆摩托车弄得被迫紧急刹车，伸出脖子在骂娘；一个边打游戏、边吹口哨的中学生；一个把高跟鞋踩得咔咔响的摩登女郎；几只一会儿排成"人"字形、一会儿排成"一"字形的大雁；一大片绿得耀眼的绿化带……陈红叹了口气，人各有命，就像生了个脑瘫儿子，这就是自己的命。意识到午饭时间将到，她轻轻地放下儿子，急匆匆下楼为儿子买些营养汤饭。

医院里共有五部电梯。一部是医生护士专用的，另外两部只上到十层，还剩3号和5号两部可直达12层。人很多，很挤，不等电梯里下到一楼的人全部走出来，要上去的人已经涌入，陈红手提着刚买来的营养汤，从对小军病情的冥想中惊醒过来，慌慌张张地最后一个挤进电梯里。可她刚挤进去的时候，电梯就不容分说地尖叫起来，有两三个人立即吆喝："出去！出去！超重了！"陈红只好尴尬地退了出来，一边将手中的塑料袋举起来查看里面用一次性泡沫碗装的汤有没有被挤坏了。

七周岁的小军左右前后摇摆，吃力地走着。他走的依然是剪刀步，叉手叉脚的，嘴角源源不断地流出口水，从后面看十足像一只刚学步的鸭子，又像一具牵线木偶，好像他背后多出一根看不见的吊线似的。突然，他摔倒了，哇哇大哭起来，努力想哭喊出"妈妈"两个字，最终不能成形，只听见一片混杂的哭声。出现在病房门口的陈红呆滞地微笑着,要是在一年前,看见儿子摔跤,她肯定要流比小军更多的眼泪,现在,她的泪水仿佛流干了。以前她看《红楼梦》,对林黛玉"泪水好像比前阵子少了"的说法嗤之以鼻,在整部《红楼梦》当中,她最讨厌的就是林黛玉了,那时的她活泼极了,爱说爱笑,人生的天空一片晴朗。如今陪儿子待在这令人窒息的1207病房里,在儿子摔倒的时刻她竟然莫名其妙地想起她最讨厌的林黛玉,想到这儿她竟然笑了起来,只不过笑容有点凄惨。

罗进发和陈红在小军前面还有一个可爱的女儿。陈红首次生产之前,婆婆殷勤地照顾她,变着法儿给她补身体,红枣、枸杞、排骨汤是天天少不了的;还托人到深山里买了贵得让人咂舌的石蛙,说是可以清火解毒,日盼夜盼着陈红给她生个胖孙子,好续上罗家的香火。凡是天上飞的、地上爬的、水里游的能弄来煮的都弄来了。又到庙里求了支上上签,回到家后喜滋滋地告诉儿媳妇:"红啊,菩萨说你保准能生个胖儿子!"陈红心理压力相当大,她每天都要忧心忡忡地抚摸自己的大肚子:"儿子啊,你可要为妈妈争气!"

临产当天,婆婆紧张地守候在产房门口。一听护士说生的是个女娃子,婆婆傻眼了,上前抓住护士的手:"有没有弄错?"护士鄙夷地甩开婆婆的手:"产房里就你媳妇一个人,怎么会弄错呢?"婆婆才恍然从梦中醒了过来,拍着大腿撕心裂肺地哭了:"我老婆子是个没福气的人啊!没福气的人死了算了哇!"陈红听着婆婆的哭喊,自己眼泪也潸潸而下,她恨不得把所有吃过的山珍海味都吐出来还给婆婆:自己真是个不可饶恕的罪人!

好在陈红和罗进发夫妻俩还有机会,农村允许隔五年后生第二胎。罗进发靠养猪发家,这几年猪肉行情大涨,罗进发是个舍得下力气劳作的人,吃住在山上的猪圈旁边,六十几头猪一下子可卖出六万多块钱。每次把钱存进银行后,罗进发都会说:"这是存给我儿子将来读大学的。阿红,到底还差几天可以再生第二胎?"

女儿长到五岁的时候,罗进发紧锣密鼓地让妻子怀孕了。他在陈红耳边说:"这次一定要生男孩!只许成功,不许失败。要是再生女孩,干脆把你休了算了。"见陈红有些幽怨,罗进发搂了搂妻子的肩膀:"说着玩的。我费了老大的劲才娶到你,怎么可能把你休了。不过这次你的肚皮一定要争气,给老子生个带把的,老子大宴全村,再帮你娘家起个二层楼!"

到了胎儿七个月的时候,村里有经验的婆娘瞧着陈红尖尖的肚子,都说这回肯定能生个男孩。罗进发乐开了花,逗一个叫毛毛的小男孩:"毛毛,你说,你阿红婶肚子里藏的是弟弟还是妹妹?"毛毛正在玩追铁圈的游戏,不假思索地说:"妹妹!"然后又飞奔着去追那因他答话而跑远了的铁圈。

都说小毛孩的话是最准的,罗进发的脸气得成了猪肝色。罗进发怎么都不放心,带陈红去做了三次彩超。第一次彩超图片出来,罗进发颠来倒去地看,将图片拿到日光灯下凑近了看,怎么也看不出名堂来,那婴儿的私处一片模糊,凭他肉眼凡胎实在分辨不清是男是女。罗进发不到黄河心不死,七拐八弯地花钱孝敬了一个医生,第二次做了彩超,医生告诉他是个男孩。罗进发将信将疑:"医生到底有没有骗我?说不定是个女孩,怕我逼老婆去堕胎,就糊弄我说是个男的?"

陈红骂他:"你真是个狠心贼,要是个女孩,你真叫我去打胎?你不是女人,不知道皮肉痛的苦处。"罗进发黑下脸:"要真是个女孩,老子非让你去打掉不可!我说你这个女人,是不是存心想让我们罗家断子绝孙?"一番话气得陈红哭了整整一个晚上,一早起来,两只眼睛像硕大的蟠桃。

罗进发再次变着法儿孝敬了另一家医院的医生,又让陈红做了一次彩超。这次医生还是告诉他是个男孩。罗进发总算吃了颗定心丸，更加卖力地伺候陈红。他陪陈红坐在院子里晒太阳，院子很大，角落里堆满工具和杂物，屋檐下的地面起了一层苔藓，一棵蒲公英从砖缝里滋长出来，毛毛的，软软的。罗进发仿佛看到了儿子在院子里撒欢的情景，他不禁傻呵呵地笑了。陈红啐他："你傻乐什么！"

半夜里夫妻俩私房话的时候，罗进发眨着那双全村著名的小眼睛，将自己的小九九告诉妻子："这次生孩子咱就不去医院了，请个农村的产婆来。要是男孩，那是皆大欢喜；要是女孩，我们可以对外人说孩子难产死了，那我们才有机会再生个男孩，你觉得怎样？"罗进发这主意可是想了很久才想出来的，他要的是十拿九稳。

陈红觉得这个主意太荒谬，她吃惊地瞪大眼睛："要是难产怎么办？"罗进发大手一挥："乌鸦嘴！不可能！"陈红还想反驳，可她终究不敢违背丈夫的意愿，要是她吵着上医院生孩子，万一又生个女孩，到时丈夫和婆婆翻起脸来，她可没办法对付。

这天早上，陈红的羊水破了。窗外天空的光亮映出河谷的轮廓，太阳的第一缕金线慢条斯理地落在河边的树梢和高耸的屋顶上，草地上的露珠闪现着无数晶亮。婆婆在晨光中跪在蒲团上不停地向菩萨祷告。

罗进发跨上摩托车飞一般载来了村里的产婆。阵痛一阵比一阵凶猛，陈红本想忍住不叫唤，怕真的再生一个女孩惹来婆婆的闲话："瞧，又生了个丫头片子，你还有脸叫唤！"可她后来慢慢地扛不住了，情不自禁长一声短一声凄厉地叫唤起来。产婆急得满头大汗，不停地喃喃自语："看来是难产，而且还不是一般的难产。"罗进发一颗心高悬在半空，额头上沁出密密麻麻的汗珠，他抓出一大把百元钞票在手中扬得哗哗响："阿婶，你帮帮忙，帮帮忙，把我的大胖儿子接生出来，我谢你一辈子！"

产婆说:"还是赶紧将人送医院吧!"罗进发扑通一声跪了下来:"阿婶,你帮帮忙!"陈红已经痛了37个小时了,罗进发冲老婆喊:"阿红,你使点劲啊!"陈红没有应他。她晕过去了。产婆慌了:"不行!得赶紧送医院!再不送就两条人命了!"

罗进发眼看老婆已经快不行了,这才慌里慌张地将陈红往医院里送。幸亏自己家里有载猪的农用车,挂了急诊,医生呵斥道:"怎么这时候才送来!"罗进发不敢开口,任由医生责备的话语与目光石头一样砸在他身上。终于,产房里婴儿啼哭声军号一般响起来,助产士将婴儿抱了出来:"瞧,带把的!"婆婆一句"祖宗保佑"还未说出口,眼前一黑,跌坐到地上。罗进发一手抱着婴儿,一手将母亲搀起来,埋怨道:"妈,大喜呢,你喜气点儿!"

罗进发母亲擦着泪花道:"是啊是啊,大喜呢。我这是高兴的。老天爷终于开眼了,回家我这就上寺庙给菩萨还愿去……"

助产士对罗进发说:"这孩子难产,没有及时送来,能安全生产实在是万幸!不过,出生时憋了一下,有瞬间缺氧,以后照料孩子要特别细心!"罗进发诺诺连声,他沉浸在喜得贵子的喜悦里,根本辨别不出助产士话里的含义来。

小军在八个月里给这个家庭带来了巨大的欢乐。他长得很好,白白胖胖的,喜得罗进发将陈红功臣一样地供着。到了第九个月,陈红有点慌了:"阿发,你说人家小孩七坐八爬九发牙,可咱小军九个月了,怎么还不会坐?"

罗进发笑她:"你急什么?孩子长身体有早有晚,时候到了,他自然就会坐了。"陈红只好拼命地熬龙骨汤给孩子喝,反正家里有的是猪。

慢慢地,罗进发也觉得有点不对劲了,小军经常流口水,到现在还不会喊爸爸妈妈,一周岁了还不会坐,连最贵的安利钙片都买来给他吃了，还是没效果。两个人这时候都急了，赶紧抱小军上医院检查。医生嘴里吐出来的两个字让夫妇俩目瞪口呆："脑瘫！"

夫妻俩从此踏上了漫漫求医路。经常有人会看到这样一对夫妻坐在客车上，丈夫站着，满嘴的胡茬子时不时地抖动一下，像冬日风中的枯草。罗进发不再像以往做生意时喜欢跟其他乘客聊天，他的嘴好像上了锁，隔着一层脏得如抹了猪油的窗玻璃，痴痴地望着车窗外面那片黑乎乎的急速后退的令人绝望的田野。

3床突发脑梗塞送来的时候，担架上的他像一尾僵硬的鱼。他穿戴得如此整齐，一丝不苟。护士飞速剪开他的外衣，毛衫，然后肾上腺素心内注射，心脏按摩，人工呼吸。时间在悄悄逝去，一片沉寂。吴医生本来以为抢救对3床来说只是流于形式和某种基于对活人心理上的安慰。他的亲人对奇迹出现的期待也并没有延续多长时间。经历了数个小时的折腾之后，心电监护仪上并没有显示心脏复苏的迹象。吴医生对那两个悲伤得近乎神经紊乱的中年夫妇说，很抱歉。你们来得太晚了。家属要求再次努力，吴医生只好顺从，没想到，奇迹出现了。吴医生获得了一面家属送来的锦旗。

窗外的阳光很好，无数颗细小的尘埃汇成巨大的河流涌入。它们在自己的宇宙跳动，旋转，厮杀，尖叫。它们狂躁地冲向床上奄奄一息的老人，而他连抬起手挥动的力气都没有了。他怎么会有力气呢，他的胳膊如竹枝一般，暴露的青筋，突兀的骨架。女儿把一小块蛋糕慢慢送入口中，他还是吐了。一阵剧烈的咳嗽，仿佛要把整个胸腔都咳出来。用尽了全身的力气后他终于平静下来。站在旁边的女儿像安慰孩子一样拍打着他的背，儿子偷偷地背过身去，擦眼泪。

　　病房里一如既往的白，正门刷着黄漆，被关得严严实实。尿盆就放在床底下，隐隐散发出臭气。桌子上放着一叠叠剪成不规则形状的卫生纸和乱七八糟的杂物。

　　3床的儿媳妇没有走过去，她坐在椅子上仔细地剥一只橘子，白色的纹路挂满橙色的皮肤，浅浅的，不要很大的力气就碎了，橙色的汁液渗透出来，然后把橘子放在凌乱的桌子上。她告诉自己：不难过，不落泪的。就在去年，公公还能帮忙刷油漆，还经常在公园周围溜达，还能送孙子去上学，一顿还能吃两大碗白花花的米饭。怎么现在就成这样子了呢？

　　做儿子的不想谈自己的感受或是心情。儿子每天晚上七点都会准时出现在病房里，3床是很以自己的儿子为骄傲的，他神气地向病友们介绍："我这儿子在地税局工作的，怎么样，行业不错吧？这孩子又孝顺，我一辈子养这么个儿子，值了！"

　　儿子有点难为情，朝父亲的病友们微笑了一下，转头对父亲说："我昨天上网查到了一种新药，配合脑梗塞的清理工作，效果很好。爸爸要不要试试看？"

　　儿媳妇担心地问："肯定老贵的吧？"

　　儿子尽量轻描淡写："一次两百多块，一个疗程下来，要多一万块钱的费用。"

　　媳妇拉下脸来，赌气看窗外。

　　3床丝毫不理会儿媳妇，他大手豪迈地一挥："用上用上！有好药为什么不用？只要对病情有利的，统统都用上！老子辛苦了一辈子，得留着这条老命好好享福！"

小两口从医院里回来，媳妇就唠叨开了："爸爸怎么也不为我们想想啊？我们房子每月还要还按揭贷款2000元，儿子每个月上幼儿园要600元，一家三口还得吃喝拉撒，再加上装修房子欠的债……"

丈夫怒目圆睁："你怎么这么势利啊？我爸爸把我培养成现在这样容易吗？敢情那不是你爸！闭上你的嘴，给我滚一边去！"

女人挨了骂，眼泪夺眶而出，紧紧地闭上了嘴。她是真伤心了，为了这个家，她节衣缩食省吃俭用，连套像样的衣服都舍不得买。就说说脚上的这双人造皮鞋吧，鞋头的皮早就踢没了，露出黑头来，捂也捂不住，早就应该再买一双了，可那50块硬是舍不得拿出手。老头子倒好，一万块钱的医药费眼睛眨都不眨就花了，他是农村户口，医药费没地方报销，每一分钱都得从儿子的裤兜里掏。这日子也真过得寒心，滚就滚吧，没什么可留恋的。

女人一句话也不说，胡乱收拾了几件衣裳开了门就要走。做丈夫的急了，先她一步直扑房门，把门锁死："你干吗去？"

女人硬邦邦地："回娘家。"说着冲上来奋勇拉门。

男人用背顶住房门："那明天我去上班，儿子谁送去幼儿园？"

女人撇撇嘴："你自己想办法。"

男人上前夺女人的包："我跟你道歉行了吧？我知道，我说那话伤你的心了，我说完就后悔了。可我心里也苦啊！你瞧，我的嘴巴都起了十几个泡了！你怕那医药费像天文数字一样往上加，你以为我不怕吗？我也怕！可怕也得顶上呀，你说是不是？在爸爸那边我必须做一个好儿子，你又要我做一个好丈夫，儿子要我做一个好父亲，我真的很累，真想一个人到外面躲几天算了！当然，这种想法也只能想想而已。你也一样，发发脾气就算了，你不能走。你走了，我怎么办?"

男人再次夺女人的包,女人执拗地抓住包不放。男人绝望地松开手,颓然坐到沙发上。女人呆了呆,终于忍不住放声大哭。哭累了,就用手去抠墙壁上的粉皮。

吵完架的第二天,男人还是一下班就朝医院奔去。父亲的治疗情况看起来不错。给父亲削好一个苹果,他开始不停地在病房里踱来踱去,他显得疲倦和心烦,踱到桌子旁边,站定了,无意识地把自己放在桌上的公文包不停地打开又合上,合上又打开。这是一个疲惫而涣散的日子,空气也百无聊赖的,做儿子的觉得自己木愣愣地好像变作了一个植物人。良久,他呆滞的目光挂在了输液瓶上,仿佛找到了一处歇息所在。而父亲,正安恬地任由源源不断的金钱输向他的体内。最终,儿子找到了一把椅子。他看起来有点未老先衰,两道纹线深深地勒着嘴角,整个身子完全塌进椅子里,看起来好像被谁抽去了脊梁骨。

这时,吴医生进来了,进行一天当中的例行查房诊治。他微笑着拍拍3床:"新药已经开了,今天就会送过来,治疗效果很好的。要记得往账号里先打5000块进去。老伯,你很有福气啊。"

3床骄傲地点点头:"是啊,我这是老来福。我那老婆命短,31岁就生病死了,我硬是没再娶,怕再娶的女人对儿子不好,就凭我咬着牙把儿子培养成国家干部。现在,我真的要好好享福了。"

吴医生点点头表示赞同。

03

原来的4床欢天喜地地出院了,他是公费治疗,啥也不愁。昨天,吴医生对他说:"你的病情基本上控制住了,明天我把药单给你,到交费处结好账,你去药房把药领出来,就可以办出院手续了。"

听了医生的一番话,4床的脸笑成了一朵菊花。要不是骨头老化,肯定要从病床上蹦起来。他快活地指使儿子、儿媳妇收拾这收拾那:"衣柜里还有一床毛毯,要记得收。哦,还有口杯,要记得带。"4床想把自己的快乐传给别人:"老伙计,你们也争取快点出院到公园里打太极拳!"于是,4床就率先奔上幸福的列车出院去了。

眼见4床的位置陡然空了,罗进发又是妒忌又是失落。很快地,4床迎来了一个重症病人,是一个五十几岁的妇女。由于床位紧张,只好男女混杂,反正都上了岁数,且都是病人,性别这个因素可以暂时不考虑在内。这个女人一天到晚24小时挂着呼吸机和氧气瓶,颈下垂着层层皮囊,身子下面垫着成人尿布。请了一个护工,喂食的时候,先帮她系上围脖,边哄边劝,往嘴里塞一些细碎得看不出原料的食物。汤与饭粒,常常撒得到处都是,护工保持着机械的动作,用勺子在4床那失去弹性的唇边刮来刮去。

4床总是长时间地昏睡,嘴角挂着浑浊的涎水。一旦醒过来,她就哭天抢地地哭号:"我不住院,我要回家!不住院,回家!你让我去死,让我去死!"她像一头发怒的狮子一样咆哮着,可她已经连挪动一下身体的力气都没有了。当母狮卧伏草丛舔伤时,犹有重获健康的希望，可她已经是一头垂垂老矣连狮毛都脱落得精光的老狮子了，整整一个活死人。窗外，黑暗在堆积。走廊的灯光透进病室，更显微弱。另一种黑暗无情地包围着老人。那是灯光驱不走的黑暗，是阳光冲不破的黑暗，是亲情挣不出的黑暗。在这里，一切抗争和挣扎终归徒劳。

儿子上前用力按住她的手："妈，你就安心治病吧，关于治疗费用不要想那么多。我知道你是心疼钱，可我们要是真的像你说的那样不花钱，你说叫左邻右舍的怎么看我们？"

女儿以半开玩笑的口吻道："妈，等你身体好了以后，再帮我们节约钱好不好？"

4床面朝墙壁，不理会儿女，低下头用手搓弄自己的衬衣衣角。她的衬衣颜色已经模糊不清了，可她就是不肯让人换掉：人一生病，脾气就变得反常地执拗——快走到头了，能节约一分钱就是一分钱！她偏执地认为，自己顶多也就再活个十天半月的，却要花费三四万块钱，这一点意义都没有，要是把这三四万块钱用在儿孙上面，多好！可是，儿女们没有一个理睬她，还是大把大把地往医院里扔钱，她心痛，可她又阻止不了。这个世界已经不以她的意志为转移了，以前全家以她为中心、唯她的话是从的日子已经一去不复返了，一想起这个她就更加绝望，更加坚定了速死的决心。

女儿本来还想用开玩笑的方法来掩盖内心的忧虑，看到母亲这种表情，她也显得沮丧而沉默了。

看到一双儿女决心已定，4床无奈地说："既然你们不肯让我出院，怕左邻右舍说你们不孝，那我就住院好了，让你们好做人。不过，我一定要用最便宜的药，如果这一点你们还不答应，那我就不吃药，你们等着给我收尸好了！"

女儿只得暂时答应她："好，好，我们答应你。"哄小孩似的。

4床眼看自己的折中方式得到了赞同,脸上现出了胜利的微笑。微笑之余她犹自不放心,当医生查房的时候,她捅了捅儿子的胳膊:"你跟医生说说。"

儿子为难地开口了:"医生,我母亲要求用便宜一点的药……"

4床更正道:"最便宜的。"

吴医生笑了。

儿子难为情地低下头,为母亲盖好被褥,仔细掖了掖被角。病房进入一天最安静的时刻,4床的心沉入黑暗,又从黑暗沉入到白夜,无法睡去。儿子的行为暂时给她温暖,但她明白,在强大无情的疾病面前,这温暖多么经不起推敲和消受,根本不堪一击。她的矜持和威严像深秋黄叶一样飘零。她像一头母狮,被剥夺了强健和威猛,疲惫地伏卧在夕阳下,伏卧在寒风中,无奈地等着天边落幕……

她的老头子来看她了。老头子是个处级干部,他刚把水果放在桌上,手机铃声就迫不及待地叫了起来,他摁下了接听键,那边说话了:"老许,是这样的,我单位有个女同志,40岁,单身,被事业耽误了,对你挺合适的……"

老头子期期艾艾:"我爱人还在医院里躺着呢……"

那边说:"老许,你看开点,我跟你爱人的主治医生很熟,知道她的病只是这几天的事……不怕你笑话,我就怕迟开了口,被别人抢了先。我单位里的这个女同志真的是好……"

4床在这一刻突然表现出异样的清醒。老头子刚把手机插进口袋里,她就问了:"给你介绍对象的是吗?我还没死呢,那些不要脸的女人就这样迫不及待了……"

她的儿子怒斥道:"畜生!"一副要杀人的表情。

老头子不自在地说:"你放心养病,别听人家乱嚼舌头。"4床突然古怪地笑了:"我就知道我该死,我早就该给你腾位置了……"女儿赶紧扑上去安慰:"妈!就凭这一点,你就该好好活,就该活活气死那些狗娘养的!"4床紧紧地抿住嘴巴,不说话了,将一双空洞的眼睛面向了头顶那片空空如也的白色天花板。儿子朝父亲怒吼道:"以后再接这样的电话,我把你的手机摔稀巴烂!"

眼见儿子怒气冲冲要把人撕了的模样,老头子急忙辩解:"别误会,我真没这样想过。全是那帮人在胡搞……"儿子瞪了父亲一眼,父亲就不再说话了。

夜,亮出它的锋刃,对病人对家属的切割再度开始。半夜里,4床突发高烧,她暴怒地对儿子说:"呀,这脑袋瓜里有什么混账东西在烧我。"剧烈的头痛痛得她一对深陷的眼睛淌出浑浊的泪水。她用力捶打着自己的头,好像想把里面的混账东西敲出来似的,看她那痛苦状,好像有一头小兽在脑袋瓜里咬她。值班医生来了,他诊察了一会儿,在病历上记下:"21日凌晨3点,4床出现眼睛发红、口腔污秽、头痛、极度口渴、谵语、体内有撕裂感。昏睡。衰竭。"4床的家人闻讯陆续赶来,病房里一片忙乱,所有的人都惊醒了。值班医生先开了退烧药,等明天早上会诊时再仔细分析病因。等值班医生走后,病房里的人都感觉头痛欲裂,好像每个人都发了高烧似的。可谁叫自己没有钱住单人病房呢,那就继续忍着吧。

第二天,4床病情奇迹般地有所好转。3床笑眯眯地转头看4床:"你说你怎么这样想不开呢?我们苦了一辈子,老了就应该好好享受享受!明天,我要叫儿子买些鲥鱼来给老子吃!"3床的性格是快活的,而4床阴郁着一张脸,她没有回答3床的话。3床碰了个没趣,把头转回来,低声嘟哝了一句:"宁愿人去死也不愿钱去死,那就等死吧!傻瓜!"

对待4床,吴医生内心是很矛盾的。一方面,他赞赏4床为儿女着想的心肠,可看到她那寻死觅活的样儿,他又恨4床恨得不行。你要是不配合治疗，那你干脆回家得了，非得待在医院里给医生添堵。4床就像一间风雨飘摇中的破房子，让他这个当医生的像擎天柱一样使出吃奶的力气支撑。他充当的是修补匠的角色，在颓败面前勉力杯水车薪地救助。所有的感觉就是一个字——累！

想归这么想，但从医院的效益考虑，吴医生还是拿3床给4床做榜样："阿姨，你要想开一点！你瞧瞧3床，用的是最好的药，好得也快，吃得好睡得香，人家想得开！有钱尽管花，带到另一个世界里人民币就不管用了！"

4床出于对吴医生的尊重虽然诺诺连声，还是拉着吴医生的手小声而坚决地要求说："吴医生，给我开最便宜的药……我老了，我的命不值钱，钱要用在儿孙身上才值……"

吴医生无奈地笑了笑。他想尽早脱身回办公室去，病房让他感到窒息，可4床还絮絮叨叨地没完没了。

今天轮到做女儿的来护理4床。除了换输液瓶，没有什么事情可做。女儿斜倚在窗前发呆。冬日的太阳刚才还在病房里洒下一大片，现在只斜进一角，只剩一条心虚的慌乱的尾巴。钟表的秒针滴滴答答地越走越慢，越走越慢，像一滴滴水积蓄在密封的病房里，从膝盖到腰部到脖颈，慢慢地把人全淹没了。她注意到母亲的衬衣四个纽扣已掉了三个，剩下的一个母亲又舍不得硬生生地掰掉……

23号夜里，毫无预兆地，4床突然病危。呼吸困难，抽搐，翻眼白，脸部器官全部扭曲。所有的急救措施都用上了。这一次，没有出现奇迹。吴医生直觉4床已经亮出了生命的底牌。当吴医生无奈地朝病人家属摊摊手后，家属们爆发出一阵如唱诗团咏叹般的集体痛哭声。日光灯惨白的光芒浇在所有人的脖颈上，一群悲伤的人无力地面对着死亡这个龇牙咧嘴的血腥怪兽。吴医生突然发现，在这个充满人声的房间里，其实类似空旷的荒野，4床的生命像羽毛一样飘飞走了,时间似乎停止了流动,病房里仿佛压满了几万吨的黑暗。哭声刺向了夜空,病房快要被哭声震裂了。吴医生不知为什么突然注意到4床赤裸的脚上,交织着许多突出的像青藤一样的静脉。他也有点想哭:疾病,是所有肉体痛苦的根基,撼动了生命的宙宇。吴医生揉了揉眼睛,好像被火烧着了一样,不敢看病床。那张床成了一个人生命的终点。他慌乱地将脑袋别转开去,他看到窗外街道上人群依然忙忙碌碌。这边有一个生命从世界上消失了,可人群中谁会知道这个刚刚消逝的生命也曾经像他们一样就在他们当中忙碌?汹涌的人流中没有人知道这里有几个人心里是多么的哀伤,看起来似乎世上任何一人的苦难都丝毫无损人世间欢乐的总量。

3床吓坏了。他总觉得4床空空的位置上还躺着个人,整个病房里像雷阵雨快来时天空中那层层累积的乌云。他反复向吴医生提要求:"吴医生,我要用最好的药。"不管午睡还是晚上入眠,血肉模糊的4床总是从黑影里跳出来,恐怖地闯进3床的梦里,血淋淋地朝他招手:来呀,来呀,我们一起做伴去……4床那张垂死的脸在不断地放大、再放大,她身上带着的地狱之火离3床越来越近,越来越近,那一道道火蛇,那一片片火的刀子,火的波浪,一次次扑向3床。3床嗷嗷叫着落荒而逃,他大汗淋漓嗷嗷叫着从睡梦中醒来,发现自己尿湿了。已经三天了,时间并没有消磨掉4床的身影,相反,却在不断地加深着3床对她刻骨铭心的印象,他觉得4床正试图拖着他朝阴曹地府里走去。这种感觉特别地恶劣,死亡的气息源源不断地进入3床的鼻腔、咽喉,然后顺着气管、肺泡、血液蜿蜒而下。3床悄悄地对儿子说:"你回家叫你女人为4床烧些纸钱,省得她老是要找我给她做伴去……"

儿媳妇顺从地烧了纸钱。可4床的影子还是影影绰绰地,老在3床的眼前飘动。3床抱怨道:"可能是儿媳妇不懂,烧的过程中没有讲清楚……"儿媳妇苍白着一张脸，听着3床的教导与训斥，她看到公公眼睛里熊熊燃烧着两束求生的火焰。

此后，3床吃饭专挑最好的吃。他觉得有权利享受，这可能是自己活在这个世上的最后一个夏天了，他有权利享受这个最后的夏天，因为每做一件事都可能变成是最后一次：最后一次睡下，最后一次从睡眠中睁开眼睛，最后一次上厕所，最后一次洗手，最后一次喝水，最后一次吃水果，最后一次看自己的儿子，最后一次看电视，最后一次打量自己……难道自己真的被逼到绝路上了吗？他不愿意相信！

褐色的斑点爬上3床的脸颊，他的面容泛黄，像一本书似的颜色越来越深。病痛僵硬有力地镂刻在他大理石般惨白的躯体上。有时，当病房里传来某个病人送往太平间的消息，他会觉得自己在又一场角逐中获得了胜利，俨然是一位战场上的名将。他走在78岁崎岖难行的生命峰巅上，每当清晨好不容易再一次睁开眼睛，阳光那样刺眼，从窗户外面抽出它那不怀好意的利刃，利刃上发白的、厚密而无情的寒光仿佛随时会朝着他一刀刺过来。特别是在夜晚里，他总会觉得自己的衣角被挂在了墓穴石上，他必须使劲把衣角从坟墓半开半合的缝隙中抽出来。睡梦中，死亡的波涛气势汹汹地将颤巍巍的他席卷而去，而他必须艰难地划动正在把他卷往地狱的时间的波涛。尽管极度不甘、极度抗议、极度拒绝，最终还要在一个未知的时间里被迫接受那个铁一般的宿命……

04

散步的时候,吴医生看到住院楼外部装饰的霓虹灯在闪烁,这让他有一种夜总会的怪诞之感。难道是这个生与死交汇的地方太沉重了,必须给它来一个类似黑色幽默的效果?要以那俗艳的大红大绿来冲淡那原本以白色为主的中心主题?

花圃那边很热闹。没有轮班的医生们都在那边聊天。医生们大都注意养生,饭后散步是他们人生中雷打不动的规律。吴医生家是典型的丁克家庭,他爱人在心血管室工作,两人常年目睹人在疾病面前尊严全无的惨景,一致决定不要孩子。医院家属楼的花园是相当理想的沙龙场所,常常有十几位同人在那里聊着聊着就聊到某个医学命题。这天,吴医生向大家描述完小军和小军父母的惨状后,慷慨激昂地宣布:"我看这个脑瘫儿安乐死算了!哪对父母摊上这么个脑瘫儿这辈子就算是毁了!我赞成安乐死!我希望安乐死能早一天在中国立法!如果一朵花已被病毒腐蚀了身体,凋谢成为必然,那么何必还让它忍受凋谢前一点点腐烂的过程呢?人生本来是用来上孝父母、下爱子女、和爱人友人一起携手前行的,而一旦活着成为亲人们的负担,那这鸡肋一样的人生还有意义吗?当生命失去乐趣的时候,如果真的无法得到延续生命的机会,那就请优雅地转身离开吧!最起码,可以减轻他人所承受的痛苦。"

吴医生知道自己天生有点不正经,在越让人同情哀怜的场景中他不知道为什么越想发笑,这是医生的大忌,但他还是成功地躲到了一本正经和严肃认真的背后,他的年轻有为迷惑了所有的人,难以体察到他是一个不善施恩的人。

陈医生立刻反驳:"吴医生你这是典型的纳粹思想!我看你整整一个希特勒!你这种想法说到底不就是人种淘汰吗?只从实用主义出发,为什么一定要剥夺弱者的生存权利?"

吴医生冷笑着反唇相讥:"我看你的观念怎么像原始人那样古老?我觉得,人对死亡的观念应该不断地发展演变,从最初盲目畏惧死亡发展到消极平静地接受死亡,最后发展到积极主动地规范死亡。所以我赞成安乐死。"吴医生在医院里是出了名的激进主义者,一般人不愿与他交锋,偏偏陈医生是个认死理的理想主义者,他不依不饶地与吴医生展开辩驳试图一决高下:"我反对安乐死。考虑到重症患者的神智往往并不清醒,他们的亲属可能会出于减轻自己负担的角度,催促医生给病人实施安乐死,结果一些完全有可能被救治的病人因此而'非意愿死亡'。另外,医生也可能给未能救活病人找到'合法解释',声称按照现有法律,只要现行技术无力回天,就可以劝说病人放弃治疗、自动走上绝路,这样做的后果就是使医疗技术发展停滞不前。正如一位反对者所言:'杀死一个生命并不等于治疗。'"

两个人的辩论硝烟四起,惹得二十几位同人饶有兴趣地听他们杀出个高下来。

吴医生叹息道:"安乐死,只是生命航线的一个方向罢了。旁观者永远无法理解当事人的痛苦和忧伤,只有舵手才对航行的方向最有发言权。将安乐死立法,才是真正显示了人道性、正义性。而且你们也都知道,实施安乐死有三个前提条件:医生必须首先确认病人正在经受着'难以忍受的持续痛苦',且当代医疗手段根本无法解除这种痛苦;医生必须采取过一切可能的治疗方法,但均宣告无效;

医生必须向患者本人求证其自愿实施安乐死，而不得有任何胁迫及威逼的情况发生。只有在这三个前提均满足时，安乐死才算合法。有这些前提，医生怎么可能被放纵成杀人狂？你们的忧虑完全多余。"

陈医生慷慨陈词，一副正义站在他这一边的模样："归根结底，你把安乐死这个重大生命问题简单化了。在现实生活中，我们所要做的不是是否接受死亡，而是如何接受。安乐死这一社会问题正是顺应时代发展而出现的，然而安乐死毕竟是一个涉及医学、伦理、道德、法律、社会学、哲学等诸多领域的复杂的综合性社会问题，说穿了安乐死是虚伪的人道主义：它剥夺了患者的生命，在道德上安乐死是对社会公德与文明的玷污与败坏。一个敏感而有尊严的人，会解读周围的信息。如果他感到自己已经被放弃了，肉体痛苦再加上精神痛苦，这是任何人都无法忍受的。如果这时候他提出安乐死，那意味着，他要求的不是安乐，而是：他不希望再跟这个世界有任何联系了。这样的安乐死是极为可悲的。选择安乐死，是死亡战胜了勇气；选择坚强面对，是勇气战胜了死亡。哀莫大于心死，一个心灵死亡的人，一个熄灭了心中烛光的人，只能说他可怜可悲。"

两人谁也没办法说服谁。

陈医生气愤地离开了，吴医生留下来继续在花圃里散步。他追忆起未到苦难的医院之前的欢乐。花香若有若无。那些逝去的欢乐给他的印象就像花香一样：花香几乎总是与某种遥远的回忆联系在一起，而这种回忆又往往模糊不清，你不免想到根本就没有这么回事，而回忆的缘由也不实际，不过是对心愿的向往。但是事实又并非如此。

吴医生怅然若失。发了会儿呆，想起晚上轮到自己夜班，赶紧往病房里走。

4床不在了。罗进发不由得想要是小军也不在了该多好。这有残疾的生命,应该像闪电一样消失,归于无边的黑夜。要是小军不在了,他就不必再背负沉重的债务,他可以搂着老婆在床上快活,然后生下一个健康的儿子,在儿子嘹亮高亢的啼哭声中喝酒,然后嚼上一块猪头皮……可是这小军,除了大脑不行以外,他四肢那么健壮,好像准备活上100岁……

家里的财产在迅速地减少,可罗进发的忧虑并没有因为积累的纸币迅速变薄而变轻。20头未到出栏时间的猪也提前变卖了。本来应该留下猪苗的,可眼看着连猪苗都得变卖了,因为医院那边的药费尚欠一千多块钱。吴医生举着手中的胶囊滔滔不绝:"这种刚刚开发出来的新药对脑瘫有独特疗效。要知道,脑病的根本原因是脑神经细胞受损造成神经细胞生长发育障碍。脑瘫的治疗一是脑细胞再生,二是脑细胞有效连接,二者缺一不可。这种胶囊其独有的活性因子能促使神经细胞再生。你不买可别后悔,这种新药十分紧俏,常常出现脱销现象,有时短时间内还进不了货。"透窗而入的阳光,令吴医生光洁的眼镜片更加明亮。他微笑的面孔满是友好,一边询问小军的日常表现,同时回答罗进发的频频提问。阳光把他剪裁得像下界来传播福音的耶稣。

罗进发本来还在犹豫当中,毕竟家里的钱除了给儿子治病以外,一家人几张嘴还得吃还得喝,不管怎么样得留有余地才行。可是吴医生那一番话让他急火攻心,仿佛别人家的脑瘫儿吃了这种新药都好转了似的,只有自己因为舍不得掏出药钱才让自己的儿子总处于这种半死不活的状态,他一咬牙:"买!"

吴医生趁热打铁:"建议你多买一疗程!来我们医院就诊的许多脑瘫患儿吃了这种新药病情都减轻了许多!"吴医生转身指了指满墙的锦旗。锦旗密密麻麻的,充斥感恩的话语及高度的评价。罗进发心头一热，有那么多脑瘫患儿为伍，让罗进发感觉自己并不是世界上最倒霉的那个人。他心头升起像胶囊外包装颜色般的绿色希望。

药房里给他的药有满满一大包，罗进发有些傻眼，问医药师："这药这么多，怎么个吃法？"

药剂师连头都没抬："上面都写得清清楚楚，你回家自己看！"排在他后面的人吆喝道："拿了药就让开，别磨蹭了！"不容分说挤上前来。

回到病房，罗进发拿出药来细细研究，那药的包装花花绿绿让他晃眼，他逐一清点，最终弄清楚了一天总共要吃八种药，其中三种药是早晚吃，另外五种是一日三餐吃，有饭前吃的，有饭后吃的，有的一次要吃一粒，有的一次要吃两粒，有的一次要吃三粒，把他都搞糊涂了。罗进发反复交代陈红，可陈红记性差，有一次把药喂错了，罗进发一见大光其火，用力揉了她一把："你想害死我儿子啊！"

陈红的眼泪水龙头一样哗啦啦地流了下来。

罗进发也知道这话伤人，自己默默地将早、中、晚要吃的药分成一小包一小包，特意去药房里讨了不同颜色的纸来，早晚用黄纸包裹，中午的药用红纸包裹。陈红战战兢兢，生怕再次弄错，不停地念叨："早晚吃黄的，中午吃红的。"念来念去，突然觉得有些颠倒了："早晚吃红的，中午吃黄的？"又觉得不对，赶紧再去问丈夫，罗进发几乎要咆哮起来："你怎么这么蠢啊？我倒了八辈子血霉了，怎么娶了你这么个没脑子的女人，再生出这么个没脑子的儿子！"

结婚后累积的钱币在迅速变薄，忧郁和顾虑却在变深。

陈红一开始觉得自己的眼泪像大海里的海水，怎么流也流不完，动不动就想哭。慢慢地，她的眼泪像河水了；到最后，简直就成了冬天里的河水——干了，只剩下干枯的河床。现在在医院里无论遭遇到什么难事，她都是无奈地笑笑。罗进发怎么看她怎么觉得烦，老婆哭,他嫌她烦;老婆笑,他也发火:碰上个脑瘫儿子,亏你还笑得出来,我怎么看你也像个脑瘫啊?

为了儿子,陈红学会了上网,她疯狂地上百度,上搜搜,当她看到"治疗脑瘫的最好医院",眼睛一亮,闯进去抄了详细地址,马不停蹄奔赴前去。进医院进得多了,陈红都觉得自己也可以当脑瘫专家了,无非就是那么一套:询问病情,陈红那一套已经讲得嘴唇发麻,恨不得弄个录音机来重复播放。办理住院手续,医生会诊,康复治疗,开药拿药,交钱出院。各家医院所开的药方大同小异,名称不同而已,里面的成分都差不离,个个吹得天花乱坠,好像一吃就立刻好了似的,你吃了治不好,那只能怪你脑瘫的程度太深,或者怪你吃的药不够多,怪自己没有坚持长期服用同一品牌的药,因此达不到药效。陈红有时候恨起来,真想把一整瓶的药一口塞进儿子的嘴巴里:"你给妈妈一口吞进去!儿子!你立刻给妈妈好起来!"

小军却啥也不懂,依旧给妈妈一个灿烂的微笑,同时,嘴角流出更多的涎水,亮晶晶的。陈红绝望地一拳打在墙上,最后,索性把头也撞墙上去了。只不过,一下撞不死,一阵眼冒金星大脑轰鸣过后,还得继续挣钱给儿子治病:菩萨啊,有什么灵丹妙药,你卖给我一颗,100万我也认了,我去卖血,我去卖命,我去借,我去下跪,我去抢,都给你凑够了来!

没人的时候,陈红常常抽自己的嘴巴:"陈红啊,陈红,你怎么这样糊涂,你怎么能听信老公的话在家里生孩子呢?你应该坚持上医院啊!要是上了医院,小军就是个正常的孩子,他现在早就满野地里疯跑,跑得常常让妈妈找不着了。陈红,你浑啊!你就是一个大傻瓜!"她一遍一遍地抽自己的嘴巴,一遍一遍地捶打自己的胸脯,可世界上什么药都有卖,就是没有卖后悔药的。其实,她是怪罗进发的，只不过不敢当面怪他，怪来怪去最后只好怪自己。这是作孽，是报应。

医院里又催着交钱了。罗进发实在没有办法，他缠着吴医生让小军出院，吴医生双手一摊："你儿子一疗程还没结束呢！"罗进发跟着吴医生进了办公室，可怜兮兮的："真的没地方借钱了。再住下去，吴医生要帮我垫钱吗？"吴医生笑了："孩子是你的，我们当医生的尊重家长的意见。"

突然，罗进发眼睛一亮，拿起吴医生桌上放的那本讨论安乐死的书："吴医生，这本书可以借我看一看吗？"吴医生心一颤，一瞬间电光火石般明白了罗进发的意图，他拿起书就要往抽屉里塞："不行啊，这本书是向图书馆借的……"罗进发上前一步抢了过来："吴医生，借我看一个晚上，明天就还你！"话说着，人已经跑到走廊上了，吴医生要把书拿回来已经来不及。

第二天，罗进发把书还给吴医生，目光闪闪烁烁，欲言又止："吴医生，你看我家小军……书上说的安乐死在中国合法吗……"

吴医生不敢看罗进发的眼睛，他真后悔昨天没把书抢回来："你不要胡思乱想。这本书我昨天就该还给图书馆……"

罗进发看了看周围没人，小声哀求道："吴医生，你能不能给小军注射一支杜冷丁……我真的快让小军弄疯了，不怕你笑话，自从发现小军脑瘫后，我女人就从来没有主动让我近过身……这两年我活得像个死人……"罗进发说着说着，眼睛里竟泛起了泪光。

吴医生呵斥道："胡说！安乐死在中国是非法的。任何一个医生都没有让病人安乐死的权利，你别让我犯错误……"

罗进发整整缠了吴医生一整天，吴医生走到哪里，罗进发就跟到哪里，吴医生忙着，罗进发就闪到一边；吴医生一有空，罗进发马上凑上前来。最后，吴医生发了脾气："罗进发，你不要妨碍我工作!"

罗进发愁苦着一张脸,惶惶地退到一边。

吴医生叹口气:"这样吧,你既然盼着让小军赶紧出院,那就让小军提早出院吧!"吴医生真的被这个罗进发缠怕了。

罗进发木木地谢过吴医生。

在城市医院里,陈红时时刻刻为钱而焦虑;回到农村里,她为小军而自卑,觉得屈辱,怎么也想不通自己上辈子究竟作了什么孽得到一个这样的报应。隔壁的张春,原来是喜欢罗进发的,可是罗进发娶了陈红。现在张春见了带着小军的陈红,就会怪模怪样地叹气:"哟,这孩子也真可怜!也不知前世造了什么孽,今世投胎成了这般模样!"陈红心碎欲裂,可她不是个彪悍的婆娘,不敢扑上去和张春撕打。张春长得那么壮,自己肯定不是她的对手。她只能紧紧地抱住小军往家里退,她的脑袋在一点一点地膨胀:小军,你快点好起来吧,妈妈快要疯了!她常常抱着小军看着他的脑袋发呆,想不通小军脑袋瓜里到底哪根筋搭错了线?

对面的张春故意指了指自己的脑袋:"唉,机器坏掉了要赶紧去维修!"随后张春那尖利而放肆的笑声就清晰地传了过来。

陈红将头深深地扎进了小军的小胸脯里。脑瘫,这是对家庭尊严的严重摧残。儿子的脑瘫,彻底摧毁了陈红的自尊。

这天,陈红抱了小军到好朋友阿惠家闲坐,阿惠无意间扯到自己在部队当军官的哥哥,陈红不禁精神一振:省内医院都跑遍了,就部队医院还没看呢,部队规矩那么严谨,军医的医术肯定错不了,说不定就能让小军站起来!她张了嘴:"阿惠,我厚着脸皮说了,麻烦你跟你哥哥说一下小军的情况,我想带着小军到部队医院瞧瞧,我们把他生成这个样子,就得想着法儿尽量把他治好。只要哪儿有一丝希望,我都不能放过。麻烦你了……"

阿惠生气地打断陈红的话:"你说到哪里去了?孩子长得这么好,就是落下这么点毛病,要是部队医院真能医好小军,那我也算积了一点功德!"她拿起电话就摁哥哥的号码。

陈红第二天迫不及待地抱着小军投奔阿惠哥哥来了。到达江州市的时候已是黄昏,要在阿惠哥哥家歇一晚明天才能到医院看病。坐车途中隔座旅客看小军时那异样的目光又重新浮现在陈红脑海里。她无意识地看了看天边的晚霞,天空好像在流血。那么多的血。流的血太多了!陈红呆呆地看了看小军,又摸了摸口袋里借来的那叠钞票。

小军到了一个新环境,看什么都觉得新鲜,摸摸茶杯,摸摸大瓷花瓶,摸摸液晶电视,陈红呵斥道:"小军!不能乱动!把东西打坏了我打你屁股!"

阿惠的嫂子一迭声道:"没关系!没关系!难得来一回,你让他尽兴玩好了!我儿子也是这样淘气的。"陈红依旧紧张着,拘谨着,自己厚着脸皮找上门来,已经给人家添麻烦了,小孩不懂事,大人哪能也跟着不懂事?

小军还是乐呵呵的,等陈红夺下了茶杯,他就去摸大瓷花瓶。那大瓷花瓶看起来至少值几千块钱,陈红慌慌张张地上前夺了下来,小心地将大瓷花瓶安置妥当。小军又趔趔趄趄地去摸液晶电视,他一个站不稳,将音箱撞得晃了晃。陈红急了,瞪大眼睛吼他:"你找打!"小军从未见到母亲这副面孔,大嘴巴一咧,哭开了。阿惠的嫂子连忙上来劝,陈红尴尬地抱起小军哄他:"好小军,乖小军,不哭了,是妈妈不好!"

九点多,陈红把小军哄睡着了。没想到小家伙半夜里三点多醒过来,开始玩耍。陈红压着满肚子火,吓唬他:"你再不睡我就带你去打针!"小家伙听到"打针"张开嘴巴又要哭,慌得陈红一下子捂住儿子的嘴巴,人家阿惠大哥大嫂在休息,小军半夜里这样吵闹不讨人嫌才怪!好容易熬到天亮,阿惠嫂子起床了,陈红带着两个黑眼圈朝阿惠嫂子抱歉地笑笑。

阿惠哥哥先打了两个电话,联系到自己部队的军医,再由军医联系部队医院里治疗脑瘫的医生。陈红急切地将自己的手机递上去:"用我的打。"她怕阿惠哥哥花费太多的电话费。阿惠哥哥笑了:"你想这么多做什么,给小军治病要紧。我号码都存在我的手机里面,用我的手机打比较方便。"

陈红的心提着,努力想听清楚手机那边的人怎么说,她害怕这么大老远地来,连主治医生的面都见不着。等阿惠哥哥接完电话,陈红就急切地问:"怎么样?"

"主任说出差去了,你别急,副主任在,听说副主任的医术比主任还好。"

陈红的一颗心才放下来,咧嘴笑了:"好好,只要找得到医生就行。"话虽这么说,但主任不在终究让陈红感到有些惆怅,满腔热血被泼了冷水变得冰凉了。

他们在部队医院等了好大一会儿,部队的军医总算来了。人家气喘吁吁的,陈红不好意思再催促了。到了脑科,副主任很热情地跟军医握手。副主任顶发稀疏,气定神闲,双眸如星,神情睿智,不像诊病倒像是在处理某桩公务。陈红宛若见到了救星,谦恭有加地喊了声:"医生好。"接下来依旧是询问病情,陈红把老一套熟练地复述了一遍,讲看过哪几家医院,吃过哪些药,还掏出小军的脑 CT 图给副主任看。副主任仔细研究了一会儿,再看了看小军走路,沉吟道:"小军肯定会走路的,你放心。就是怕他姿势不对,你看他现在走路都有些剪刀步了,平时在家里一定要纠正他的姿势。"

陈红急切地说:"是啊是啊,他现在走起路来就像鸭子那样摇摇晃晃的。"

副主任没有开任何药:"你家里的药还那么多,继续吃就好。我们这里的药也差不多,不要白白浪费钱。"

陈红心里空荡荡的,她已经习惯了从医院里拎回大包小包的药,尽管知道这副主任是看在朋友的面子上没有大肆宰她,可她还是急得想哭:"医生不开药,是不是意味着小军彻底没救了,连药都懒得开了?"她努力含住自己的眼泪才控制住自己不让自己哭出声来。多少个夜晚,她在睡梦中都梦见小军像别的孩子那样骑着竹马在屋前屋后健步飞奔,拿着木头大刀与同龄的孩子相互厮杀,这让她喜出望外:我的小军原来是个健康的孩子呢!等她追过去,她才发现小军走的还是剪刀步。每当她从睡梦中惊醒,再看看在身边熟睡的小军,脸上不禁又爬满了泪水。

安乐死。
安乐死。
安乐死。
罗进发这阶段以来一直在心里默念着这个词。
这是一个多么美好的词。
罗进发心里慢慢起了邪念。小军这孩子真是把他祸害惨了。你说他要是只花钱也就算了，关键是让他在外人面前抬不起头来。自己生下个脑瘫儿子，这算什么？同样做猪生意的同行冤家老孙，不知躲在自家门里幸灾乐祸了多少回！老孙动不动就抱了他的儿子在罗进发眼前晃，这是无声的炫耀与示威，罗进发心里在滴血。他觉得在人面前抬不起头来，慢慢地变得不爱出门了，昔日那寻快活的心思一丝不存。以前，他是爱喝几口酒的，唤上几个哥们儿，切几盘猪头皮猪舌头什么的，闹上一晚上，想想猪圈里那些正在长膘的猪，想想一个劲往上涨的猪肉价格，他觉得自己的日子比任何一个大官儿还快活。现在呢，没有钱也没有那个精力，再说了，生了个脑瘫儿子，自己再去寻快活，人家还不戳自己的脊梁骨：儿子都那样了还有心思寻快活，是不是当老子的也脑瘫呀！就这样，家里再也没有了笑声。

　　总之，自从发现小军脑瘫以来，罗进发觉得自己被剥夺了寻快活的权利，以前他和陈红是很恩爱的，现在，晚上他的手刚刚爬上陈红的胸脯，陈红就腾地转过身去，没好气地说："别惹我，我没心情。"罗进发恼起来，强迫着陈红做了，陈红从头到尾都是直挺挺的，罗进发骂道："妈的，老子像在奸尸。"他知道，老婆是怪他来着。都因了自己那荒唐的想法，才导致小军现在的这般模样。要是直接上医院生孩子，现在他这个当老子的别提有多骄傲多快活了，人前可以挺直腰杆，神气活现地带着小军四处串门。是的，怪他自己。可他还是觉得冤，哪想到会这样呀！陈红生女儿的时候不是顺顺当当的吗？哪想到会发生这档子破事？罗进发一会儿怨自己，一会儿怨天，一会儿怨地，一会儿怨命，怨来怨去，现在连小军也怨上了，原本放在小军身上的爱，慢慢地转变成了满腔怨恨。

　　陈红开始四处借钱，罗进发对她嚷嚷："你疯了不成？那么多医院都看过了，钱扔在水里还会咚的一声响，可扔在医院里啥响声也没听见。治不好的,你别傻了。你给我醒一醒,别为了小军把咱整个家都毁了。"

陈红哆嗦着嘴唇声讨丈夫:"你这说的什么话?是人话吗?你究竟是不是小军的爹?这是当爹的该说的话吗?要么你就别生他,生了他就要把他治好!你是想让所有人一辈子都瞧不起他吗?"她疯了似的扯过小军:"你瞧,你要让所有人一辈子看着小军流口水的样子吗?"说着说着,陈红禁不住再次放声痛哭。

罗进发看小军的眼神慢慢不对了。看着看着,他的眼神里升起一阵毒雾,陈红偶然间发现丈夫用一种类似响尾蛇的表情看着小军,她打了个寒噤。她推了丈夫一把:"你怎么啦?怎么这样看小军?"

罗进发有点恍惚,他梦呓般地说:"我们干脆把小军送到孤儿院去吧,我们再生一个好的。"

陈红凶似母老虎:"罗进发,你不是人!你要是敢把小军送走,我跟你离婚!"

罗进发知道陈红是个说得出做得到的人,可他的耐心已经被全部耗尽了,如果一辈子要面对这个脑瘫儿子,他觉得自己还不如死了好。

这天,陈红从山上猪圈里回来,发现小军不见了。陈红揪住罗进发的衣领又推又搡又咬:"说,你把小军弄哪里去了?"

罗进发任陈红咬他,就是不开口,逼急了,说一句:"送人了。"

陈红绝望地松开丈夫,大口大口地喘气:"好,你不说,我自己去找,我把我的双腿跑断了也要把小军找回来!"

陈红踏上了寻找小军的路程。她记得罗进发说过要把小军送到孤儿院去,她先跑到县城,问清了孤儿院的地址,前往一个个辨认,一边念叨:"小军,我可怜的孩子,小军,我可怜的孩子。"本县的找不到,就到邻县一个一个找,再到市里找,找到第七家终于找到了小军。几个孩子正将小军压在地上戏弄,小军见了从天而降的陈红,忽然哭着喊出了一个口齿不清的字:"妈!"陈红扑上去将小军搂在怀里,母子二人号啕大哭。

把小军领回家,陈红瞧也不瞧罗进发一眼,夫妻二人整整一个月没有搭腔,形同陌路。当然,离婚的话只是气头上说说,日子还得照样过,离开了罗进发,她和小军两人要怎样生活?

陈红陷入一种癔症中了。她着了魔似的,自己常常是吃稀粥配咸菜,可一听说哪里又出了什么治疗脑瘫的新药,她无论怎样厚着脸皮借钱也要凑够数将药买了来。她自己过得简直就是姑子一样的生活,连性欲也消失得无影无踪了,穿的是素衣,往日做姑娘家的光彩一点点全消失了。她以前也瘦,但那种瘦是匀称的瘦,是男人喜欢的苗条,而她现在的那种瘦,简直是一张皮勉强裹着骨头。夫妻俩之间最大的乐趣消失了,罗进发将一切罪过都归结到小军身上——这个脑瘫儿,把他的天都抹黑了!他粗声大气地骂小军,用恶毒的眼光看着儿子。小军看父亲的眼神就带着畏惧了。

有一个魔鬼,来到罗进发心头很久了——要是小军死了该多好!罗进发背着小军这座大山真的背得太累了,这座大山让他步履维艰,压得他喘不过气,压得他越来越矮,压得他不断地生出仇恨——我上辈子是不是作了孽欠了小军什么债,这辈子要做牛做马给他还债!小军的医药费是一个深不可测的大窟窿,除非钱财从天而降,否则他一辈子都填不满这个窟窿。罗进发太想把小军这座大山扔掉,但他把小军抛弃过一次,老婆还是把他找回来了。除非小军——死了!当"死了"这两个字跳进罗进发脑海里的时候,罗进发吓了一大跳,打了个寒噤。自己这是怎么啦?虎毒还不食子呢,自己怎么能这样胡思乱想呢?可这个像毒蛇一样的想法一经产生,就不断在向他心中游过来游过来,把它赶走,它还是不屈不挠地游回来。

初三晚上，陈红回娘家借钱。她听说北京有一家脑瘫医院是全国最权威的医院，她准备上那里去。小军在床上熟睡。乡村的夜非常静谧，可以清晰地听见蛐蛐的叫声——唧唧唧，唧唧唧，令人想到遥远处那云遮雾绕的天堂。突然，时钟"当当当"响了几下，响得罗进发心惊肉跳，他鬼使神差地朝小军俯下身子。由于过于紧张和用力，他衬衣的一个扣子以紧张的姿势咬住了扣缝，终于崩裂，弹到小军的脸上。罗进发怕小军醒过来，他更加慌乱了，不假思索地拿起一块布用力捂住小军的鼻子和嘴巴。很快，小军挣扎了起来，手脚乱舞乱抓乱抠，罗进发加大了力度，不一会儿，小军不动了。罗进发小心翼翼地将布松开，发一会儿呆，终于意识到小军不再呼吸了。几分钟后，罗进发清醒过来，像野兽一样长嚎了一声，冲进茫茫的夜色里。

陈红这次借来的钱已经派不上用场了。她被送回娘家时眼神已经呆滞发直。她的兄弟死命摇她："到底怎么啦？到底怎么啦？"只听到梦游般的声音："罗进发把小军弄死了。罗进发把小军弄死了。"这是她大哥将耳朵努力凑近陈红的嘴巴反复辨别才听清楚的，她大哥顿觉毛骨悚然，用右手不停地捋自己的左臂，张得老大的嘴巴一时间合不拢。他不大相信，反复高声问道："真的吗？真的吗？罗进发真的把小军弄死了？"陈红还是喃喃着那句话，不停地叫："我的小军。我的小军。"院子里，她那和小军年岁相仿的侄子跑过来，手里拿着一根狗尾巴草。陈红突然冲过去，用力箍住侄子，疯狂地喊道："小军！我的小军！原来你没有死，你在这里呢！你知不知道，你把妈妈吓坏了！"

侄子被吓得手脚乱蹬努力要挣脱陈红的怀抱："爸爸救我！爸爸救我！姑姑这是怎么啦？"

陈红大哥冲上去，将陈红的手指用力掰开："阿红，这是小海，你疯了不成，连小海你都不认识了？"陈红扑过来要扯侄子，她大哥不肯放手，陈红开始对着她大哥又抓又咬，高声叫道："还我儿子！还我儿子！"

陈红嫂子将绳子丢给丈夫："还不赶快把她捆起来！要疯到外面去疯，怎么疯到自己家里来咬自己的亲兄弟！"陈红大哥瞪了她一眼："你这是人话吗？"可陈红真把他咬急了，扯住她的头发她还是咬，也不管头皮连同头发被扯下了一大块。没办法，陈红大哥只好暂时把妹妹捆成了一颗粽子。

陈红慢慢安静下来，她母亲心疼得老泪直掉，用手背将老泪擦干，趁机将陈红的绳子解了，端着陈红的手腕反复看那上面深深的红色勒痕，帮陈红换去尿湿的裤子。

突然，陈红弹簧似的蹦起来，朝院子外面冲去——因为她看到了邻居一个男孩的背影，正从她家院门口走过。"小军，我的小军！"她很快就追上了那个男孩，抱住他又亲又摸，口水涂了男孩一脸，男孩从短暂的发蒙中醒过来，开始放声大哭。陈红大哥冲出来，此时男孩的父亲也已赶到，陈红大哥努力要掰开陈红的手指，又被陈红咬了一口。男孩的父亲急了，左右扇了陈红两个耳光："疯婆子，还不放开我家小浩！"

陈红的脸上赫然五个指印，可她就是顽强地不松手。男孩父亲干脆朝她腿上踹去，陈红跌倒在地，哭喊道："小军，你有没有摔疼？"

男孩父亲抚慰着自己受惊的儿子，等儿子平静下来，他开始骂骂咧咧："是疯子就送到疯人院去！"陈红大哥小心地赔着笑脸："对不起，对不起，我会管好她的。"

当天晚上，陈红大嫂拿了两斤红糖到人家家里赔不是。她愧疚地拍拍小男孩的脸："有没有吓着？"男孩举起他手中正在玩的冲锋枪："疯女人，我用冲锋枪打她。"陈红大嫂尴尬地笑一笑："对不起，这两斤红糖给你压压惊。"

"我才不稀罕呢。"男孩脆生生地说。一转身找他的伙伴们疯去了。

陈红大哥怒气冲冲地再次找来了绳索。吃饭的时候,母亲说:"把她解开吧。"陈红大哥没好气地嚷道:"饿死她!"母亲偷偷抹了一把眼泪,一汤匙一汤匙地给女儿喂饭。

有时陈红大哥大嫂不在,母亲就偷偷解开女儿的绳子。可不久之后,总有村里人怒气冲冲地找上门来,说陈红惊吓了他们的宝贝儿子,说陈红噩梦中的尖叫成了全村人的噩梦。陈红大哥气急败坏地呵斥母亲:"妈,你能不能不给我添乱?"

母亲心虚地低下了头。不知为什么,人到了一定的年纪,反而怕起自己的子女来了。

陈红大哥急红了眼,他拎了根木棍直奔罗进发家中。罗进发正在喝酒,已经喝得上头了。陈红大哥把他拎起来,他像一摊泥似的往地下倒。陈红大哥气得破口大骂:"畜生!猪狗不如的畜生!"

罗进发辩解道:"这是安乐死,医生说的!"

"去你妈的安乐死!你干吗不去安乐死?"陈红大哥连连推搡罗进发的胸膛,"说呀,你干吗不去安乐死!"

罗进发结结巴巴的,他越说越可笑了:"小军有脑瘫。我没有。"

当地派出所迅速介入了此案。

06

　　1207又住进了一个脑瘫儿和另外两个脑梗病人，又有一番新的苦难开始展览。在办公室里，吴医生常常发呆：关于生命与病痛的渊源——它究竟有着一个怎样的强壮的拉奥孔与蛇相互纠缠的身姿？它有着怎样缭绕的云雾怎样幽深的阴影？人为什么要这样被迫地抵抗病痛的侵袭？这几天，他一直反复揣摩着一句话，这句话被他写在办公桌上摊开的那本医学书扉页：瞎子不能领瞎子的路，如果这样，两个人都会掉进坑里。

　　小军的死讯七拐八弯地传进了吴医生的耳朵，罗进发一跃成为医院的新闻人物。吴医生愣了一下：难道自己心中任何恶毒的想法都会应验？整个医院都在指责着那个丧心病狂掐死自己儿子的禽兽父亲。吴医生的心突然变得很虚，他觉得自己是个同谋，只不过罗进发是个显形的凶手，而自己是个隐形的凶手罢了，这就使自己显得更加阴险可怖。在众人的一片叽叽喳喳声中，吴医生辞去了医院那份令人眼红的工作。这阵子他经常想起鲁迅，鲁迅觉得医治人的身体没有用，应该从医治人的灵魂开始。吴医生不会创作，他想，灵魂是看不见摸不着的，那就从诊治人的心理开始吧。他的一位远在北方的大学同学创建了一个心理诊所，秋风飘零中，吴医生带着简单的行李，神情落寞地敲开了老同学心理诊所的门。

PART 06
莲花台

　　母女俩很幸运,今天她们遇到了法会,诵经声此起彼伏,犹如歌声的翅膀,让人心沉静。披着红色袈裟的大师傅,并不理会从身边经过的朝拜者及游客,他们闭着双眼,双唇微启,让诵经声在空气中传递,诵经声像海浪一样穿过每一个缝隙。莲花仿佛闻到了佛香,千年芬芳如故。佛祖如同一个思想家,习惯于闭目养神,用莲花指擦拭人的心境,让人看见皓皓白月与星辰,让人内心生长一朵清净的莲花,学会用沉静的眼、平和的心看待世界。莲花想,母亲是幸运的,她有幸遇见了佛祖的辽阔,找到了另一个世界的通道。

　　莲花不喜欢自己的名字,多俗气啊,满世界都是荷花菊花兰花什么花的。莲花埋怨母亲:"怎么这么没见识啊!给我取这么乡里乡气的名字。"母亲笑呵呵地不说话。后来,莲花看见母亲跪在莲花形状的蒲团上向观音跪拜时,莲花心里一动。以前莲花总笑母亲迷信,如今见那大慈大悲的观音身穿白衣坐在白莲花上,一手持着一只净瓶,一手执着一朵白莲,仿佛在全力导引着信徒脱离尘世,到达荷花盛开的佛国净土。受母亲的影响,莲花有时也翻读佛经书籍,常常见到佛经里把佛国称为"莲界",把寺庙称为"莲舍",把和尚的袈裟称为"莲服",把和尚行法手印称为"莲华合掌",至于和尚手中使用的"念珠"也是用莲子串成。佛经说,用莲子做念珠比用槐木珠要好,同样掐念一遍,所得之福,可多千倍,可见莲花与佛教有多么亲密的因缘,成了佛国的象征与圣花。慢慢地,莲花喜欢上了自己的名字。

母亲拜完观音,母女俩闲坐拉家常。母亲说,昨晚我梦见你弟弟了。他坐在我床头,虽然没有说话,但我已经很满足了。他记得回来看我,说明他心里是有我的,他没有记恨我。

莲花笑母亲:"你别这样迷信好不好!"

母亲辩解道:"是真的,我去摸他的手,是热的呢。"

莲花不语,因为打破母亲的梦是一件残忍的事,所以还是让母亲继续做梦为好。莲花感到欣慰的是,自从 21 年前弟弟患了抑郁症跳楼自杀以后,原本弟弟是家里的禁忌,没人敢提起,大家都小心翼翼地绕开弟弟的名字,这几年母亲慢慢地会主动提起弟弟,说明母亲慢慢地好转了。或许可以说,是佛祖的安慰让母亲的精神状态慢慢好转的。莲花的弟弟是一个非常忠厚的孩子,他 19 岁高中毕业进工厂做事,喜欢上了一个女孩子,鼓起勇气给那个女孩写了情书。哪知那个骄傲的公主第二天早上在车间办公室嘻嘻哈哈地高声宣读了这份情书。从此,弟弟走在工厂的路上永远都有人挤眉弄眼地朝他朗诵:"亲爱的琴,你是我的云,你是我的粉黛与青山……"弟弟羞愧难当,他再也不敢去上班了,整天躲在家里不敢见人。后来,弟弟患上了严重的抑郁症。莲花那时候不懂得抑郁症是什么,人为什么会得抑郁症。母亲也经常对儿子说,情书被人读一下有什么大不了的?你想开一点。你为什么这样想不开呢?母亲一边这样劝解儿子,一边奔波在为儿子求医问药的路上,同时还觉得儿子太软弱了:

情书被人读一下是多大的事呢？连这样的小事都禁不起，以后这个家还怎么指望他呢？可是有一天，弟弟从七楼纵身跃下，水泥地上血迹斑斑。这一跳把家里所有人的心都跳碎了，家里长年累月没有笑声，每个人都一脸愁容，仿佛笑是一种罪过。母亲的头发在大半年内全白了，脸上老人斑疯长，内分泌则短时间内全面失调，得了乳腺增生。母亲常常揉着自己的乳房，说里面在发热、抽痛。莲花时常感到恐惧，说不定哪天乳腺增生也会找到她头上；就像弟弟得了抑郁症，哪一天自己也可能得上更严重的抑郁症一样。哎，苦难今天落在这人头上，明天就可能落在那人头上，就像有些雨注定要滴入人生。

为了排遣内心的悲伤，母亲办了内退，经常跟一些姐妹到名山古刹去朝拜。母亲个子不高，肩上挎个长带子的黄布包，上面印了一朵莲花，还有"佛光普照"四个字，显得清瘦风雅，里面有一套玄色的居士服，《金刚经》《心经》各一册、日记一本。母亲居室里挂了好几尊观世音菩萨，目光都是一致的，温暖、平常，却令莲花心生惶恐，总觉得不自在。一开始，莲花总想让母亲把这些塑像收起来，但母亲执意不肯。母女俩每一次通话总是这样开头的，接下来的话也是磕磕碰碰的，像是史前人类和外星人之间的艰难对话。母亲经常擦拭这些佛像，决不容许佛像上有一丝尘埃。有时，莲花看母亲擦着擦着，禁不住把自己的额头贴在观音的脸上，无声无息，泪下如雨。母亲大概想起弟弟了吧？

现在，母亲的右手腕上常年挂着一串褐色的菩提珠子，那是过过炉的，在母亲心里，那菩提珠串就是她的护身符，那天母亲洗澡时把菩提珠串摘下，第二天母亲去菜市场买菜发现忘了戴菩提珠串，便魂不守舍，连菜都没买就赶回家，进了家门第一件事就是找到菩提珠串戴上，这样母亲的魂才回来了，她才安心提起菜篮子再次走出家门。母亲还新添了每晚打坐的习惯。即使有客人来访,等客人走了,再晚母亲也要打坐。打了坐就可以入静。打坐是入静的前奏,也是顺利入定的保证。人的身体如果躺倒了,思想就很容易涣散无定,像风中的云影一样四处飘散。只要入静,思想再混乱都可以捋顺。母亲对莲花说过,在佛面前,你会觉得有光亮慢慢地进入到你心里,你就会感到喜悦,你原来黑暗的心会变得亮堂起来,好像天花如雨,光华满地。莲花听了甚是困惑。佛真有这么大的力量吗?

莲花试图慢慢理解母亲、接受母亲,正如她在慢慢理解抑郁症病人一样。以前,她一直责怪弟弟太懦弱太自私了,那一跳他是轻松了解脱了,可是留给全家人无穷无尽的痛苦。弟弟,你怎么可以这样?后来年岁渐长,莲花才知道,在正常人眼里,死是畏途;而在抑郁症病人眼里,死亡是一种真正的解脱,抑郁症发作的时候,那是比死还痛苦的事情,觉得全世界的人都在嘲笑你,看不起你,你被全世界抛弃了。莲花在慢慢理解弟弟的同时,自己陷入了新的恐慌之中,她害怕自己步弟弟后尘也患上抑郁症。她一直在很努力地工作,可是她隔三岔五地会挨领导的批评,这让她万分沮丧,她现在进单位上班都要鼓起很大的勇气。她羡慕那些活得兴高采烈的人,可是她不明白,连崔永元那样才华横溢的人都抑郁了,为什么有些不学无术的人却活得那样兴高采烈,更有甚者,一些特别擅长吹牛皮的人,把一个小成绩吹得像天一样大,这些人一个比一个活得滋润。

那天,莲花在微信上看到一个测试抑郁症的游戏,说40分以下正常,40~49分轻度抑郁,50~59分中度抑郁,超过60分重度抑郁,也就是说,你要是得了高分,那就离死亡不远了。莲花深呼吸了几口气,点了开始测试,几乎招招中的,什么无缘无故地感到疲乏啦、觉得自己经常做的事情很困难啦、总觉得不安啦、认为如果自己死了别人会生活得更好啦、对所有的东西都不感兴趣啦……莲花得了45分。她吓了一大跳，看来今后要出去多晒晒太阳，多吃美食，多和朋友在一起，不然，她会慢慢地朝那个深渊走下去，好像弟弟在那里朝她招手似的。

常常的，莲花陪母亲拉完家常，就慢慢走回自己家。幸亏母亲和自己住得近，幸亏自己嫁得不远，母女俩才得以经常见面。莲花走出去几米远的时候回头看了看，母亲还倚在门边，母亲已经衰老得不成样子了，满头白发在空中乱飘。莲花一直让母亲去染一染，但母亲坚持不去，说反正染完过后还是会变白的，没用。母亲经常佝偻着背拄着拐杖去公园散步，在椅子上一坐就是半天，没有人理会她孤独的身影，经常错过吃饭的时间。这时莲花就会到公园去找母亲回家，她真希望自己已经退休了，她现在害怕上班，觉得自己没有能力做好工作分内的事，她希望自己能搀着母亲，母女俩一起散步聊天，在茫茫人海中相互依靠。莲花其实有时候觉得母亲比自己还稍微幸运一些，母亲虽然中年丧子，但她信了佛，不会胡搅蛮缠，也不会动不动就发脾气，母亲变成了一个温柔、慈祥的老人，孤独寂寞时还有女儿尽心陪伴。而自己呢，膝下没有一儿半女，脾气日渐乖张，莲花真害怕自己变成了一个老了却不慈祥的惹人嫌恶的老人。

莲花每次回到家里，都要习惯性地喊一声阿俊。屋里静悄悄的，没有人应她。莲花这才意识到丈夫已经离开她了，至少这几年两人不可能再在一起了。莲花没有孩子，她曾亲眼看见母亲养大一个孩子又失去的痛苦，这种得而复失的痛苦是她无法承受的。莲花坚持不要孩子，为这事，丈夫李俊没少跟她吵架，甚至威胁说要在外面生一个。丈夫李俊是城管局二分队的大队长，而莲花是局里广告科的科员，夫妻俩同一单位。莲花记得七八年前的那天晚上，绝味鸭脖的王老板满脸堆笑找上门来了。王老板嘘寒问暖，后来离开时留下了一个黑色手提袋。李俊把手提袋打开，是五沓整整齐齐的百元钞票。莲花吓得脸都变了色："你赶紧去追王老板，把这个东西还给人家。"李俊难以置信地看了老婆一眼，天哪，自己怎么娶了这么一个傻老婆呢。他拿起一沓钞票在手中弹了弹，甚至又将钞票往自己右脸上贴了贴，撇了撇嘴："你以为他是白送呢？他要我帮忙，让我们局不要拆他那在街上的三十几平方米违章建筑。"莲花记起来了，绝味鸭脖生意好，尤其鸭面特别好卖，队伍经常排得老长，王老板趁机在店前搭起了棚子，这一搭就由临时变固定了，王老板都产生了错觉，认为这棚子老早就和店连成一体了。现在风声一吹，王老板有点紧张，别看这小小的棚子，那可是他的财路。

　　莲花问："你真的准备帮王老板吗？"绝味鸭脖店的鸭面莲花去吃过几次，味道确实很好，甚至有人传言说里面放了鸦片壳，所以让人上瘾，几天不去吃，嘴里就痒痒。但莲花去吃了几次就不去了，不是因为不好吃，而是因为王老板每次都死活不收钱，莲花心里很不安，好像自己特意去那里讨吃的似的，这种感觉很不好，所以莲花再也不去了。有时嘴馋，去别的鸭面店买，味道不如绝味鸭脖这间店的，但没有办法，都是职业惹的祸。莲花不喜欢自己的职业，但书上说，一个人成熟的标志就是能做一些自己不喜欢做的事。可是，人虽然成熟了，自己的本心哪里去了呢？

　　李俊将钱收起来放进柜子里，吹着口哨准备去洗澡："动动嘴皮子就能赚钱，我为什么不帮他呢？这五万块钱来得及时，咱们不是准备付房子首付吗，别买那套九十几平方的啦，买120平方的那种户型吧。"

　　李俊关起门开始洗澡，莲花隔着卫生间的门问："如果是茶叶啊烟啊什么的也就算了，我看这钱不妥当，还是赶紧拿回去还给王老板算了。"李俊在里面火了，声音大起来："你怎么这么烦？"

莲花从卫生间门口走回客厅坐到沙发上，她的内心越来越软弱了，九十几平方的房子确实窄了一些，如果买 120 平方的房子，虽然只多了 30 平方，那宽敞带来的愉悦是难以言说的。莲花想，就是自己当时一时的软弱害了李俊，要是当时她再坚持一下就好了，丈夫就不会出事了。当时整治市容只是吹了一阵风，王老板的大棚子躲过一劫，这几年来这个大棚为王老板赚了不少钱，王老板越来越把这大棚看作是自己的命根子。今年 L 市要申请参评全国文明卫生城市，消息早就公布出去了，王老板坐不住了，又上门来找李俊，他这次上门只带来了两条中华烟："李队长，你行行好，帮我想想办法吧。"

李俊摇了摇头："不是我不帮你，大势所趋，神仙也没办法，你那大棚子一定要拆掉的。再说了，你这几年赚大发了，老早就把大棚的本钱赚回来了，做人不能太贪心了。"

王老板有点生气，他在心里冷笑，龟儿子，你也好意思教训我做人不能太贪心了，也不知谁比谁更贪心。做人可以不要脸，但不能太不要脸。王老板心里恨着，脸上还是赔着笑："李队，我的大棚子就在你的管辖范围内，又不用去求别人，只要你高抬贵手就成。"

李俊还是不松口："没办法，真的没办法。要是能帮你，我一定会帮你的，这次真的不行。"

王老板失望地回家了。莲花开始打扫客厅，突然，一只七八厘米长的蜈蚣从那盆新买的蝴蝶兰里跑了出来，莲花尖叫起来跳到椅子上，一时魂飞魄散。李俊眼疾手快，一脚踩住蜈蚣将它碾死。莲花赶紧把那残骸扫掉，一边心有余悸，一边喃喃道："怎么会有蜈蚣呢？怎么会有蜈蚣呢？"又往各个角落里张望，生怕哪里又跑出第二只蜈蚣来。李俊笑她："花盆里有湿土，跑出个把蜈蚣是正常的事，你就别自己吓自己了。"话虽这么说，莲花还是神经兮兮的，连夜翻箱倒柜把家里彻彻底底大扫除了一遍。

第二天，动手拆迁王老板大棚子的时候，王老板拿了把菜刀胡乱挥舞，阻止城管拆迁，最终被两个特警夺了菜刀架了下来，眼看挖掘机伸着长长的手臂用力一划拉，大棚应声倒地，飞起漫天灰尘。王老板心痛至极，突然大喊道："姓李的！你真不要脸！你拿了我五万块钱，答应我不拆这大棚，现在说话不算话，你还我五万块钱！"

这话就像定时炸弹开了花，所有的人都目瞪口呆。

安静了那么一瞬间，白了脸的李俊喊道："你这疯狗，不要血口喷人，谁拿了你五万块钱！"

单位领导询问此事的时候，李俊一口咬定没拿王老板一分钱。李俊一直以为自己一定能挺住。但是，在纪律检查机关的强大攻势下，李俊像决堤的河水滔滔不绝地把事情的原委都说了，甚至连谁谁谁请他到酒店吃饭都说了，成为L市的一桩笑谈。

莲花这一阶段都不敢出门，整天躲在家里。她觉得所有的手指都在戳她的脊梁骨，她觉得自己快疯了。但是，她必须出门，李俊捎话让她去看看他，给他带点吃的。她不能不去。她从来不是一个过河拆桥的人，她曾经跟李俊过了一段好日子，现在她绝不能离开他，她从来没打算跟他离婚，现在没有，将来也不会有。这是她的红字，她所应该背负的红字。

李俊剃了头，显得有些陌生。莲花对他点了点头，说："点心和烟交给看管人员了，他们检查过后会给你的。你放心，我会常常来看你的，需要什么你就跟我说。"李俊很感动："莲花，你真好。要是当时我听你的话就好了。"

莲花喃喃道："对呀，要是当时听我的话就好了，也怪我，当时坚持一下就好了。"

李俊急切地想把手伸出来,但是被玻璃挡着,够不着:"莲花,你一定要等我,我好好表现,争取早点出来,你放心,我会让你重新过上好日子的。"

　　莲花点点头。

　　出了看守所回到市区,莲花满嘴发苦,饥肠辘辘,在一家小店叫了碗牛肉面,夹了一筷子正要送进嘴里,手机叫起来,来电显示是看守所的,吓得她三魂走了六魄。难道阿俊出了什么事了?莲花手忙脚乱按下接听键,只听李俊在那边轻轻地说:"我想你了,你一定要等我啊。"放下电话,莲花百味杂陈。她拍了拍胸口,阿俊,你真是吓死人不偿命啊。前几年过日子的时候,莲花总觉得不安,总有一种预感,命运是不会轻易让她过得如此平顺安宁的,一定会有各种曲折。莲花甚至迷信,只有自己受苦,命运才会忘记对她的惩罚,就像家里那只突然跑出来的青面獠牙的蜈蚣一样。

　　现在,莲花觉得全天下的人都在享福,只有她一个人在受苦。莲花脸色越来越差,母亲说,你不要整天闷在家里,你陪我一起到西禅寺去吧。莲花想想也就同意了。半小时之后母女俩就到了西禅寺。西禅寺正前方有一座约两米高的经幢、郁郁葱葱的榕树、凤凰树,前面是一口绿波粼粼的池塘。门前是一对憨厚的石雕小象。莲花正欲往里走,母亲道:"等我买一下门票再进去。"

莲花诧异道:"进寺庙还要门票?"

母亲有点难为情地笑了笑,好像是她收了女儿的门票钱似的。母亲往售票窗口走,莲花抢上前去付了钱。买了门票进去后,第一个感觉就是开阔和清净。顺着人流,走到当年佛陀讲经的地方,如今只剩下基座和一些石头。在高耸的树木映衬下,这些旧迹更像是另一种形式的建筑。大雄宝殿供奉着如来佛祖,佛像手指细长、身形端直、两肩丰圆、两颊隆满、目若青莲、低眉生慈,让人顿生欢欣喜爱之心。刚才买门票的不快慢慢被冲淡了。莲花看到了佛龛里的观音神态自若无遮无掩,似乎知晓世人所有的隐秘内心,莲花头上冒出一层细汗,双腿突然一软,便向观音跪下来,跪了良久才起来。

母亲点燃三炷香,交给莲花,示意莲花用右手的拇指和食指夹住香,其余三指自然收拢,和女儿并排站在佛祖的神位前,然后双手将三炷香举至眉间,默念,插香和跪拜。地上有草垫子,可母亲却直接跪在地上,一拜二拜三拜……母亲站起来后,把闪闪的佛灯端在手上,拧开盖子,找到油瓶,添了些油进去,再从旁边的香盒里抽出三炷香,用佛灯点着。不一会儿,有成群的僧人进来了。母女俩很幸运,今天她们遇到了法会,诵经声此起彼伏,犹如歌声的翅膀,让人心沉静。披着红色袈裟的大师傅,并不理会从身边经过的朝拜者及游客,他们闭着双眼,双唇微启,让诵经声在空气中传递,诵经声像海浪一样穿过每一个缝隙。莲花仿佛闻到了佛香,千年芬芳如故。佛祖如同一个思想家,习惯于闭目养神,用莲花指擦拭人的心境,让人看见皓皓白月与星辰,让人内心生长一朵清净的莲花,学会用沉静的眼、平和的心看待世界。莲花想,母亲是幸运的,她有幸遇见了佛祖的辽阔,找到了另一个世界的通道。

莲花在西禅寺流连了三个小时。拜完佛后她和母亲坐在台阶上吃糕点,两只麻雀在近前叽叽喳喳的,莲花将糕点揉碎了扔在地上,两只麻雀也不怕生，一一将糕点啄食了，一只先飞走了，另一只望着莲花的手心，似乎想看看莲花手中还有没有糕点，迟疑了一会儿，终于也飞走了。两只麻雀迅速消失于晴空里，隐约可辨一两点弱弱的啾啾声。

奇怪的是，在西禅寺获得的平静，一到市区就消失殆尽。莲花回到家里，她现在经常在沙发上一呆坐就是几个小时。她知道，她现在正处在自己这一生中最大的磨难里，就像当年弟弟跳楼后的母亲一样，不知母亲是怎样熬过来的？是不是所有的人都要在觉得无可活处继续往下活？对待别人的纠结时，人人都是智者；反过来，面对自己的纠结时，人人都是愚者。自己对这世上所有的事物都是一知半解，充满了困惑。这个世界充满了黑暗，山东女学生徐玉玉被骗了9900块学费，心脏骤停身亡；有拆迁队误拆了房屋把九十多岁老太太活埋的；有母亲因为贫困而把自己四个儿女毒杀的，这个世界满目疮痍。莲花简直不敢看这个人间。一潭水变污浊，最无法忍受的那条鱼最先死去，其他的还在顽强地活着，因为抗毒，所以身上也有了毒性。那么，王老板身上有毒吗？要是王老板不说那句话就好了。当然，要是阿俊不收那五万元就更好了。你相信一句话会毁掉人的一生吗？莲花相信。譬如孩子对爸爸说："我看见叔叔抱了妈妈。"于是做爸爸的便手刃叔叔，自己也被一颗子弹结束了生命。而阿俊，也被简简单单一句话毁了。

生活乱了套，工作却仍然要继续。莲花所在广告科平时主要任务就是给城市的广告"美容"。有时，莲花漫步街头还是挺为科里的工作成果自豪。华灯初上，各种风格的广告竞相绽放：光投影广告、模型广告、数字动态广告、静态灯箱广告、翻面广告、单透贴广告等在市区街头大放异彩，散发出万簇光芒。这些闪烁的广告霓虹就像这座城市风情万种的眼睛，广告上的俊男靓女要么端着浪漫的红酒深情地望着你，要么手捧最新款手机引领着时代的最新潮流，身上的晚礼服在无声地诉说着这个时代时尚、高端、大气的全新内涵与品位。然而，一开始并不是如此，没人知道里面有多少汗水。21世纪初期城市广告这一块还缺乏管理意识，也没有统一的规划与标准，因此街上的广告密密麻麻奇形怪状，调置无序，连难登大雅之堂的妇科疾病广告也公然在街头招摇。各个商家使出浑身解数，努力吸引消费者的眼球，广告牌一个比一个做得更大，单一看也许是美的，整座城市总体看来却像一个人身上贴满了密集、杂乱的狗皮膏药。创城任务迫在眉睫，上头下定决心先整治户外广告这一块。广告科满打满算八个工作人员，似乎比市长管得还多。科长牵头风风火火开始工作，广告整治工作开始时如一团乱麻千头万绪，科里把城市主街一条条列出来，实施扫街活动。不符合要求的前期户外广告需要拆除，广告科马上遇到了大山般的阻力，因为广告整治涉及广告商的切身利益，是难啃的硬骨头。商家们想不通，要么城管执法局一开始就制定规章制度，我们按要求来办理，等我们现在已经投入户外广告制作经费了，你们才出台政策，要我们拆除，这不是断我们财路与活路吗？几十家公司联名疯狂投诉，能投诉的地方都投诉遍了，包括省纪委。所幸上头态度明确，广告科对商家晓之以理动之以情各个击破，事情才慢慢平息了。

拆除胜利路的一个跨街广告时，广告科晚上通宵作业，从晚上12点多开始，到早上七点多才结束。出动了公安部门、交警部门配合，将胜利路两头堵住，调动两台大型吊车。一个通宵下来，所有工作人员都两眼通红、汗流浃背，然而攻克了一个难题所有人都备感欢欣鼓舞。其实，工作人员并不怕熬通宵，他们觉得最棘手的是做商户的动员工作，拆除违规广告的动员工作往往比实际拆除工作多花上两三倍的时间，有时苦口婆心、口干舌燥还遭遇商家的一番白眼与恶语相向，莲花装出一副孝子贤孙般的笑脸，她觉得自己的脸都快笑僵了。

莲花平时和二队大队长肖刚挺谈得来。肖刚是李俊的好兄弟，自从李俊出事后，肖刚对莲花颇多照顾。肖刚分管胜利路这一块，这天，肖刚他们到胜利路出警巡逻，莲花刚好也要到胜利路一家商铺去谈广告问题，就搭了他们的顺风车。看得出来，肖刚今天心情不大好。

早上起床后，肖刚往窗外看一眼，太阳已经出来了，天气不错，肖刚心情也不错。他问老婆："中午我想吃姜母鸭，好不好？"老婆没吭声。肖刚连续问了三遍，老婆就是一声也不出，老婆是因为昨天肖刚的奖金被扣了而生气。肖刚气得一摔门，下定决心中午不回来吃饭。这个可恶的老婆，肖刚最痛恨这样的闷葫芦，他更宁愿老婆能够高声大嗓地跟他吵一架，可老婆不吵，肖刚便觉得所有的气全堵在胸口里出不来。

胜利路这一块长期有四五家卖四果汤的小摊占道，存在着严重的安全隐患。由于四果汤味甜爽口，清凉解毒，很受老百姓欢迎。很多人穿着大裤衩趿着拖鞋喝四果汤。阿基家的四果汤花样最多，莲子、绿豆、仙草、石花、阿达籽、银耳、西瓜、菠萝，等等，挤挤挨挨摆得满满的，吃的人随心选取上面若干种喜欢的原料放于碗中，舀入白糖水或蜂蜜，再加上适量的刨冰，大热天的一口下去，比当皇帝还爽。阿基家包馅的阿达籽最为有名，不仅韧，而且清甜，外地人可能不懂什么是阿达籽，阿达籽是用木薯粉加入开水揉成面团，阿基通常会多揉一会儿，切小块，裹点干粉防粘，放进开水里煮。煮到半透明状，捞起过凉水，一会儿再捞起来。阿基家的四果汤一天能卖几百碗，回头客很多，连外地人都爱吃。以前一碗两元，现在涨到了一碗五元，若一碗赚两元，一天下来也可以赚个几百块钱。

远远看到城管的车来了，阿基夫妻俩麻利地推上三轮车就跑。他们俩都瘦得像猴子一样，动作敏捷得很，而且夫妻俩早就形成了默契，先保主要的三轮车，其他塑料椅子等先丢弃不管。胖子阿宏动作慢了一拍，他还想把塑料椅子收拾收拾，结果他的三轮车被两个城管人员扛上了执法车，胖子急了，跳上车跟城管人员拉扯，嘴里用比粪便还要腥臭肮脏的语言咒骂着全世界的城管。肖刚平时训过不少家伙，基本上没遇到过跟他顶着干的，顶多嘟囔几句，或者在背后诅咒，既然在背后，肖刚就装作没听见。这些人也不容易，他们租不起店面，只能摆摊，不摆摊就没饭吃。但身为城管要是不没收这些摊贩的工具，他们就要失职下岗。彼此尊重吧，理解万岁。肖刚能理解这些家伙，但这些家伙似乎并不理解肖刚，一点也不尊重肖刚的劳动，那他们就是自找苦吃了。肖刚想，要是这个胖子不垂下脑袋挨训，他不仅要没收胖子的家伙，还要给胖子罚款。这死胖子今天吃错药了吗？竟然敢反？

就在胖子和肖刚拉扯时，阿基老婆眼疾手快，她见场面混乱得很，嗖的一声箭一般蹿向执法车把自家的锅拎了就跑。尝到了甜头，阿基老婆胆子越发大了起来，她又趁乱冲了回去把自家那叠蓝色的塑料板凳抢了回来。还好，保存了主力，其他小的损失可以忽略不计。

五六个顾客四果汤吃了一半，呆呆地捧着碗站在旁边看，待反应过来，有的吓得不敢再吃，把碗放下匆匆离去。其中一个穿裙子的姑娘胆子大，她退到边上，从容不迫地把剩下的半碗四果汤吃完，抹了抹嘴唇，想了想，把五元钱压在碗下，才慢吞吞地走了，姑娘希望过后摊主能收到她的五元钱。

胖子急红了眼，要是三轮车被没收了，他没法回家跟老婆交代。他俯身捡起一把西瓜刀，拿着刀四处挥舞，众人惊叫着四散奔逃，摊子不知被谁踢翻了，阿达籽、绿豆、石花散落一地。胖子直奔肖刚，肖刚想跑，脚下却踩中了石花，脚一滑，待他稳住身形，胖子的刀已在眼前。肖刚情急中用手腕一拦，手腕上中了一刀，顿时血流如注，肖刚忍痛握住胖子手腕，试图抢下那把尖刀，哪知被胖子奋力挣脱，那胖子已丧失了理智，挥刀就往肖刚心脏刺去，肖刚惨叫一声，顿时倒地，胖子拔出刀又疯狂地准备刺第二刀，周围几个城管奋力扑来，一人扭住他一条胳膊，将他摁倒在地。胖子的嘴唇磕在水泥地面，霎时肿得像个猪八戒。莲花依稀听到喊叫声从街尾那家商铺中出来，看到这一幕身体晃了晃，头晕目眩，她死死扶住门框。又是血，就像弟弟当年在水泥地上留下的那摊血一样。血，真是一个可怕的字眼儿。自从弟弟出事后，莲花就落下了晕血的毛病。现场一片狼藉，比起城管到来之前更脏更乱了。

救护车疯狂地叫着，急匆匆地将肖刚送往了医院。

莲花坐在抢救室外的椅子上发呆。她的脑袋瓜一团糨糊。在那种混乱的情况下，悲剧似乎不可避免。要让胖子保持理智似乎不可能，假如胖子能理智地让城管人员把家伙搬走，就不会有流血事件发生了，假如肖刚救不过来，那胖子的命也保不住。一条命换一辆三轮车，值吗？在那个时候，双方都在为自己的尊严而战，谁也停不下来。悲剧就这样发生了，双方都很悲情，都很苦——真是可怕的人间。这是为什么？以前阿俊在身边的时候，莲花还可以和他讨论讨论工作上的困惑，但现在身边连个说话的人儿也没有，莲花感觉自己像身处急流之中被裹挟而去，甚至来不及发出一声呼喊。

最近，莲花晚上噩梦连连，眼前总是晃动着那血腥的场面。一觉醒来，总不知身处何方，常焦虑是不是错过了上班时间。莲花跟随母亲去参加了几次诵经会，每次都因心烦意乱而提前退场。特别是每月初一、十五，西禅寺香火鼎盛，空气中充满香火味，善男信女挤挤挨挨的，莲花觉得有些头晕，再也坚持不下去了。她想，每个人都有这么热切的心愿，菩萨到底能不能看顾得过来呢？如果由她选择来寺里的时间，她更愿意专门挑没人的时候来。母亲连呼罪过，在公众场合又不好跟女儿拉拉扯扯，只好眼睁睁看着女儿从边门上溜走。这么不虔诚，菩萨怎么会眷顾你呢？如此几次，莲花身处法会当中环首四顾，吃惊地发现周围几乎都是老妪，都是衰老的、缺乏力量的人。莲花问：我这是怎么啦？我乏力到如此吗？我怎么会跟这群人在一起？我怎么会做出这样荒谬的事情？这念头一产生，莲花就待不住了。还是单位这个地方比较适合她这个中年女人待，虽然单位有种种不如意和痛苦。这阶段在搞创城活动，全市鸡犬不宁，城管局以每人每天300元的高价请了四个农民工，大卡车载着农民工四处巡逻，只要看到违章占道的就拖走，没得商量。这天，局里接到了举报电话，说有人在胜利路违法占道摆摊，局里马上出动人手把小摊没收，手到擒来。不知怎么的，那个举报人的姓名被泄露出去了，被没收了家伙的小摊贩组织了二三十个妇女涌到举报人家里，戳着他的脊梁骨骂："你这个黑心肝的，害了别人对你究竟有什么好处？你还配当个男人，早该割掉鸡巴去当太监了，你家祖宗也早被你这软骨头羞死了！"举报人被喷得满脸口水，他知道，自己的名声在这条街上彻底地臭了，今后在这条街上再也抬不起头来了，他一把抓起家里的毒鼠强就要往嘴里吞。他老婆阿梅拼死拦住，一把将毒鼠强打倒在地，哭叫道："你死了，我和儿子怎么活呀！"场面乱哄哄的。等那帮闹事的人走了，举报人的老婆冲到城管局里叫骂："你们不仅不奖励举报人，还泄露举报人的信息！我老公昨天刚才差点吞了毒鼠强，要是闹出人命，我要你们全局陪葬！我要告你们！"

方局被骂得脸上青一阵紫一阵，却只好忍着，不断好言相劝。哪知那女人真的请了律师一纸诉状把城管局告上了法庭，走的是行政诉讼的路子，一审判决下来，女人拿了赔偿，哪知又嫌赔偿太少，还是一直往上告状。整个局里的气氛都很不好。莲花整天盼着早点下班回家。上班时总要装出一副笑脸，笑脸迎人太久，下班时她终于可以背过身去。那个叫梅的双手挥舞的女人今天又来吵闹，不知被第几十次拖出去了。莲花有着可笑的忌讳，她讨厌一切叫梅的女人。梅，霉也，所以那个举报人的老婆，她永远也不知道有人从见到她第一眼开始就莫名其妙地厌恶她。

今天开年终总结会，局里的老油条没来开会，孙主任给他打电话的时候，老油条说昨晚喝高了，起不来，请个假。呵呵，天大的事儿敌不过我高兴，老油条连谎都懒得撒，连敷衍一下都不肯。遇到这样的人孙主任反而没办法，不过，对待像莲花这样谨小慎微的人，孙主任有的是办法。莲花倒是和老油条走得挺近，经常在微信上互动，因为两人都对音乐有爱好，经常谈论某个作曲家的创作风格，或者互相交流新曲子。孙主任拿起笔在老油条名下画了一个叉，莲花突然意识到，和被边缘的人在一起，自己也变成了被边缘的人。莲花真想不干了，但她不敢。想想而已。真不干了，拿空气当饭吃吗？中国最不缺的就是人，你不干，后面还有一大堆人排着队等候。莲花想起有一篇关于饭局的文章，说有多少人讨厌饭局，就有多少人热切地盼望着饭局，甚至有人自己掏钱请吃饭以在妻子面前表示自己也是一个有饭局的人，想到这里莲花哑然失笑。方局还在滔滔不绝。这个会太微妙了，传达了丰富的信息。小陈，你那个项目怎么样了？小张，叫你联系公安局联系上了吗？这意味着，虽然小陈、小张人在下面，却与方局保持着密切的联系，长久地占据着方局的视线。莲花想象着小陈、小张出入方局办公室的情景。天底下有太多的秘密。莲花不想知道别人的秘密，她对别人的秘密不感兴趣，知道而不能说，这是沉重的负担。

会后，孙主任走进办公室，不知有什么事。莲花本能地逃之夭夭了，莲花遇事总是爱逃避，过后又后悔，怕孙主任又在方局面前说她的坏话，想冲回办公室，又没有勇气。她告诉自己，以后千万不要当鸵鸟了，但愿这次懦弱的逃避不要带来什么不良后果和损失。莲花下班后在家里读《金刚经》，这是母亲送给她的。"须菩提，诸微尘，如来说非微尘，是名微尘。如来说世界非世界，是名世界。须菩提，于意何云？"这是说，所有的微尘，如来说它不是微尘，才假名叫作微尘，如来说世界即是非世界，并非实有世界，只是假名为世界而已。莲花不是很明白这段话，佛经跟哲学一样富有思辨性，大概不是可以马上领悟的吧，就像佛祖提倡的不执、不取，要做到又何其难呢？

半个月后，母亲突然失踪了，毫无预兆地。周六晚上莲花像往常一样来到母亲家里。自从李俊出事后，莲花总喜欢往母亲家跑。在母亲面前，说错话做错事都可以被原谅。人总会说错话做错事，因此把心远了，朋友也因此生疏了。莲花真想一辈子做个孩子。门锁着。莲花有母亲家里的钥匙，她以为母亲买菜去了，或者散步去了，莲花拿出钥匙开了锁，先拖了拖地板。房子只有30平方米，很快就整理好了，莲花还打开了电视，过了快一个小时，莲花有点沉不住气了，她拨了母亲的手机号码，哪知铃声却从沙发缝隙里响起，哎，母亲也真是的，出门也不带手机。莲花又看了半小时电视，母亲还是没有回来。莲花把电视关掉，先到小区里找了找："有没有看到我妈妈？"被问的老头老太太都摇头。莲花又到母亲常去的公园里找，母亲经常坐的那张椅子空空如也。莲花这时候有些心慌，难道母亲出了车祸？她越想越害怕，头脑中想象着母亲倒在血泊中的画面，不过她很快镇定下来，如果真的出了车祸，应该会有人打电话给自己。莲花紧紧攥着手机，生怕漏掉什么消息。莲花又到母亲常去的那家南丰购物去找，还是没有母亲的身影。是不是母亲已经回家了？莲花喘着气跑回家里，期待母亲已回到家里的惊喜，还是落了空。已经12点了，莲花就睡在母亲家里，度过了一个难熬的夜晚，莲花百思不得其解，母亲到底上哪儿去了呢？母亲的朋友只有寥寥几个，她都一一给张阿姨李阿姨打过了电话，她们都说母亲没到她们家呀！

　　第二天早上醒来，莲花洗了把脸，把母亲家门锁上，准备到街上买点早餐。莲花想，如果再没有母亲的消息，她就要上公安局报警了。这时手机响了，是一个陌生的号码，显示的是山西地区。莲花的心狂跳起来，该不会是诈骗电话吧？还是公安局的电话？母亲到底出了什么事？手机里传来的却是熟悉的声音："莲花。"莲花大叫起来："妈，你跑到哪里去了？你害我好担心啊！"

　　母亲很抱歉："走得急，没来得及跟你说，其实也怕跟你说你会不答应，就先跟着王居士走了，后来才发现手机落在家里了，现在到了地方，才借了电话打给你。"

　　"是不是那个半疯癫的王居士？你到底跟他跑到哪里去了？"莲花又气又急。

　　母亲显得有些神秘又有些得意："我就知道，要是昨天告诉你了，你肯定不让我出门。你猜猜我现在在哪里？"

莲花气得跺脚,母亲竟然还让她猜!莲花气得说不出话来。

母亲见女儿在那头沉默着,知道莲花生气了,慌忙道:"我在五台山的一个寺庙里。你还记得去年我跟你说过的那个梦吗?我要在这里住一段时间,等化缘得差不多了我就回去,你不要担心我。"

莲花真是无话可说了,母亲这样疯狂的举动是不是像网上说的那样再不疯狂就晚了?母亲去年跟她说,弟弟托梦给她了,说想在五台山安家,他看中了一个地方,那地方很好,希望母亲帮他化缘建造一座寺庙让他安身,弟弟还说他原本就属于那个地方,现在只不过是回故地罢了。母亲做完梦后马上乘动车到了五台山,爬上梦中的那座西南方向的小山峰,有一块平地特别宽敞,还有一株柏树跟梦中一模一样。母亲号啕大哭起来,当即决定要四处化缘在此地捐赠一座寺庙。当时母亲化缘化到莲花头上,莲花还在还着房贷,手头没有多余的钱,苦笑道:"活人都没得住了,还有闲钱建寺庙?"后来莲花捐了600元。莲花很怕同事知道她的母亲正在到处化缘准备在五台山建造寺庙,怕同事说母亲搞迷信。莲花是既忧且喜,母亲看似疯魔,起码有一件事做,母亲会觉得活着还有一件让人起劲的事儿。母亲之所以能把这件事坚持得这么久,全因为王居士。想到王居士,莲花皱了皱眉头,有点啼笑皆非,不知母亲遇到王居士是幸还不是不幸。王居士满脸红光,有一个老板儿子,大大地发了财,王居士整天说儿子赚那么多钱会折福折寿,天天追着儿子捐献礼佛,弄得他儿子烦不胜烦,嚷嚷着要跟他断绝父子关系。母亲和王居士是在西禅寺一次法会活动上认识的,王居士认识了母亲后如遇知音,几乎天天都到母亲家里拉家常讲佛法。莲花有些不安,毕竟男女有别,莲花怕左邻右舍说闲话,哪知母亲却不以为然,就像兄妹一样和和气气平平常常,王居士来了还是笑脸相迎。如今,说严重点,难道是王居士把母亲拐到五台山上去了?母亲到底化缘化了多少?是化了几根顶梁还是化了几个斗拱还是已经把歇山顶的钱化到了?母亲到底什么时候会回家呢?

日子就这样一天天溜走了,母亲还未回来。都快大半年了,这大半年里母女俩时不时三天两头通一个电话,莲花问母亲募捐得怎么样了,母亲总是笑嘻嘻地说快了快了,等寺庙落成再请莲花过去参加开光典礼。莲花说好。这大半年里倒是风平浪静得很,也许是所有全都的事都过去了吧,阿俊减了半年刑,肖刚的伤恢复得差不多了,城管局门口也没人来闹了,商户见到城管人员有时也会笑脸相迎了,日子似乎不再像以前那样难以忍受,也许,时间真是医治所有创伤的良药。

这天,莲花又去了西禅寺,虔诚地供了一盏油灯。油灯亮了,从里面亮,像菩萨手拢一朵莲花。莲花摇曳,涌出红的花、橘黄的花。一念长于千古,佛灯融化了时光。莲花的瞳孔回映两朵小小的火苗,与灯对视。佛的笑容似有若无,超越了苦乐,让人顿生恭敬心、清净心,仿佛皮肤感受着美玉的清凉。盏盏油灯在佛前开成一个花池,照亮一张张宁静的脸。莲花的眼睛驻在一小朵跳动的火苗上,火苗像开口说话,欲言又止,不说了。油灯慢慢跳着舞,灯芯爆出一朵花,好像佛祖朝莲花笑了一下。灯花一爆,莲花内心一动,好像有一扇门微微启开了一条缝。

捧一盏油灯,不知能不能让自己的额头更加高远?能不能让眼睛更加明亮?莲花在心中默念:菩萨啊,你是以99道弯路送弟子远行吗?从大殿里出来,莲花洗了洗手。双手掬起一捧清水,水很快从她手中流散。莲花的内心慢慢变得清凉,她抬头看天,天空灰灰的,却有一朵云彩飘游,后面隐隐透出一点光亮。

PART 07
飞机下的鹰

在这个庆功的夜晚，尹老师终于明白了，自己充其量是一只鹰而已，而陈天来却是一架飞机。鹰永远飞不到飞机的高度，从飞机上看，甚至可以把一只鹰看成是一只麻雀。而飞机上的一切生物，假如一只母鸡坐在飞机上，那么，这只母鸡也完全可以傲视机翼下那只可怜的鹰，虽然鹰可以安慰自己说，母鸡永远是母鸡，鹰永远是鹰。老鹰非常困惑，自己怎么努力都飞不过飞机的高度。那只母鸡，平时顶多飞上个两三米，现在人家坐上了飞机，随随便便就飞了几千米高，甚至可以呼风唤雨，想让头上这片天晴它就晴，想让这片天下雨它就下雨。而自己，想飞上个1000米都要竭尽全力。

梦里，那只悬崖下的鹰又一次向千米高的峭壁发起了冲刺。大概飞到800米高的时候，翅膀突然折断了，一个倒栽葱从半空中急速掉了下来，"砰"的一声摔在坚硬的岩石上，血肉四溅。尹老师一声惊叫，大汗淋漓从梦中醒来，惊魂甫定看看窗外，是无边的黑暗。这个梦已经连续做了几天，尹老师抚抚胸口，准备下床倒一杯水喝。刚喝了一口，竟然被呛着了，尹老师剧烈地咳嗽起来，她懊恼地将杯子放回桌上。她打开电脑，准备和远在新加坡的女儿视频。新加坡与中国零时差，也就是说假如中国时间晚上11点，新加坡也是晚上11点。但是在生活习惯上会有一点不一样，终年为夏的新加坡，早上七点才会天亮，所以大早上八点时人不多，跟国内六点一个概念。

　　女儿那边却没有任何回应，黑黢黢一片。尹老师以前一直认为视频聊天是年轻人的专利，为了能天天看到女儿，尹老师硬是学会了。一连几天都没有女儿的消息，尹老师慌了。她只有女儿的电话，打了，也没人接，仿佛那边是一片荒原。尹老师后悔当初过于自信，没有留女儿班主任的电话号码，因为女儿一向很自律，从来没出过任何问题。现在好了，什么人都联系不上，她只能干着急。本来她还可以找女儿同学陈悦的父亲陈天来，问问陈悦的号码，但她坚信自己那个优秀出色的女儿绝不会出什么意外。虽然自己安慰着自己，尹老师还是恨不得乘飞机到新加坡看看，但她是省一中的老师，功课永远排得满满的，而且她是骨干教师，学科带头人，很难请假，就这样慌慌地过了四五天。电话铃突然尖叫起来，让人心惊肉跳。电话那边传来的是噩耗：女儿左蓝在新加坡自杀身亡！尹老师哭叫起来："为什么？为什么？怎么会这样？"尹老师感觉像一辆列车隆隆碾过她的身体，枕木震颤抵进她前胸的肋骨，直达心脏。火车脱轨了，轰然一声，一切都毁灭了，火光冲天而起，最后归于死寂的黑暗。

　　对方是左蓝的班主任："左蓝是自杀的，她的遗书写得清清楚楚，你还是赶紧飞来处理后事吧。"

　　半个月后，尹老师捧着女儿的骨灰盒回到了香城。她反复拍打着女儿的骨灰盒："蓝蓝，你好傻呀！"到后来，尹老师的声音全哑了，喉咙发疼，吐出一口血来。女儿粉嫩的皮肤变成轻飘飘的灰，女儿被一个看不见的黑洞不由分说夺走了，这种事放在任何人身上都是无法承受的悲痛。校长特地给了尹老师半个月的假。尹老师满腔悲哀：多么讽刺，上个月校长还在全校大会上表扬她敬业，教学成绩一流，态度认真积极，还教育出了一个优秀的女儿，是所有老师学习的楷模。这一阵子，尹老师夜不能寐，犹如一条深海里的鱼，被死死地卡在石头缝里，不能动弹，也看不到任何事物，一任黑暗、冰冷的水从身上流过。尹老师悲痛地将脸靠在女儿的骨灰盒上：也许是自己的错，一根弦总是绷得太紧，所以它就提前断了吧。

女儿刚出国那一年，尹老师天天收获无数人的赞美与艳羡："你家左蓝真厉害！我家阿凤要是有你家左蓝一半就好了！"尹老师嘴里谦虚着，内心却分明骄傲着，新加坡一年四季如春，一条云中之路在尹老师身上闪耀，从香城一直铺到新加坡，荣耀闪着遥远的亮光飘过来，缀结着湛蓝的天空，无尽回响，犹如滚滚春雷。尹老师为女儿生活在这样的国家里感到骄傲。慢慢地，过了一年多，这样的赞美变得少了。此一时彼一时，留学变得普遍，已不是什么值得炫耀与骄傲的事。尹老师整天心空空的，她开始着慌了。办公室闲聊时，她会指着身上的毛衣说："左蓝从新加坡寄来的。"有人赞美几句，有人敷衍地瞟一眼，竟没有人近前摸一摸，仔细打量打量。

尹老师不知道，女儿在新加坡有好几次想中断留学生活回家，几次张开口，却没有勇气说出来。从小到大，左蓝都是学习超人，她没有任何娱乐，只知不断地学习学习。她几乎垄断了每个学科的第一名，有她在，别人想拿第一名那是做梦。偶尔考了第二名，她就会失声痛哭。她害怕别人超越自己，这个时代让她心慌，一切都在奔涌向前，一不留神，自己就被别人抛弃了。过生日的时候，其他同学往往请了班上十几个好友胡吃海喝，左蓝没有，她匆匆吞下妈妈为她煮的两个红蛋，就进入书房拧开那盏蓝色的小台灯开始学习。这样惨淡的生日一方面是为了节约时间，另一方面，也是最真实的原因：左蓝几乎没有朋友。虽然她长得很美，但她浑身上下发出一种冰冷的气息，同学们都叫她冰美人。她总是如此高傲。午夜时，左蓝会发现自己没有青春。她似乎一生下来就衰老了，这一可怕的发现让她心悸。其实，左蓝也不想这么冷，她也向往温暖，但她的生活是残缺的，她的人生中比同学少了一样很重要的东西——父亲。家里没有一个男人可以让她喊爸爸，回到家里，左蓝觉得自己像回到了冰箱，又像企鹅回到了南极。是的，她就是一只生活在南极的企鹅，放眼望去，一片白茫茫冰天雪地。有时同学会拿出新款的手机笑嘻嘻地说是爸爸送给她的生日礼物，左蓝就会将脸扭向窗外，假装没有听见。尽管尹老师一再强调是她抛弃了丈夫，可是，左蓝还是感到她和妈妈同时被爸爸抛弃了，这让左蓝感到耻辱，觉得这是刻在她脸上的红字。虽然妈妈的工资可以保证母女的温饱，但如果加上父亲的收入，她们完全可以过上体面一点的生活。左蓝甚至渴望妈妈再婚，有一段期间一个看起来有些猥琐的男人频繁出现在她们家，他那张脸让左蓝感到反胃，左蓝于是彻底放弃了再有个爸爸的梦想。

工作上尹老师一直以身作则，给女儿树立了一个光辉的榜样。她师大毕业时分配到县城中学教了十年，后来省一中招聘教师，她硬是一路过关斩将考上了：总共报了831人，才录取了五人，她名列第三，就这样闯到了省城扎根，并且很利索地在第一时间内把左蓝转到了省里的实验小学。丈夫是个鼠目寸光的人，一想到要重新折腾工作折腾房子，他就双腿发软，他拒绝到省城工作生活。两人分居三年，唯有离婚一条路可走，而丈夫竟然很快另觅新欢，迅速进入了新一轮的婚姻。这让尹老师很生气。这个男人，平时自己看着左右不顺眼，左右看不起，一旦落入了别人的怀抱，她还是觉得失落，觉得气愤难平。本来，尹老师想把女儿的姓改了，跟着自己姓，但改户口很麻烦，再来左蓝左蓝的叫习惯了，改姓的事尹老师就渐渐淡忘了。生活没有容许她花太多的时间生前夫的气。省一中那是什么地方？为了在学校里站稳脚跟，尹老师把所有的精力都扑在了教学上。左蓝在学习、生活上几乎没让尹老师费什么劲儿,当尹老师放学后还在教室里留学生背诵古诗词时,左蓝要么上街吃点馄饨或快餐,要么在家里自己炒个肉炒个青菜。饭是早上电饭锅里就备下的,感谢有人发明了定时烹煮的电饭锅。尹老师任教的两个班级通常在全市期末考试评比中包揽第一、第二名,有一次第一名被别人夺去,那个晚上,她伤心得不吃不喝,第二学期,尹老师上班上得更早下班下得更迟了,到了期末,她如愿以偿把原有的第一名夺了回来,以致竟然有调皮的学生暗地里给她起了个外号,称"灭绝师太"。

  学习上尹老师对女儿是高标准严要求,没想到女儿对自己更狠。高三的战场硝烟弥漫,同学笑称班级里一片人偶,左蓝不仅是人偶,她还是机器人,就像那些出现在餐厅里端盘子的机器人。机器人一趟一趟地端盘子,左蓝一张一张地做卷子。左蓝对自己狠是有原因的,因为曾经受过刺激。那是在左蓝读初一的时候,妈妈病倒了,左蓝帮妈妈买菜,她买的菜不仅价钱贵,还缺斤少两。卖菜的是个老阿婆,阿婆的十指都是粗的,而且开裂,缝里是隐约的黑泥。左蓝闷闷不乐。被短缺的斤两值不了多少钱,可是左蓝感觉自己受到了这个世界的伤害。阿婆之所以弄虚作假,大概也是因为生活不易,人人都想从生活的手缝里抠下些什么。左蓝曾经从这阿婆家门前走过,瞥见阿婆家里坐着一个观音像,阿婆正在虔诚膜拜。照道理,信佛的人应该都是善良的才对,可这生活太残酷了,活生生把人都逼成蝇营狗苟之徒。类似的不快又发生了一次。左蓝意外地发现自己喜欢的牛肉店竟然用猪肉充当牛肉,左蓝有点想哭。这家牛肉店她从十岁吃到现在,都快八年了,她很喜欢这家牛肉店,因为口味很好,店老板也很热情,每次她都是一口气吃完一碗,有时她甚至还会央求妈妈再买一碗带回家。没想到现在为了多赚些钱,也开始弄虚作假。那碗粉肉汤左蓝没有吃完，她沮丧地离开了牛肉店，如丧考妣。这生活表面上花团锦簇，内里不知道裹挟着多少类似的残花败絮。

　　第四天去买菜，左蓝看见阿婆手上缠着一块纱布，对着她的老头子抱怨手疼了一整个晚上。左蓝忍不住插嘴："那赶紧去看医生啊！"阿婆头也不抬忙着数钱："不用啦，看病要花钱，忍一忍过几天就好了。"又听阿婆絮絮叨叨地指责老头子昨天接水时水龙头开得哗啦哗啦的，应该让它慢慢滴。阿婆突然又想到另一项指责的内容："昨天你上厕所时卫生纸没有撕成两半，太浪费了。"老头子抗议道："节约一张纸有个屁用啊！一张纸撕成两半，害得我手指老是沾上大便。"左蓝听不下去了，拎着早餐落荒而逃。几天后，妈妈病好，左蓝如释重负，她再也不用为跟形形色色的商贩打交道而备感焦虑了。左蓝下定决心一定要认真读书，一定要摆脱这样可怕的环境，她的周围应该都是成功人士，她再也不想听到类似"卫生纸太小以致手指沾上大便"这样恶心的话语。高考迫在眉睫，同学问左蓝："左蓝你要报北大吗？你这成绩，北大对你来说是探囊取物，你肯定会被保送，连高考都不用参加。"左蓝不置可否地笑笑。她心里想：北大？燕雀安知鸿鹄之志哉？我要争取去新加坡留学。我不仅要当大雁，我还要当鹰，那只飞得最高的鹰。长着一副不屈的骨骼，练就一双坚硬的翅膀，或振翅九霄一去万里，或盘旋于高空俯瞰大地。她最爱唱的歌曲是《飞得更高》——中央电视台《绝对挑战》的片尾曲："就在那片更高的天空，我要飞得更高，飞得更高，狂风一样舞蹈，挣脱怀抱，我要飞得更高，飞得更高，翅膀卷起风暴心生呼啸。飞得更高，一直在飞，一直在找……我要的一种生命更灿烂，我要的一片天空更蔚蓝，我知道我要的那种幸福就在那片更高的天空，狂风一样舞蹈……"她还将这首歌调为手机铃声，每当铃声响起一次，就是对她的一次激励，她要飞得高高的，在太阳底下飞翔，阳光为她的梦想镶了一道金边，像云朵一样罩在同学的头顶。左蓝坚信，她梦想中的光环犹如彩虹一样，在不久之后即将迎面而来。

尹老师也一直灌输给左蓝竞争意识。这是一个PK的时代，身为一中教师，尹老师目睹一届又一届的尖子生被新加坡南大来的人挑走，心中波澜起伏。新加坡是一个什么样的国家？那可是继纽约、伦敦和香港之后的世界第四大金融中心，经济发达不说，还是全球著名的花园城市。一年到头四季如春，鲜花盛开。啊，尹老师心痒难耐，她几乎看见自己带着左蓝去新加坡南大报到的情景了，她甚至看到了胡姬花灿烂的笑脸。更重要的是，新加坡居民里华人占多数，这样左蓝到了新加坡就不会有陌生感和孤独感。尹老师打听过了，年轻人在新加坡大学毕业后参加工作，一般月薪是8000元新币。8000元新币是什么概念？四万元人民币啊，相当于尹老师一年的工资收入。尹老师很早就为女儿确立了人生目标：读完高三后就到新加坡留学，而且一定是公费的。尹老师早已把南大的招生标准烂熟于心，除了成绩拔尖外，最重要的是英语口语要过关，能够流利地与南大来招生的考官对话，而且不怯场。左蓝很争气，她的成绩一直稳居年段第一，英语口语顶呱呱，而且是标准的美式英语，一般南大有三个招生名额，左蓝应该是没问题的。尹老师便一心盼望着南大来招生的那一天，毕竟，不怕一万只怕万一啊，只要还没接到录取通知书，尹老师的一颗心就永远悬在空中落不到实处。

尹老师终于盼到了这一天，学校里预先选拔了十个学生面试，尹老师很意外地在名单里看到了陈悦的名字。她抬起头看了一眼组长，刚要说话，组长用眼色制止了她。尹老师硬生生将话吞回了肚子里。其实，陈悦出现在名单之内，应该说是意料之外情理之中。陈悦是尹老师班里的学生，成绩中等，尹老师对她再熟悉不过了，因为陈悦的父亲就是尹老师的师大同学。不同的是,陈天来毕业时就留在了省教育厅工作,而尹老师被发配回县城中学。尹老师在师大时就对陈天来有些反感。这个陈天来,整天粘着辅导员,就像李莲英侍候慈禧太后似的,辅导员投桃报李,推荐陈天来到学生会工作。陈天来长得高大帅气,可惜找了个矮矬的女朋友,尹老师打破脑袋也想不通陈天来为什么会看上这样一个女孩。后来,陈天来毕业分配在了省教育厅,尹老师就恍然大悟了:那个女孩的父亲必定是个高官。陈天来如今已是教育厅的处级干部,照道理尹老师应该加强与陈天来的联系才是,但她偏不,她对陈天来不冷不热的,对陈悦也像对待平常学生一样。陈悦天性活泼,未见人三分笑,虽然不幸长得跟她母亲一模一样,却极受同学的欢迎,俨然班里的大姐大。现在陈悦出现在面试名单里,算是给陈处长一个面子,给陈悦一个机会罢了。如果说难听一点,陈悦基本是一个陪练的角色,只是没人说破而已。新加坡来的考官可不是陈处长可以搞定的角色,尹老师相信,陈天来再长袖善舞,也舞不到新加坡来的考官身上。

面试时出了点小问题。左蓝的口语虽然流畅,但她表现得有些拘谨,她身上那股冰冷的气息让考官们感觉不大舒服,但又说不出哪里不舒服;反而是陈悦,一进门把就气场弄得很热烈,五个考官频频点头。结果是这样:有两个男同学口语成绩加笔试成绩领先,而左蓝和陈悦并列第三。也就是说,如果陈悦录取了,那么左蓝就得名落孙山。

尹老师开始紧张了,这个局面是她始料未及的,命悬一线岌岌可危啊。尹老师一夜没睡,天亮时照镜子,仿佛苍老了十岁。她曾经发过誓,不管是职称还是什么,她绝不去求昔日的同学。但她今天必须去。她没有贵重的礼物去打动昔日的同学,再说了,即使有贵重的礼物,也不能让今天的陈处长卖掉女儿的前程。尹老师恍恍惚惚骑着电动车往教育厅的福泰路赶。教育厅的建筑是80年代的,有些陈旧,栽满梧桐树,不时有黄叶飘落下来。眼前的建筑物虽然陈旧,然而尹老师还是感到了一种无声的震慑,因为衙门的气味太浓了。究竟要采取哪种战术,她一直还没想好,两条路线在她脑海里激烈地交战,各有利弊:一种是霸王硬上弓,明明白白地告诉陈天来假如左蓝留学不成将会出现的严重后果;一种是哀求。如果仅仅是哀求,尹老师怕陈天来像对待一条丧家犬一样把她撵出门外,认为她软弱可欺;如果来硬的,又担心把事情弄僵,到时鸡蛋碰石头,一点挽回的余地都没有,毕竟她此行的目的不是为了跟陈天来鱼死网破,而是为女儿争取一个光明的前程。尹老师不断地权衡利弊,可她的脑袋瓜里最终成了一团糨糊。她强迫自己深呼吸,将一颗突突跳着的心摁回胸腔。

看门老头看出了尹老师的胆怯,毫不客气地将尹老师拦了下来:"你找谁?"

尹老师不知为什么开口时竟然变得有些结巴:"我找人事处的陈处长。"

"登记一下吧。"老头用嘴努了努桌上的纸和笔。

这时又有人进来了,老头朝那人笑了笑,那人径自走进去了。尹老师突然生气起来,她偏不登记,凭什么别人不需登记她就得登记?她朝老头笑了笑:"算了,我打电话把陈处长喊出来就行了。"说着拉开提包拉链找手机。老头赶紧制止:"算了算了,别登记了,你还是进去吧!就不要麻烦陈处长跑一趟了!"尹老师板起脸,将手机放回包里,也不说声谢谢,昂起头往里走。人家说宰相门房三品官,今天算是见识到了。现在的人都说平台很重要,老头大概天天为他的平台骄傲着呢。

进了陈天来的办公室,尹老师突然感觉到身体一阵僵硬。她甚至想，要是自己还是少女，她还可以用身体对陈天来进行贿赂，可惜现在人老珠黄，身体干瘪如扁鱼，她连身体贿赂的资格都没有。陈天来用一次性纸杯为尹老师端来了矿泉水。尹老师感觉到矿泉水是半温的而不是冰凉的，而且不至于太烫，这是一个细心的男人。一时间，尹老师都不知如何开口了，假如撒泼的话，尹老师连自己都会瞧不起自己。尹老师咽了咽口水，开口道："老同学，我们家左蓝……"尹老师突然哽咽住了，眼圈儿发红，只好埋头喝水。突然，尹老师灵机一动，为什么要掩饰自己的眼泪呢？就让眼泪痛痛快快地流出来吧，听说，眼泪是女人在男人面前最好的武器。于是，尹老师选择了哭诉，她哭诉自己一个人带女儿的不易，哭诉自己离婚后的艰难，哭诉女儿如何发着高烧还坚持去朗文培训中心培训英语口语，甚至晕倒在教室里……尹老师哭得眼泪汪汪，她一点把握都没有，只能死马当活马医了。人家说当官的心都非同寻常的硬，也不知道昔日的同学内心还有没有残留着一点点柔软。陈处长反反复复说，你别哭，你别哭，有什么事情好商量。他有些手足无措。一个中年女人跑到他办公室来哭诉，不了解内情的人说不定已经展开想象的翅膀为他编造好桃色故事了。他递给尹老师纸巾，尹老师不接，任由眼泪鼻涕糊了一脸。陈处长只好长叹一声，说，这件事我试试，我试试，有没有把握我也不知道。其实，陈处长的内心是很不快的，但他通过这个昔日的大学女同学长达两个小时的哭诉意识到她的执拗，假如你不给她一条活路，她一定会疯狂地反扑。

尹老师哽咽着说了一声谢谢，掩面离开。她知道，再待下去，陈处长会厌烦的，她得见好就收。她不知道输赢，但她已经为女儿尽力了。为了孩子，一个母亲是可以不顾她的尊严的，她完全可以将尊严扔在地上任由人践踏。接下去是艰难的等待。尹老师从来不知道等待如此煎熬人，即使在她当年参加省一中招聘考试时她也没有这样煎熬过。那时，虽然面临着人生命运的转折点，却还是留有余地的，没考上，顶多继续留在县城中学任教。但女儿这次不一样。风声早在三年前就放出去了，大家都说，左蓝这样优秀，将来肯定出国留学。在大家的恭维声中尹老师矜持地笑着，内心里，她也认定了左蓝一定会出国留学。要是这次左蓝不能出国留学，不要说她的自尊心不答应，左蓝这孩子更不答应。当然，她没有告诉女儿自己所做的一切，她必须让心高气傲的女儿认为，是自己凭实力考上南大的，否则即使录取了，成功里也有阴影。女儿是追求完美的人，她知道。

万一左蓝真被刷下来了那可怎么办？一想到这种可怕的后果，尹老师就浑身打哆嗦，她不敢往下想。左蓝平时不吭气，但她的性子是烈的，这一点尹老师非常清楚。尹老师好像站在命运的悬崖边上，等待着命运的大风吹过，也等待着被拯救。其实，并不是她站在悬崖边上，而是左蓝站在悬崖边上，但尹老师自觉自愿地认为是她站在命运的悬崖边上，因为母女二人的命运早就紧紧地联系在了一起。

万一左蓝真的出不去怎么办？到教育厅找陈天来闹一场？像个泼妇一般声泪俱下地控诉？尹老师绝望地捂住了自己的脑袋。她就像被困在围城里的困兽，一筹莫展。几次三番想给陈天来打电话，摁出了几个数字，最终还是绝望地摁掉了电话。尹老师知道，官员最痛恨的就是别人的纠缠。她只能采取信任的态度，她只能相信陈天来一诺千金，不然还有什么办法？

吃饭时，尹老师不敢面对女儿的眼睛。在一片铅似的沉默中，左蓝突然开口了："妈，我和陈悦到底谁能上？我想破脑袋也想不通，陈悦的成绩怎么会和我并列？难道那五个考官听不懂什么才是真正的美式英语？要是他们听不懂，那南大又为什么派他们来呢？"

尹老师装出一副信心满满的样子安慰女儿:"别瞎担心了,你肯定能上。你这么优秀,要是连你都落选了,别说老师不答应,全年段同学也不会答应。"左蓝半信半疑地放下碗去复习英语单词。她总是这样,连一分钟都不舍得浪费,尹老师跟女儿说过很多次了,饭后适当休息一下,否则胃肠负担太重,长此以往,胃肠会受不了的,但女儿就是不听劝。尹老师把碗拿到厨房碗槽里,眼泪夺眶而出。她站在洗碗池边长久地发呆。左蓝很单纯,尹老师怕单亲家庭给女儿带来不良的影响,从来不跟女儿讲某某某同学的爸爸是处长,某某某同学的爸爸是局长。苍天啊,可怜可怜左蓝,也可怜可怜我吧!看着女儿房内的灯光,尹老师绝望地在内心里发出了一声呐喊。夜里,她梦见自己在一片惊涛骇浪中沉没,她尖叫着醒了过来。

名单终于公布了,名额从三个人变成了四个人,左蓝和陈悦都榜上有名。尹老师久久地看着红榜上的名字,长长地吐出了一口气,她扶住了墙根。要是不扶住墙根的话,她真怕自己会瘫倒在地上。陈天来还算是个君子。尹老师想,应该请陈天来吃一顿饭,要是没有陈天来的争取,极有可能是左蓝被刷下来。要真被刷下来,左蓝会被同学看成是井里的一只癞蛤蟆,这只可笑的癞蛤蟆竟然妄想着能够飞到天上去。这么多年,左蓝成绩稳居年级第一,不知有多少人准备看她的笑话——而陈悦则一跃而成天上的白天鹅,在天空中展示着她洁白优雅的翅膀。幸好。幸好。

左蓝却不这么想。凭什么?凭什么陈悦竟能和她一起比翼双飞?

四个学生的家长张罗着一起摆了庆功宴。家长在包间里推杯换盏,席间,尹老师频频向陈天来敬酒,瞅着一个众声喧哗的机会,她低声对陈天来说:"谢谢你。"陈天来摇了摇手:"不用谢,这都是靠你们家左蓝自己的实力。"一时间,尹老师有些感动,虽然女儿有实力没错，但这次要是没有陈天来出力，左蓝还是得像一只青蛙一样老老实实地在井底待着，人家居功而不自傲，还给足了她面子，维护了她的自尊，实在是难得。看来，以前自己对陈天来的偏见，应该及时纠正。

四个孩子在隔壁的KTV包房里唱歌。左蓝难堪地发现自己一首流行歌也不会唱，除了知道英语单词、物理化学公式，外面的世界发生了什么她一概不知。李绍煜和蔡坤两个男生已经喝得半醉，因为他们不用再去参加高考，不需要跟千军万马去挤高考那座独木桥，放松的日子提前到来。陈悦更是兴奋得两眼发光，她的小脸红扑扑的，投入地唱着《小苹果》："我种下一颗种子／终于长出了果实／今天是个伟大日子／摘下星星送给你／拽下月亮送给你／让太阳每天为你升起……你是我的小呀小苹果／怎么爱你都不嫌多／红红的小脸儿温暖我的心窝／点亮我生命的火／火火火火……"到后面，两个男生也加入了合唱，"你是我的小呀小苹果／就像天边最美的云朵／春天又来到了花开满山坡／种下希望就会收获……"一曲《小苹果》唱完，陈悦大喊："小李子，去给本公主买个哈根达斯来！"李绍煜听命，李莲英般屁颠屁颠地去了。陈悦过来搂住左蓝的肩膀："左蓝，你怎么不唱啊？干吗这么淑女？"左蓝小声道："我不会唱。"陈悦惊奇地瞪大了眼睛："不会唱？"不过她马上意识到自己的反应可能会伤害到左蓝，马上说："没关系，我教你，很简单的。"这时李绍煜带回了四球哈根达斯。舔着冰淇淋，左蓝内心有些感动，这个李绍煜，做事还真周到，换了其他小气的人，说不定就只买一客冰淇淋回来。她突然羡慕起陈悦来，陈悦全身上下写满自信二字，而自己却总是患得患失。陈悦是这个世间可爱的小苹果，那自己是什么呢？大概是一枚酸涩的李子吧！

正笑闹的时候，门被推开了，四个家长鱼贯而入。陈天来笑道：

"该回家了吧?你们已经嗨了三四个小时了!"

"爸爸!"陈悦冲上去抱住了爸爸,"我们还没玩够呢,你们先回吧。今天是我们的解放日,你就答应我们吧。"陈悦像一条鱼似的腻在爸爸怀里扭来扭去撒娇。陈天来笑着挣脱:"这孩子,都多大了,还像幼儿园小朋友似的。"左蓝站起来安静地朝妈妈走去:"妈,我有点累,我们先回去吧。"一时之间,陈悦有些尴尬,她试图挽留左蓝,但她很快意识到挽留是多余的,虽然有些扫兴,她还是对李绍煜说:"那我们一起走吧,改天再来。"一行人鱼贯而出,左蓝扭头看了看妈妈,真是憔悴得令人不忍注视。同样40岁的年纪,人家李绍煜的妈妈穿着吊带裙招摇过市,犹如孔雀开屏张扬得像无知少女;而自己的妈妈,穿着中规中矩的衣裤,让人联想到解放前的时光。左蓝一阵心酸。她盯着陈天来宽厚的后背,突然冒出了一个渴望:要是我也能有这样一个爸爸该多好啊!左蓝知道,这个念头她只能默默埋藏在心底,要是说给妈妈听,一定会伤害妈妈的。

在这个庆功的夜晚,尹老师终于明白了,自己充其量是一只鹰而已,而陈天来却是一架飞机。鹰永远飞不到飞机的高度,从飞机上看,甚至可以把一只鹰看成是一只麻雀。而飞机上的一切生物,假如一只母鸡坐在飞机上,那么,这只母鸡也完全可以傲视机翼下那只可怜的鹰,虽然鹰可以安慰自己说,母鸡永远是母鸡,鹰永远是鹰。老鹰非常困惑,自己怎么努力都飞不过飞机的高度。那只母鸡,平时顶多飞上个两三米,现在人家坐上了飞机,随随便便就飞了几千米高,甚至可以呼风唤雨,想让头上这片天晴它就晴,想让这片天下雨它就下雨。而自己,想飞上个1000米都要竭尽全力。尹老师曾看过这样一则微信:人骑上自行车,两脚使劲踩1小时只能跑10公里左右;开上汽车,一脚轻踏油门1小时能够跑100公里;坐上动车,闭上眼睛1小时也能跑300公里;登上飞机,吃着美味1小时居然跑 1000 公里！人还是那个人，平台不一样，载体不一样，结果就不一样了！所以选择比努力更重要！难道真如荀子所说："假舟楫者，非能水也，而绝江河。君子性非异也，善假于物也。"现实让尹老师觉得举目苍凉。尹老师不得不承认，在这个飞机的时代，她仍然是那头走路上北京的蠢驴。飞机巨大的轰鸣声在她头脑中不断回旋。对小时候的尹老师来说，飞机就像传说中的 UFO，让她从这个山头追到那个山头，一直追到飞机穿入云层里，留下一长串白色的尾烟，带着尹老师的无限神往与无限遐想，飞走了飞远了。等参加工作后，飞机是电视里一个个漂亮优雅的空姐，在机舱里微笑着走来走去，是一个个有钱的或有权的上层人士，神气地拉着拉杆箱，带着别人艳羡的目光，华丽地进入机场。对尹老师来说，飞机是一张张几百至上千的机票，是机舱外那翻滚的云海和霍霍的闪电，永远可望而不可即。哎，自己的一个初中男同学，平时六科成绩总分永远在一百多分，初中毕业就混社会去了，如今成了千万富翁，他做的是电商，听说今年双十一节纯利润六百多万，于是张罗了初中同学会，每人送了一部苹果手机。尹老师硬是没去。她不知道自己是不是酸葡萄心理，她只是告诉自己：别人有炫耀的权利，她也有拒绝被炫耀的权利。尹老师庆幸自己从县城来到了省城，而女儿终于可以出国了，虽然现在她还没有力量给予女儿最高最好的平台，但一切总算都在朝良好的方向发展。

　　由于喝了酒，第二天上班时尹老师的头隐隐有些疼。下课后，只见教务主任笑容满面地远远走过来："尹老师，下课了？今天到我家吃饭吧，我家蔡老师整了火锅。"

　　尹老师正暗自诧异，她和教务主任并无交情，何以他今天热情至此？教务主任笑道："尹老师，听说教育厅的陈处长是你同学？你真是高人不露相啊，藏得这么紧。"尹老师心里道，我总不至于到处宣传陈天来是我的同学吧?况且这和你有半毛钱关系吗?嘴里说道:"就不麻烦你了,左蓝在家里等我呢。"

"那好那好,改天再到我家泡茶。"教务主任突然神秘地压低声音,"我正高职称评了两年了,总是被驳回来,我这心里苦啊!哪天你帮我把陈处长约出来,大家一起吃个便饭。或者你帮我递个烟啊茶的也行。我先在这里谢谢你了!"尹老师头皮发麻,感到一阵恶心。什么时候自己也变成一只坐在飞机上的母鸡了?她慌忙道:"主任,谢谢你高看我。我和陈处长虽然是同学,但他是官,我是民,一点也高攀不上他。我们毕业后素无来往,我恐怕是有心无力了。"主任正要说啥,尹老师慌慌张张借口回家做饭逃走了。路上,她看到学校里一伙刚分配来的年轻教师嘻嘻哈哈到外面吃饭,尹老师不禁生起羡慕之情。年轻时她总是怯生生的,羡慕老教师有老资格;现在她变成老教师了,却没有感受到什么老资格,反而羡慕起年轻教师的朝气。尹老师眯起眼睛目送他们嬉笑打闹着远去,哎,这是一群初生的小鹰,而自己的羽毛慢慢退化了,连一只老母鸡都不如了。

自从女儿收到新加坡来的录取通知书,尹老师内心一直很矛盾,一方面希望时间过得慢一点,好多跟女儿相处;另一方面又希望时间过得快一点儿,女儿出国的那一天早点到来,到时她就可以在人前人后领略无限风光。而左蓝则一心盼着时间过得快点再快点,她希望早日到异国他乡,并非她是多么热爱学习或者多么热爱虚荣,真正的原因她自己心里最清楚:她不喜欢这个家,在这个家里她觉得喘不过气来,她太想尽早到外面透透气了,否则不知哪天她就憋死在家里了。假期就像一块尹老师从面包房里买回来的馅饼,一天咬一口,小心翼翼地咬,舍不得把它吃完,但最终还是很快就吃完了。

四个孩子终于要出发到新加坡了,由陈天来带队前往。尹老师借口没护照去不了,其实她是心疼那机票钱。另外两个学生家长生意忙，而陈天来爱女心切，向单位请了假。一路上，他带领孩子们换登机牌，托运行李，安检，路线娴熟，没有浪费一分钟时间，举手投足之间透着十二万分的潇洒。他大学一毕业就结了婚，现在刚刚40多一点，人又长得年轻，就像刚30出头而已。左蓝拉着蓝色格子的拉杆箱，她庆幸自己坚持花了120元买了这个拉杆箱，而不是接受母亲那个老旧的阔大手提包，不然今天可真是丢脸丢到家了。陈悦整整带了五大箱行李，三箱是漂亮的衣服，都托运了，现在一身轻松，只随身一个粉红色的娃娃小包挂在胸前。进到候机室，陈天来抬手看表，离登机时间还有半小时，他吩咐女儿："悦悦，你把咖啡拿出来醒醒神。"陈悦从娃娃小包里翻出袋装咖啡，递到李绍煜手上："你们两个男生服务一下。"不一会儿，五个人都喝上了热腾腾的咖啡。左蓝心里非常温暖，她很少过这样的集体生活，在家里，因为知道母亲的不易，她从不敢朝母亲撒娇，就像一枚生涩的果子提早进入了成熟期。原以为自己天性冷淡，现在她才发现，她骨子里原来也是渴望撒娇的。

　　上了飞机找到自己的座位，两个男生在一边，左蓝和陈悦父女三人并排。陈悦捷足先登："我要坐窗户边上！从小我就喜欢看云！"左蓝站在过道上，不知该坐在哪里，陈天来坐到女儿身边，一边招呼左蓝："你就坐过道边上的位置吧，上卫生间比较方便。"落了座，左蓝想系上安全带却无从下手，不禁尴尬万分，陈天来伸过手来帮她系上。左蓝说了声谢谢，心里懊悔着落座之前没有留心陈天来如何系安全带，以至出丑——这是她第一次坐飞机。陈天来似乎看穿了她的心思，说道："我以前第一次坐飞机也不会系安全带，一回生二回熟，以后自然就会了。"左蓝感激地看了他一眼，人家都说当官的架子十足，而陈天来却让她备感亲切，他观察敏锐，善解人意，若不让他当处长，那简直是老天不公。

吃过机上点心又喝了茶，陈天来要上卫生间，左蓝赶紧起身让他出去。回来时，左蓝还要起身，陈天来用手势制止了。陈天来坐回位子上，左蓝不敢扭头看他，直挺挺地坐着。刚才，她的膝盖碰着了他的小腿，他大概没有任何感觉，这只是普通的触碰，不知为什么，左蓝身上却像过了电一般。

樟宜机场让左蓝感觉十分亲切。离开了母亲的羽翼，她感到快活，连空气都是新鲜的。在家里，她总是感到压抑，她甚至不敢放声笑。左蓝为自己的快活感到对妈妈些许的负罪，但负罪感一瞬间就飘走了。陈天来轻车熟路地带他们到了南洋理工大学，办好了入学手续。本来，左蓝一直为自己的英语口语感到骄傲的，但她惊讶地发现，陈天来的口语跟她一样流畅，甚至有两三个俗语俚语她没有听明白。她感到惭愧，印象中的官员基本上是不学无术的代名词，而陈天来用他一口漂亮的英语无声地纠正了左蓝的偏见。报到这天是星期五，他们星期六、星期天可以尽情地玩耍、休息，等星期一再正式上课。

这两天，左蓝和两个男生都沾了陈悦的光。一切观光、吃饭的费用都统统由陈天来买单。他们去了圣淘沙、滨海湾、克拉码头、植物园、甘榜格南、野生动物园，还参观了行政文化区。左蓝很喜欢这个别名狮城的国家。从行政文化区出来后，他们首先放开肚皮痛痛快快地享受了榴莲盛宴。参观了总督府，坐了疯狂过山车，看了海，最后一晚是丰盛的海鲜宴。晚上，陈天来到宿舍里坐了一会儿，说，明天你们要上学了，我也要回国了，我是上午十点的飞机。左蓝哎呀一声："那我们就没办法送你上飞机了。"

陈天来一摆手："送什么送呀，学业要紧。开学第一天你们要认识新教授新同学呢。"

那天晚上，左蓝失眠了，看着窗外的月亮，她满脑子都是陈天来的身影。她不敢翻身，不想让陈悦知道她失眠了，其实陈悦很快就酣睡了过去，左蓝的担心根本不必要。左蓝有点痛苦，她不知道自己为什么满脑子都是陈天来的身影，要知道，他可是自己同学的爸爸呀。她告诉自己，这只不过是因为父爱缺失而产生的一种依恋，但她的内心陷入了一种真实的恐惧。她最清楚自己了，她骗不了自己，这绝不是对父爱的依恋。高中时老校长很欣赏她，见到老校长她也满心欢喜，但这欢喜和那欢喜决然不同。她痛苦地呻吟了一声：她陷入了可怕的单相思。

生活翻开了新的篇章。没过多久，左蓝就发现自己其实是不喜欢和陈悦住同一间宿舍的，但大家都一厢情愿地认为她们俩天经地义应该住在一起，谁叫她们是从同一所学校同一个年级考来这里的呢？如果她们不住一屋，就真让人浮想联翩了。陈悦的一举一动都对左蓝造成了深深的压迫。比如陈悦随意摆放在梳妆台上的兰蔻香水，就那么几毫升，要几千块钱。尹老师要节衣缩食大半年，才能省出这么一小瓶香水。趁陈悦出去约会的时候，左蓝潜心研究陈悦的化妆品，这是她认识世界化妆品名牌的窗口。她们的内衣晾在一起，一个簇新，镶着精巧的蕾丝花边，一个松松垮垮黯淡无光，一看就知道用的时间长了，看了就让人丧气。那天左蓝生日，陈悦送给她一个礼物，拆开一看，是一件漂亮的内衣，黑色，性感。陈悦道："赶紧把你那旧内衣扔了，跟男生约会的时候，就穿着我送你的这一件出去。"左蓝发自内心地拥抱了陈悦，陈悦的礼物让她感动，但是，更多的滋味是心酸。陈悦喜欢美甲，成天把指甲涂得花枝招展，她的指甲那样性感妖娆，让左蓝羡慕不已。那天，左蓝参加系里一个舞会，她特意也涂上了大红的指甲油，不料舞会上女同学的指甲大都光洁无比，让左蓝感到汗颜，她的指甲油写满了轻佻。她想不明白，为何陈悦涂上指甲油就那么好看，而自己涂上指甲油却那么不相称呢？难道人家真的是富贵命？看来东施是不能随意效颦的啊。陈悦待人处事落落大方，而自己要么强烈的自大，要么强烈的自卑，何时才能学会不卑不亢呢？

跟陈悦住在一起最大的别扭是陈悦的电话特多，她的手机整天响个不停，都比得上电视台热线了。陈悦又特别爱煲电话粥，整天叽里呱啦的，吵得左蓝头昏脑涨。看得出，李绍煜和另一个男生蔡坤都喜欢陈悦，两人公平展开了竞争。陈悦倒也干脆利落，她没有脚踩两只船，她选择了李绍煜，她喜欢这个聪明伶俐的小李子，这小李子，跟李莲英相比丝毫不差，甚至比李莲英胜出一筹，毕竟李莲英是个太监，而李绍煜是个健康阳光的小伙子。每次李绍煜到宿舍里找陈悦腻歪的时候，左蓝都会很识趣地躲出去。她通常躲到图书馆去。但这一天，左蓝什么书都看不下去，她干脆到大街上流浪。凭什么呢，宿舍是两个人的，现在她倒变成多余的了，真希望他们赶紧找个小窝同居算了。左蓝流浪到很晚，估摸着李绍煜已经回去了，她才回到宿舍。陈悦感到很抱歉："哎，左蓝，小李子来的时候你不用躲出去啊，好像我把你赶走了，独霸宿舍似的，你这样让我很过意不去。"

左蓝强挤出笑容："你们不介意我还介意呢，你们腻腻歪歪的，太刺激我了。"陈悦突然笑道："要我说，让蔡坤来追你算了，咱们来的时候四个人，回去的时候组成两对，该多好啊，自产自销。"左蓝自嘲："你这是拉郎配啊，人家蔡坤看不上我，他早就去追系里的Lucy了。"

最近左蓝的失眠越来越厉害了，窗外是新月，像镰刀似的，锋利得好像要割出人的血来。左蓝打破脑袋也想不明白，陈悦那么丑都有人要了，何以到现在她还无人问津？陈悦长得不好看，小鼻子小眼睛，胖乎乎的，却整天兴兴头头的。小李子每天都来接她一起到教室，两个人商量好了，等一毕业就结婚。左蓝其实挺喜欢蔡坤的，个子高高的，笑起来有点像都敏俊，很多女孩子都喜欢他，可惜他已经有了一个固定的女朋友。说实在话，左蓝曾经暗暗盼望过蔡坤来追求自己，倒不是她多喜欢蔡坤，而是她形单影只太没有面子了。人家陈悦有的是人喜欢，而自己呢，孤家寡人一个，那张爱玲怎么说的，女人没有男人爱，在同性面前终究抬不起头来。算了，她还看不上蔡坤呢，她有自己的心上人。她又开始了晚上最日常的功课：在脑海中慢慢回忆陈天来的相貌，慢慢揣摩着他的眼睛，永远含着温情；他的鼻梁，那样高挺，是做官的相貌；他的嘴唇，大方敦厚，人家说嘴大吃四方呢。想着想着，苦涩的甜蜜就开始弥漫在她的心头。她曾经借口说她母亲要找陈天来咨询教学业务，向陈悦要了陈天来的手机号码和邮箱。她像一只蜗牛一样慢慢地伸出了自己的触角，先向陈天来表达了自己的谢意，谢谢他为她创造了留学的机会。电子邮件没有称呼，照道理，她应该称他为叔叔，但这称呼她打死也说不出口。陈天来的电子邮件回得很及时，他说这一切都是她自己努力的结果，希望她在新加坡开创她的崭新人生，和陈悦一起像姐妹一样相互扶持。以后，左蓝几乎保持着一星期给陈天来发一封电子邮件的频率，向她的"陈叔叔"汇报着她的学业进展。到了后来，陈天来就没怎么回信了。他隐约感觉到了一丝不安。也许是自己太疑神疑鬼了，他笑自己。他不知道，左蓝趁陈悦上卫生间大号的时候，从陈悦的手提电脑里拷了他的照片，那是父女俩在海南度假拍的，照片里女儿搂着他的腰，父女俩都笑得非常灿烂。左蓝曾经对陈悦说："你爸爸真像阿兰·德龙！"陈悦撇撇嘴："老男人了，帅什么帅啊，哪比得上小李子帅嘛。"左蓝笑笑。

　　大概这照片就是陈悦母亲拍的吧，左蓝庆幸照片里没有陈悦母亲，左蓝不敢想象那个女人的模样。左蓝用 photo shop 里的那把裁剪

刀把陈悦裁掉了，只剩下陈天来一人，并把照片冲洗出来，放在自
己的贴身钱包里。她知道放在钱包里最安全，因为陈悦绝不会动她
的钱包。相反，如果夹在哪本书里，说不定哪天就被陈悦无意间翻
到了呢。

　　元旦夜，陈悦和小李子出去看电影了，宿舍里左蓝倍觉冷清。
她习惯性地拿起一本书看，却烦躁不已，怎么努力集中注意力也看
不进去。这辈子读的书够多了！她必须好好谈一场恋爱，再不谈就
晚了。她把书扔到一边，有些小小地激动起来，打开衣柜，挑了一
件漂亮的毛衣穿上。打开手机通讯录，她以为自己要打蔡坤的号码，
没想到目光竟久久地停留在陈天来的那串手机号码上无法离去，她
自己都吓了一大跳。几经犹豫，还是不敢将那个号码拨出去。迈出
第一步真是太难了。她神经质地攥紧手机，手在微微颤抖。

　　接下来的一整个学期都是煎熬。左蓝陷入了可怕的单相思中不
能自拔，每天痛苦地看着陈悦搂着小李子嘻嘻哈哈地走在校园里。
左蓝的脑海里固执地印着陈天来的容貌，他笑得那么灿烂，露出一
整排洁白的牙齿。无数个夜晚，左蓝默默地对着那张脸亲了又亲。
左蓝的学业每况愈下，整天恍恍惚惚，上课时看着教授一张一合的
嘴巴，她都不知道教授在说些什么。班主任上个月在班级宣布，申
报研究课题要预交1000元审查费。左蓝这几天天天跑到银行的自动
取款机查询。为了节约电子短信通知那每月三块钱，她只好采取这
种费时费力的笨方式。她知道妈妈的经济压力很大，但她不能在同
学面前太寒酸。卡里还是没有钱，电子屏幕上显示着：余额：57.52元，
几天内都没有变过。左蓝实在张不开嘴催妈妈汇钱。最后，她错过
了申报研究课题的期限……深夜，左蓝的心在痛，却无计可施。

　　一个月后，申报课题通过的陈悦眉飞色舞地请客。她也意识到
左蓝的情绪不好，抚慰道："左蓝，你要是也申报课题，那通过的肯

定是你而不是我了。咦，你到底为什么不申报？"左蓝朝陈悦苦涩地笑了笑，一时之间她找不出什么谎话搪塞，只好尴尬地以笑容化解。贫穷是最大的隐私，要是实话告诉陈悦她是因为缺钱而错过了申报课题，那简直是要她的命。后来，左蓝无意间看到一篇《贫穷的思维》，写一个贫家女孩，大学毕业赚了钱就赶紧还债，把钱花在父母兄弟身上以感恩图报，而自己却舍不得买手机买电脑，后来，有一个很好的工作机会需要网上报名，女孩因为没有电脑而错过了报名的时间，她一生过着拮据的日子。相反，她的一个同学，学习成绩比她差了一大截，但同学装备先进，观念先进，同学很幸运地获得了好工作，一辈子衣食无忧。左蓝看了以后真想痛哭一场，为什么不让自己早一点看到这篇文章呢？那她无论如何也会厚着脸皮向陈悦借那1000块钱。她知道，1000块钱对陈悦来说根本不算什么，只要陈悦少请一次客就够了。但现在说什么都为时已晚，错过了就是错过了。

　　在这个失落而又痛苦的夜晚，凌晨三点的时候，左蓝忽地从床上坐起来，打开电脑写了一封向陈天来表达爱意的邮件，毫不犹豫地将鼠标一点，那封邮件像一支箭般飞快地射了出去。左蓝一激凌清醒过来，她吓坏了，她原以为，这份荒唐的感情她会一辈子把它埋在心底，没想到昨晚一受刺激，她竟然捅大娄子了！想到母亲那张气急败坏的脸，左蓝绝望地捂住自己的脑袋。第二天晚上，尹老师与左蓝电脑视频，左蓝紧张得几乎窒息，但母亲只是像平常一样嘱咐她要注意安全，争取拿到奖学金之类的话，就把视频关了。很显然，陈天来并没有把这件事告诉母亲。左蓝再次打开邮箱，里面只有一条同学发来的新邮件，其他什么也没有。他怎么可以这样漠视她呢？难道他以为她在胡闹？左蓝愤怒了，她又连续给陈天来发去了几封邮件，告诉他，她爱他，她要和他妻子公平竞争。她有时一天写好几封电子邮件:"我把你的名字抱在胸口,一枚钉子扎进了心,时间就是距离。枕一江波涛和孤独,心,一夜老了许多。有暗雷袭来,击伤雨水。雨啊,再大些,我的内心还是很饥渴!"左蓝高中时是校文学社社长,她对自己的文笔还是有些自信的,她觉得自己的文笔完全可以打动陈天来。

陈天来确实是收到了电子邮件,他吓了一大跳,看完邮件内容,他简直不敢相信自己的眼睛,赶紧把那些邮件都删了。这是啥事啊,看来半年前他的预感是对的,当初他还笑自己多心,神经过敏,没想到事情竟变成了这个样子。这事要是传到老同学那里,那还不给他安一个引诱未成年少女的罪名?天知道左蓝这孩子疯狂到什么程度,看看这些肉麻的句子就知道了:你知道我在等你吗/有谁能融化我这生命的冰川/等你,等你在子夜,等你在白天/等你在黎明/等你在灯前/等你在花好/等你在月圆……陈天来丝毫没有被异性爱慕的喜悦与得意,相反,他只感到恐怖,似乎被章鱼的爪子缠上,他感到快要窒息,后脊梁阵阵发冷。左蓝后面的邮件越来越疯狂:静静地,我在等你。等待的城堡渐渐沦陷,支离破碎的脚步拧干成飘零的飞絮,绝望的泪水淌满诗行。逆流而上的方舟若不能抵达你的彼岸,我愿从悬崖上纵身一跃……也不知这些诗是左蓝自己写的还是从哪里抄来的,在社会上摸滚打爬几十年,陈天来早就不相信诗歌了,诗歌只会让他浑身起鸡皮疙瘩。

陈天来这阶段焦头烂额,他哪有心思谈情说爱呢。他的老岳父临退休前被双规了,山雨欲来风满楼,有些往事急需他去处理。左蓝的邮件只会使他焦躁。即使真的要来段婚外情,他现在更喜欢招之即来挥之即去的女人,这个左蓝明显沾不得碰不得,无知少女的第一次爱情都是要死要活的那种,太沉重。社会上老早就总结了,老婆是电脑上的操作系统,一旦安装卸载十分麻烦;小秘是桌面,只要有兴趣可以天天更换；情人是互联网，风光无限花钱不断；小姐是盗版软件，用时记着先杀毒。与无知少女相比，陈天来宁愿用盗版软件，方便又实惠。陈天来决定沉默，因为他知道，沉默其实是最大的蔑视，左蓝那孩子会懂得他的意思。没想到这孩子竟然这么固执，她竟然给他打电话。看到新加坡的来电显示，陈天来犹豫着接还是不接，又生怕有什么紧急事，他硬着头皮接了电话。左蓝劈头一句："天来，我爱你！"陈天来打个哈哈："左蓝，你这个孩子太淘气了，别跟我开这么大的玩笑，你陈叔老了，玩不起。"

左蓝很坚定："这不是玩笑。我很清楚，我爱你。我天天想你，天天梦见你。暑假回国我要去找你。"

陈天来哭笑不得："我比你大一辈儿呢！左蓝，你好好学习，毕业后叔叔会尽力帮你，像对待陈悦一样对待你。就这样吧，长途电话很贵的，再见。"他像是被烫着似的摁掉了电话。

左蓝更加疯狂地给陈天来发邮件。邮件石沉大海，她就打电话，电话不接，她就换号码继续打，其中接通过几次，一听到她的声音，那边就挂了。左蓝觉得自己被整个世界抛弃了。

第二天上课回来，陈悦打开箱子，突然惊呼起来：她昨天刚从自动取款机领取了5000新币，现在竟然不翼而飞！陈悦吓了一跳，以为自己记错了，或者放错了位置，她努力回忆了一下，没错，昨天那5000新币就是放在箱子里的。她把衣服全部抖了一遍，还是没有。后来，她发出了更尖利的惊呼。她的银行卡不见了！翻箱倒柜都没有。左蓝脸色煞白，语无伦次："陈悦，不是我，我不会拿你的钱！"陈悦赶紧抱了抱左蓝："傻瓜，我肯定相信你啦！现在最要紧的是赶快到银行挂失。"左蓝陪着陈悦急匆匆到了银行里，银行工作人员告诉陈悦卡里只剩下两块钱。陈悦瞬时面色惨白，卡里有爸爸刚转账给她的5万新币，虽说家境好，但毕竟不是一笔小数字。陈悦报了警,警察到宿舍查看了现场,其中那个高个子警察对左蓝说:"对不起,小姐,麻烦你到警局配合我们做一下笔录。"左蓝尖叫起来:"我没有拿她的钱和银行卡!"

"对不起,小姐,我们这是例行公事,麻烦你配合一下。"高个子警察说话很礼貌,但态度却很坚决。尽管陈悦也一再向警察说明她们情同姐妹,两人已经同住一年多,从未发生这类不愉快的事情,她绝对相信左蓝,左蓝也绝不会做出这样的事情。但事实证明陈悦是白费唇舌,左蓝还是被警察带走了。

五个小时后,左蓝回到了宿舍,她无精打采,就像一只瘟鸡。生活上的不如意,学业上的失败,感情上的失败,让她觉得自己低到了尘埃里,所有人都在高处看她,面带嘲讽。

陈悦赶紧迎上去,一再解释自己绝没有怀疑左蓝的意思,又懊悔自己报了警,早知道就不报警了。左蓝还是一声不吭,脱下鞋子上床蒙头就睡。她的自尊心受到了严重的伤害。在警察局,那些警察轮番轰炸,一遍遍地问她什么时间在什么地点做什么事,问到最后她都恍惚了,竟然都记不大清楚自己在那段时间里究竟做了什么,是上食堂去了,还是到了小超市,具体时间她实在拿捏不准,有时候下一遍说起来跟上一遍就有所出入,到最后,警察眼睛里的怀疑意味越来越浓了。从警察局出来,她觉得精疲力竭。为什么会发生这样的破事,为什么倒霉的事都发生在自己身上,到最后,她竟然怨恨起陈悦了,真是丑女多作怪啊,你为什么那么多事儿呢,简直就是个事儿妈。丢钱的事就这样一直悬着,因为警察一直没有抓到小偷。陈天来安慰女儿,钱丢了就算了,以后吃一堑长一智,银行卡随身携带就是。

左蓝更加疯狂地给陈天来发邮件,到后面她都不知道自己究竟是真的爱上了陈天来,还是出于一种隐秘的报复陈悦的心理。陈天来不堪其扰，终于将这件荒唐的事情告诉了女儿，让女儿做做同学的思想工作。陈悦一听扑哧一声笑了："爸爸，现在又不是春天，你是不是犯了花痴？你怎么会臆想我的同学爱上你了呢？"

陈天来又气又恼："你严肃一点，赶紧找左蓝谈谈。还有一点你千万记住了，千万别把这事告诉你妈。"那天陈悦正准备搬宿舍，她要和李绍煜共筑爱巢了。左蓝刚进屋，陈悦递给左蓝一个榴莲："吃吧，香着呢。我爸今天不知道是不是有病，他竟然说，他竟然说……"

左蓝眉毛一挑："他说什么了？"

"他说你爱上他了？奇怪，我爸不是发烧了吧？不对呀，我爸说话办事都挺靠谱的……"陈悦狐疑地看着左蓝。

左蓝的声音低沉有力："你爸说得没错，我爱上他了。"说着，从自己的钱包里拿出了陈天来的那张照片，冲陈悦一晃。陈悦眼睛瞪得老圆，一口榴莲憋在喉咙口："天哪，这是真的吗？我爸那老男人还有人爱？你怎么会好这一口？你怎么这么重口味啊？"左蓝沉默，用被子蒙住头，不一会儿，被子下传来了呜呜的哭声。陈悦像中了定身法一样呆在原地，木头人一样。

左蓝迅速地消瘦下去。陈悦觉得事情再也不能这样下去了，可她束手无策，左思右想没有任何好办法。本来她和父亲一样，都想把这件事情瞒过去，水过无痕，但这事情显然是瞒不住了，因为左蓝竟然在情人节的时候网购了一束玫瑰花给陈天来。教育厅的氛围显然跟玫瑰花格格不入，一束玫瑰花把陈天来搞得香艳无比，人们臆想了无数个版本。陈悦只好把这件事告诉了尹老师——尹老师儿乎要气疯了！自己辛辛苦苦培养出来的女儿，怎么会做出这样荒唐的事呢？况且陈天来是她们家的恩人，女儿这么做严重影响了陈天来的前途，真是丢人丢到家了！她怒斥左蓝，足足打了一小时的越洋电话，愤怒的口水在电话里飞溅。

左蓝已经旷课一星期了，她睁着一双空洞的大眼睛望着白花花的天花板。全世界没有人理解她。全世界都认为她是错的。全世界都认为她是疯狂的。爱一个人有什么错呢？她要让母亲后悔，她要让陈天来后悔，她要让陈悦后悔。原来，亲朋好友嘴里的天之骄子只是新加坡的一粒尘。绝望像一颗原子弹，蘑菇云在左蓝头上腾空而起，笼罩了她周身。弹尘一直没有落下，不停地膨胀、滋长、聚集，变得臃肿沉重，紧紧压在左蓝的头顶，沾在她的每一寸皮肤上。她的一切全部轰然粉碎，周身血肉模糊，无法呼吸和睡眠。一声呜咽从血管的茫茫深处传出，泪水潸然而下。左蓝决定用死证明这个世界是错的，只有死这种强烈的方式才能有力地证明这个世界是错的，她要让所有的人后悔，她要让陈天来一辈子背负上沉重的十字架。她选择了安眠药，毕竟安眠药最为体面也最为轻松，她不敢选择从高空中一跃而下，假如留给妈妈一张破碎的脸和一具破碎的身躯，妈妈会太过悲痛。昏昏沉沉中，她打开白色的安眠药瓶，一口气吞下了二三十粒。前面真冷啊，真黑啊，怎么这么黑呢？在意识尚还清醒的时候，她呢喃呼唤着："妈妈……妈妈……"她的眼角慢慢滚出了两颗晶莹剔透的泪滴。缥缥缈缈中，一只鹰从高空翻着筋斗慢慢栽下——满地都是破碎的翅膀。

PART 08
你的愤怒还在吗

这天宴请程院长一家。饭局结束后,王瑶站在饭店前欢送程院长。大人物手握权力,娇妻年轻貌美,儿子聪明活泼帅气,他们钻进轿车,一溜烟儿绝尘而去。王瑶这个小人物站在汽车的尾气中发呆了一会儿,茫然了一会儿,看车灯把光明带走,剩下周围那有点破碎的环境和黑暗的夜色。

因为在院长面前承欢,小钟喝得酩酊大醉,猪一样死沉沉地躺在床上,冷不丁冒出一句话:"有句话我要是告诉你,你一定很生气。"

"什么话?"被好奇心驱使,她不禁追问。

"就是不能告诉你。"

她气得将他身子用力一拍。

王瑶在东城建筑设计院上班,平时只知埋头画图纸,人情世故方面简直是白卷。她一直过她自己的生活,说自己的话,做自己的事,下定决心做一个与世无争的人,一个不被人看好的无处可以停留的自己。

今年轮到她评高级工程师职称,任职时间刚刚好,各方面条件都具备了,大奖小奖多多少少拿过,她设计过的建筑分布在东城的几个角落,两篇论文也顺利发表了。设计院里共有两百多号人,今年够条件评高级工程师的共有 17 人。王瑶到同事刘影家玩,刘影去年刚刚评过高级工程师。她一边瞄着电视,一边轻描淡写地对王瑶说:

"听说很多人都在找人,我看你也得去找一找。"

王瑶正在逗刘影的儿子,也没往心里去:"职称委员会的大门往哪开我都不知道,那些人我一个也不认识,要上哪儿找去?"

这场谈话就像微风掠过水面,转瞬水过无痕。

评职称的材料全部整理好交上去了,要过大半年的时间才知道结果。王瑶终究没有去找人,因为她确实连职称委员会的大门往哪开都不知道;再说了,即使她知道职称委员会的大门往哪开也没用,因为她一个人也不认识。她甚至连老公都没有告诉。她一直幻想着评职称的人能够秉公评判,别人去活动就让他们上好了。她水平不差,大家一起上,应该没问题。她一直盼望着赶紧公布结果,到时好向老公炫耀:"你看,我拿到高级工程师职称了,混到这样这辈子也差不多了。"她想象着让老公请客的情形,她要挑最贵的餐厅,要有罗曼蒂克的氛围,红酒必不可少,一定要有玫瑰花的点缀,至于音乐呢,舒伯特的小夜曲是她最喜欢的,不过老公比较喜欢《北国之春》这样的歌曲,到时再说吧。

半年一晃而过,王瑶差点把这件事忘记。她平时消息封闭,因此交代李燕要是听到什么消息记得告诉她,李燕与她私交不错,平时消息灵通得很。这天王瑶吃坏了肚子,正有气无力地半躺在沙发上。手机音乐响起来,传来李燕的声音:"王瑶,职称结果出来了,过了九个,刷下来八个。"王瑶听李燕声音不对,她的心直往下沉,"哪九个过了?"

"我,陈宗绪,沈智勇……"

王瑶没听到自己的名字。她突然觉得喘不过气来,手无意识地在皮沙发上抠着。老公刚好下班,进了门大叫起来:"你疯了吗?竟然把皮沙发抠这么一个大洞?这沙发可是一万元买的!"

王瑶回过神来。这个结果让她目瞪口呆。别人上了,她没上。

她被活生生的现实狠狠地打了一耳光。因为名额有限。别人上了她就不可能上。整整一星期以来她羞愧万分,以为是自己水平太差的缘故,她一直相信肯定有人没找关系就凭真本事评上了,总不可能所有人都去找关系吧?王瑶一直在肯定和否定中疑问、挣扎。

办公室主任水秀不易觉察地笑了一下,轻描淡写地说:"我早知道是这种结果。"

王瑶诧异地追问:"你早就知道?"

"咱们院里有人第一时间知道自己评过了,因为人家省里直接打电话给他。"

"是谁?"王瑶仿佛听到天方夜谭,追问道。

水秀笑了笑,"我要开会去了。"

王瑶呆在那里。水秀知道?可她就是不说?她是什么时候知道的?难道这种游戏规则很早很早就开始了吗?这个水秀,她什么都知道,她比任何一个人懂得都多。只有像自己这样白痴般的人物至今还蒙在鼓里,不能领略其中三昧?这些让人难以接受难以消化的真相,水秀是怎么接受的?她懂得的道理都对吗?

王瑶请来沙发修理师傅补沙发,她看着那个愤怒的洞口被师傅用相同的沙发皮粘合起来,痕迹消匿了,若不细看没人看得出来。

慢慢地,从别人的议论中,王瑶知道了评职称要找人。以前她觉得抬不起头,现在她觉得自己应该昂首挺胸做人,因为她是唯一没有去活动的人。老公小钟笑她傻:"还昂首挺胸咧,对社会无知到这种程度,换了别人早就羞愧而死了。"

在办公室议论的时候,刘影长长地感慨:"那些评过的人,都是有去找关系的人。那些没评过的人,都是没找关系的人。"

孙工附和道:"对啊,对啊,老实人只好任人欺负。"

陈工不以为然地撇撇嘴:"肯定都去找人,只不过是有的人找对了，有的没找对人，这种事，谁敢跟你打包票啊……"哦，这就是胜利者的微笑和嘲讽吗？曾经在报纸上看到一则新闻，说一个人花了20万跑官，结果官没跑成，妻子责骂他，他竟然自杀了。当时王瑶百思不得其解，这样就值得自杀吗？反过来一想，自己职称没评上，是不是也值得嘲讽？一个人可以淡然于名利，但是不是也可以淡然于尊严？在名利的金字塔中，王瑶今天才看清了自己在院里的轻渺状态，也看到了周边一块块奋力向上垒或者被挤下来垫背的砖块。王瑶本以为自己只想待在底线上，没想到自己如果再不顶住再不往上去，就被逼到底线之下了。

院里的老朱多年来没有评上高级工程师，眼看要退休了，这次职称评定结果一公布，他急得深更半夜一个一个给那些评过的人打电话："你们找的是谁呀？要怎么活动，教教我吧……"

老朱和王瑶一样，是个天真的理想派，一直以为是自己水平太差，他一直不相信评职称一定要跑要送才能评过，难道单靠本事一定评不过么？

老朱打电话打到李燕家里，李燕很肯定地说："没有啊，我没找人，运气好罢了……"

见到李燕，王瑶很不自在：亏两个人这么要好，评职称要走什么路线也不指点一下迷津，看李燕平时大大咧咧的，原来是深藏不露。有一次，王瑶终于忍不住："李燕，你也太不够朋友了吧！"

李燕一口咬定："我真的没找人，评上了是运气好……"

两个人便有了些隔阂。王瑶心里嘀咕："好运气永远不会落在老实人头上！"王瑶年近40才发现，在这个时代，人与人之间很难把信任送达到彼此的心灵，所有人只能扇动自己低飞的翅膀，背负着卑微的梦想勉强趔趄前行。之前，李燕一直给王瑶灌迷魂汤："王瑶，你一定能评过。你的硬件那么硬。哎，我的论文还没准备好呢，干脆别评算了。"

　　这就是人心。下班时,王瑶闷闷不乐骑着电动车往家里赶。家里有辆东风日产,平时都是老公开着,她日日盼着早点与电动车拜拜。王瑶看见 11 路车的售票员下车买臭豆腐,上下客也多,公交车走走停停,犹如患了呼吸系统疾病的病人。因此,下一班的车竟然蹿到前面来了。司机骂:"没规矩!"两辆车就这样干上了,车开得飞快,每辆都想抢先到达终点。路边有个人在招手,前面那辆车没停。后一辆的司机骂:"妈的,你不拉,我也不拉!"结果两辆车看都不看乘客一眼,尽管他焦虑地不停地努力挥手,他呼喊,他奔跑,他追逐,两辆车还是呼啦啦从他跟前蹿了过去,把漫天的灰尘留给那个徒劳的人儿。

　　暮色四合,离下一班车还有一个小时。站台上空荡荡的,天空显得灰暗而萧瑟。冷风一吹,那人缩了缩脖子。谁叫他出现在错误的时间,错误的地点?这时,你才高八斗也没用,你貌美如花也没用,你注定被遗弃,你只能等待在瑟缩的风中……

　　王瑶觉得自己就是那个被公共汽车遗弃的路人。

　　王瑶对老公说:"干脆不评算了,省得看那些人的嘴脸!"王瑶胸口堵了一口气:天底下找不到一块净土!

　　小钟瞪了她一眼:"跟什么赌气都行,就是不能跟钱赌气!你知道职称意味着什么吗,职称意味着钱,全天下只有你这么一个傻瓜跟钱赌气!"

　　王瑶发牢骚:"听说找关系的行情是两万块钱,我三个月工资。还得不吃不喝,凭什么!"

　　"凭人家手里有权力!人家愿意剥削你是在给你机会,你不愿意让他剥削,甘愿让他剥削的人多得是,排着队呢。"

　　王瑶想哭。这真是一个奴性的、变态的社会。被人压榨还兴高采烈,因为人人怕评不上,人人想走捷径,就是这种恐惧感硬生生把所有评职称的人变成了弱势群体,自己把风气搞坏,自己把潭水搅浑,于是老实人吃亏,人精占便宜,于是有了牢骚、抱怨甚至诅咒。

王瑶想起院里的蒋工,人家硬是不评职称,是全设计院唯一的逍遥派。对待蒋工,赞叹欣赏的有之,更多的是不屑。王瑶想到蒋工有勇气对金钱说不,一股敬佩之情就涌上心头。要是自己成为第二个蒋工,大家会怎么看她?难道她竟然妄想得到同事佩服的目光?她顶多得到别人几声大笑:哈哈,评了那么多次还是评不上,干脆死心了……王瑶不敢想下去。

这段日子,因为王瑶职称的事,小家庭气氛极为不好,一说到职称就要吵嘴,两人绞尽脑汁也想不到有什么可以攀附的人物,一时之间无从下手,因此连上班时心情也很差。这天,王瑶看见手机上有个未接电话,刚才下班时骑着电动车没听见。王瑶一看吓了一跳,是程院长的,她赶紧回拨过去,结果那边却占线。王瑶锲而不舍地拨打,手机终于通了。

"王瑶啊,你要投我一票。"院长的语气很严肃。

王瑶丈二金刚摸不着头脑,"什么票啊?"

"你还没收到表格吗?"院长有些诧异。

"还没收到啊。"

"是这样的,去年评选省十佳,我没有去活动,结果落选了。你别误会,我不是为了我个人,而是为了整个设计院。堂堂一个东城设计院,竟没有一个代表,太丢人了。王瑶啊,我也是跟你们几个亲近的人说,你要注意保密……"

王瑶诺诺连声:"院长,我一定投你一票,我也希望咱们院扬眉吐气。"

过了一会儿,手机又响了,院长的声音听起来有些气急败坏:"王瑶啊,我以为你早就是高级职称了,这次评选只有高级职称才有投票资格,你怎么还不是高级啊……"王瑶猜测院长现在肯定懊悔不已,院长冒冒失失地给她打电话,结果发现她不是高级职称,不仅没有利用的价值,还不小心泄露了本身的秘密,那种懊恼真是没得说。

王瑶无言以对,自己连被利用的资格都没有,真是可悲。不过没想到院长为了一个评先着急上火茶饭不香,到处打电话活动,看来,小人物有小人物的烦恼,大人物有大人物的悲哀,只不过小人物的悲哀与大人物的悲哀不是同一个档次的。在大人物眼里,小人物的悲哀根本算不上什么悲哀,只有大人物的悲哀才算得上悲哀。

想到院长的拉票,想到"活动"这个词,王瑶真是厌烦透了。

王瑶回到家将这事当笑话说了,小钟眼前一亮:"你职称的事干脆直接找院长好了,院长跟职称委员会的人肯定相熟。"

王瑶发愁:"我平时和院长没什么交情。"

老公撇撇嘴:"跑一跑送一送,不就有交情了吗?"

小两口原本计划着星期六晚上要上院长家,二伯打电话来,说他的朋友要来湖州,让小钟接待一下。王瑶听见电话的内容,很不高兴:"七大姑八大姨都要你接待,你每个月的工资当接待费都不够。"

现在计划被迫打乱了。你要是实话实说要去办事,估计别人立马不爽,认定你是不想接待他而撒谎,所以作为主人还得热情地、灿烂地说:"你们来得太好了,我今天正没事干呢,正好可以喝两杯。"生活就是这样,无意中困扰了别人却不自知,人与人之间就是这样互为因果。无意中插进了别人的生活,改变了别人的生活轨迹,本来王瑶小两口可以早点把事情办了,好去掉一块心病,现在那心病因为二伯朋友的到来继续硌在心里,变得更沉重了。

小钟看王瑶紧闭着嘴,脸黑黑的,知道老婆生气了,也没办法。二伯的朋友第一次来湖州,不知道湖州的路,现在的高速路,经常把人绕得晕头转向。小钟想,照道理应该到了,怎么还没到?他觉得还是打个电话为好:"你们到哪里了?"

"唔,过了一座桥……"那边的人大概在东张西望。

"是什么桥?"

"好像是湖州大桥。"

"那你有没有看到皮鞋厂?"

"皮鞋厂?没有呀!"那边的人蒙了。

小钟也蒙了。没有皮鞋厂?那大概不是湖州大桥吧。到湖州有三座桥,一座是立交桥,另一座是湖州大桥,难道他们在湖州大桥?"你看看旁边有什么标志性的建筑没有?"

"唔,有一家工商银行。"

"工商银行?"这下子轮到小钟困惑了,他搜肠刮肚怎么也想不起来哪座桥旁边有工商银行。小钟讲电话讲得口干舌燥,很明显,二伯的朋友迷路了,小钟真是气馁,要从哪里把二伯的朋友从茫茫人海中打捞出来呢?看来不能再待在家里等了,出去找找看,碰碰运气,于是小钟抓起包往外走,把王瑶丢在家里。要是别的女人,可能冲着老公的背影喊:"你干脆和你的朋友过好了!"这样倒好,叫嚷一番气也消了,可王瑶不嚷,那气便憋在肚里气球一样地膨胀起来。

双休日因为接待二伯的朋友忙了个四脚朝天,好不容易送走了二伯的朋友,夫妻两人都累得浑身上下像散了架。但职称的事不宜再拖延,小钟不顾疲惫,对王瑶道:"走,我带你到程院长家坐坐。"

王瑶身子往后一缩:"我不去。"

小钟生气了:"你的事你都不用出头吗?你再这样当甩手掌柜,我就撒手不管了。"

王瑶嗫嚅着说不出话来。小钟把一袋茶叶塞到王瑶手里:"走吧。"说着"咚咚咚"地做了开路先锋,王瑶闷头闷脑地跟在后面。小钟教她:"到时嘴巴要甜点……"王瑶道:"你明知道我这嘴巴是木头做的,要不要伸出来给你看看?"

从程院长家出来,夜黑黢黢的,只有零散的一两颗星星在天上神秘地眨着眼睛。王瑶闷声道:"我看不起我自己。"小钟烦了:"你要是说你看不起职称,我就不用忙上忙下了。"王瑶小声道:"我只敢看不起自己,不敢看不起职称。"小钟忍不住被她逗笑了:"这就对了,全中国除了疯子,没有一个敢看不起职称。大家彼此彼此,没有一个人屁股上是干净的,你还纠结什么?"

"那到底能不能评上啊?万一评不上,明年还要把材料整一遍,还要把程序从头走一遍,一想到这儿,我就两眼发黑……"

小钟再次不耐烦起来:"这年头,谁敢给你打包票啊?我懒得理你了……"

王瑶的倔劲上来了,要是今年评不过,明年我还要继续评,不该得的我不要,该得的我绝对不让!凭什么,那些人就可以拿到高级职称!王瑶想,真是可笑,从不想评到执意要评——每次你从世俗中夺门而去,总是还要从那扇门重新返回!

这天宴请程院长一家。饭局结束后,王瑶站在饭店前欢送程院长。大人物手握权力,娇妻年轻貌美,儿子聪明活泼帅气,他们钻进轿车,一溜烟儿绝尘而去。王瑶这个小人物站在汽车的尾气中发呆了一会儿,茫然了一会儿,看车灯把光明带走,剩下周围那有点破碎的环境和黑暗的夜色。

因为在院长面前承欢,小钟喝得酩酊大醉,猪一样死沉沉地躺在床上,冷不丁冒出一句话:"有句话我要是告诉你,你一定很生气。"

"什么话?"被好奇心驱使,她不禁追问。

"就是不能告诉你。"

她气得将他身子用力一拍,好你个酒鬼,真不愧是坚定的共产党员,喝得醉醺醺的,嘴巴还把得这么严,滴水不漏。王瑶恨不得撬开他的嘴,把他舌尖上的话揪出来。她相信,只要她软磨硬泡,一定能套出他的话,她就不相信凭她的智商对付不了一个醉汉。可她不打算这么做。她知道那话绝对不是好话,要么说她笨,要么说她傻。她不想费尽心思掏出那句话,结果反而气坏自己的身体。

小钟一翻身,马上鼾声如雷,留下王瑶辗转反侧彻夜难眠。

有了去年的教训,王瑶现在经常往同事堆里钻,只要有机会就到处切磋打探。这天,刘影的话给了她当头一棒:"我们院的老朱,在评职称这事上一分钱都舍不得花,因为他有个脑瘫儿子,为了治这个脑瘫儿子,老朱一直节衣缩食。他一直认定凭自己的努力,一定会有公正的评委,总有一天评委会被他的诚心感动,总有一天会铁树开花。眼看要退休了,他才病急乱投医花了点钱,可惜所托非人。"

王瑶吓了一跳,悄悄问刘影:"我想请程院长帮忙,不知单凭院长一人的力气够不够?"

刘影赛诸葛似的摇摇头:"单凭院长一人恐怕靠不住。职称这事,最好是由上至下,若由下至上恐怕行不通。"

王瑶回家急急公布了这一惊人的消息,她纠缠老公:"赶紧再帮我想想办法!"小钟向她翻白眼。他最近根本没有空管王瑶的事,这几天他忙着陪客人。客人是省建设厅的王处长,王处长侄儿在小钟单位,王处长拜托小钟他们局长给侄儿调个副科。哪知在公开招考的笔试中,王处长侄儿考了个倒数第一,群众的眼睛睁得比老虎还要大,弄得局长实在没办法操作。局长一个劲儿向王处长道歉:"下次一定给你侄儿调个副科!"

小钟也跟着团团转。

王瑶没办法,只好厚着脸皮再次去向刘影请教。老实人被逼急了,也会滋生出攀爬的本能。刘影倒是挺爽快:"我是找省建设厅的王处长,他与管职称的林处长是老相识。"

"王处长?"王瑶听着觉得耳熟,突然恍然大悟,"这王处长不就是前几天小钟单位接待的客人吗?"真是人生何处不相逢。王瑶回家后喜滋滋地将这消息告诉小钟:"这下可好了,我们发愁到了省里两眼一抹黑,现在总算摸到一根线了。"

小钟泼了她一盆冷水:"你运气真不好,前一阵子王处长托我们局长办事,搞砸了。现在你反过来求人家办事,人家说不定还满肚子不痛快呢,怎么敢开口请他帮忙?"

王瑶傻了眼。她恨恨道:"我就知道指望不上你!"

老公大怒:"既然你觉得我不中用,以后碰到事你自己解决好了!"

王瑶心灰意冷:"好得很,好得很。"

夫妻俩口角过后,半个月没说话。人一倒霉,喝口水都塞牙,这天小钟还在上班的路上,手机响了,小钟摁下接听键,传来科员小陈颓丧的声音:"科长,我把活动室的钥匙弄丢了。"

小钟一下子火冒三丈:"昨天刚交给你,今天就弄丢了?还不赶紧找找?"

"我翻遍所有可能找的地方,就是找不到……"

小钟气得想打人,今天省里来领导要来视察,说不定人已在五公里之内,现在却找不到钥匙,只好马上砸锁,那锁又是两重的防盗锁,要是砸不开怎么办?小钟想象着叮叮当当砸锁的情形,到时全局的人都围在旁边看笑话,自己马上就出名了。他胡思乱想着是不是请一个锁匠来开锁,情急之中却没有这类人的电话号码。绞尽脑汁想,到底谁还有钥匙?处长有一把,可他出差去了,他的钥匙串都挂在裤头，肯定带到外地去了。

他带着一线希望给处长老婆打电话："嫂子你好，我是小钟。活动室的钥匙弄丢了，不知处长的那把钥匙在不在？"

处长老婆说："是不是长长的铜做的那把？出差前我听他嫌钥匙太长太重，把它解下来了，也不知道是不是？"

小钟大喜，犹如抓住救命稻草："谢谢嫂子！我马上过去拿。"

拿到了钥匙，小钟长长地吁出一口气，想象中的灾难总算可以避免了，他准备拿这把钥匙敲敲小陈的头。这时小陈的电话又来了，小钟没好气地接了电话："又怎么了？催命似的！"

"科长，钥匙找到了！"小陈一派欢天喜地的声音。小钟气得想捶死他，一早上心情被小陈弄得像电梯一样上上下下，要是有高血压心脏病这时早就被送进医院了，这该死的家伙！

局长听处长讲了钥匙的事，他拉长脸训斥小钟："你这人做事怎么丢三落四的，连把钥匙都看不住？小事都做不好，怎么做大事？"

小钟郁闷得想吐血，他刚张嘴想申辩："是小陈把钥匙弄丢的……"

局长劈头骂道："你不要推卸责任，连一个兵都带不好！"

小钟绝望地想，完了，这下领导把自己看死了，借领导之力为老婆职称奔波的事肯定化为泡影。这年头，老婆职称评不过，连老公都被人瞧不起。这日子，不过算了。

很快到了年底，小钟单位与省建设厅是共建单位，小钟作为单位一员前往省建设厅慰问，碰到王处长，不料王处长已经高升为王副厅长了。小钟鼓起勇气，将老婆的评职称的事讲了，大庭广众之下，王处长不好推托，只是说："这是省设计院的事，不是省建设厅管的。看看吧，看看吧，你们单位的事就是建设厅的事。"

小钟回家将王副厅长的话学了一遍，王瑶心中又升起希望，事情峰回路转，夫妻俩当下言归于好。两人揣了现金找了个日子杀上省城。一边是程院长，一边是王副厅长，下了双保险，王瑶心里还是十五个吊桶七上八下，因为照小钟所说，有时双保险等于零保险！

三个月的时间在忐忑不安的等待中煎熬过去了，王瑶神经质地每天上网搜索一次职称结果，这天终于公布出来了，设计院共八人通过了高级工程师评审，王瑶的名字排在第七位。"谢天谢地！"王瑶喃喃道。

办公室主任把名单放在桌上，老朱急急地在名单上反复搜索了三四遍，又没评上？怎么可能呢？是不是弄错了？难道我被骗了？老朱哆嗦着手掏出老花镜戴上，再仔细看了一遍，还是没有他的名字。老朱仔细回忆他所托请的那个人，那人在酒桌上喝得醉醺醺的，拍着桌子说："我儿子叫×××，是湖州市的副市长，你们有事尽管找他。"

老朱满心疑惑地询问水秀："副市长的老爸咧，怎么会办不成事？"

水秀一针见血："他儿子未满30岁，还没结婚，要是当了副市长早就路人皆知了。"

老朱想起那人在酒桌上不厌其烦地重复："我儿子叫×××，是湖州市的副市长，你们有事尽管找他。"这世上有一种人爱吹牛皮，明知道人家会戳穿他的谎言，但在当时就是抑制不住把副市长的头衔安在儿子头上的需要。老朱原以为这种人只有书上有，没想到这种人从书上走下来活生生地走到他面前。老朱狠命打了打自己的头："白吃了五十几年的饭哪！"

糟了，我这辈子估计到死都评不上了，老朱眼里含了两眶眼泪。小陈劝他："别灰心，明年再评……"老朱突然"哇"的一声哭了出来："明年？我下半年就退休了。怎么别人都是幸运儿，就我一个倒霉蛋，我是死也评不上了……"大家面面相觑,看老朱捂着脸冲出了人群。

第二天早上上班,孙工带来了一个惊人的消息:"院长,老朱因为想不开,站在金宝大厦顶楼上准备往下跳呢!"

院长大吃一惊:"真的?"

孙工跺脚道:"当然是真的,这种事谁敢瞎编?"

院长眼珠子几乎要掉出来,金宝大厦是老朱亲自设计的,25层高,摔下来绝对变成齑粉,跟一颗鸡蛋从25楼掉下来没有任何分别。院长想,这老朱,毕竟是老同志,觉悟还是有的,没有站在设计院大楼上往下跳,要是老朱真的站在设计院大楼上往下跳,那麻烦可就大了,他这院长保准吃不了兜着走。想到这儿,院长便拿了刚脱下来的大衣往金宝大厦赶,他在心里对自己说,到的时候就告诉老朱,千万不要跳,职称的事我会帮你解决。

司机将奥迪开得飞快,很快到了金宝大厦。院长下了车,只见里三层外三层围得水泄不通。院长抬头看看顶楼,没有看见人影。他疑心阳光太强的缘故,于是用手遮住光光的前额,使劲伸长脖子再仔细搜寻了一番,还是没有发现人影。莫不是自己老花镜度数不够使了?

只听人群里一个糟老头兴奋的声音:"啧啧,摔得比西瓜浆儿还糊。"院长吓了一大跳,使劲往人群里挤,嘴里嚷着:"让一让,让一让。"有个被挤到一边的老太婆瞪眼道:"真是没教养的家伙。"院长顾不上与她理论,奋力挤到里边,他傻眼了。躺在地下的不是一个人,而是一堆肉,老朱已面目全非,但老朱那套西装的颜色他是认得的。院长失声道:"老朱,你怎么不等一等我?"

老朱其实是不想死的。一开始,他爬上25层楼,只是因为心中气不平,这口气堵着他,让他一口气冲上了25楼。他在顶楼边缘徘徊,底下的人真小啊,像一只只蚂蚁。但这些蚂蚁一样的人很快发现了他的异样,人群越聚越多,一圈圈扩散,最后,警察也来了,同时到来的是高音嗽叭。警察拿着喇叭喊:"上面的人,你千万别跳啊,有什么事说出来,好商量好解决。"

一个中年人抢过喇叭嚷道:"你就是作秀,用跳楼来要挟人达到自己的目的。目的达到了,人就下来了,害老子在这里喝冷风。"

一个穿着黄褐色大衣的中年人骑在电动车上,一脚撑在地上,骂道:"跳啊,跳啊,怎么还不跳?老子在这里等了一个小时了,再不跳老子就要上班去了。"

老朱平时是个顶真的人,受不得激将,听人这么一说,脑袋瓜里血一热,眼睛一闭,挺轻松的,就飞了下来。

老朱的追悼会上,水秀忙上忙下。王瑶偷偷瞄了水秀一眼,不知道水秀脑袋瓜里想些什么。从看着老朱从25层楼上西瓜般掉下来到看着因为跑关系通过评审而眉飞色舞的那些人,水秀真的能无动于衷吗?人群中,王瑶浑身不自在:去年,她因为没有评上职称而自卑,觉得是因为自己硬件不够导致没评上;今年,她因为评上了职称而羞惭,她看见自己的愤怒正有气无力地稀释在浑浊的空气中……

PART 09
结了婚的爱情

　　小米的心一惊,原来女人是死不起丈夫的。婚姻也许会将爱情的兴奋与热情绞干,可它蒸发后会留下斩不断理还乱的亲情,化作血液流淌进彼此的身体里。你如果硬把它扯开,你会揪心地疼痛。假如你为了一时之快一己之私将双方的血脉斩断,在命运的尽头,你可能会孤独地回到出发的地方,所有的温暖四散,最终只能和孤独的自己相遇。

　　小米原以为向往已久的婚姻花团锦簇,没想到结婚后第二天,她就陷入了夫家与娘家无休止的拔河,她手足无措地站在中间,不知该帮忙往哪边拉。回门的时候,趁小顺去买酒,大哥很严肃地指着沙发说:"你坐下,我有话对你说。"

　　父亲与母亲也坐在沙发上,小米一看这架势有点不对,心有些慌,不知是什么事,三口两口把嘴里正在嚼的糖果吞下肚去,乖乖地坐了下来。

　　大哥说:"小顺家经济比较困难,既然你喜欢他,我们也不多说什么了。你们目前租房很不划算,我们要求小顺买房,他说手头只有八万块钱,现在咱小县城的房子一平米两千多,娘家再出15万帮你们凑一套100平方米的房子,房子必须写你的名字。现在新婚姻法要出台了,爸妈的意思是这套房子你们要去公证一下,证明是你个人的财产，万一以后两人闹点别扭，他顶多分到20%的财产，这样你才不会人财两空。"

小米一点心理准备都没有，她傻眼了，嗫嚅道："这样不合适吧？都结婚了，房子还要去公证，小顺还不跟我急？"

父亲瞪着眼，"你就敢保证你们以后不闹别扭？周围离婚的人一抓一大把，房子就是你后半辈子幸福的保险，老爸帮你上保险，你还反过来怪爸爸？要么你就像你姐那样，嫁个有钱的老公，房产三套，爸妈就不会替你愁。"

小米的姐夫是个成功男人，小顺很不幸，遇到这样一个强有力的参照物。在小米爸妈眼里，小顺是整个朋友圈中最差劲的女婿。小米只好装着撒娇，"爸爸，你说什么呀，自己女儿刚刚结婚第二天，你就诅咒她离婚呀？"

母亲接嘴了："小米，你可别不识好歹。谁愿意咒自己的女儿？天底下的父母有哪一个不愿意子女婚姻美满的？爸妈这是为你着想。你也知道，男人离婚了还可以找个如花似玉的姑娘，女人离了婚，可是隔夜的黄瓜没人买，即使有人买，也是穷人来买个新鲜白菜，顺便搭配着将那隔夜黄瓜拎回家。"

小米不愿意听这话，跺起脚来，母亲这话太狠了。大哥冷冷地插嘴了："你看着办吧。你不去公证也行，到时候吃亏了，别怪我们没提醒过你。"

大家的脸色都有点僵。小顺买了酒回来，发现众人脸色有些不对，笑问："怎么啦？"

小米勉强挤出笑脸，"没怎么啦，吃饭吧。"小米是爱小顺的，她知道自己长相平凡，是个扔进人群里怎么也捡不出来的人，脸盘偏小，虽然性格温婉，但嫁给英俊的小顺是有些高攀了，因为天底下温婉的女孩多了去了。她要好好珍惜小顺。

婚假七天，小米和小顺不敢出门旅游，也算是为买房节约钱。结婚前，小米睁着那双小顺最爱的忽闪忽闪的大眼睛，描绘着她的蓝图：蜜月旅行，我要去云南。美丽的云南。有着玉龙雪山、泸沽湖、蝴蝶泉、香格里拉的云南。在苍山洱海漫步，小米相信她和小顺的爱情会越来越年轻。可结婚过后，小顺问小米："去云南吧？"

"不去。"

"不后悔？"小顺逗小米。

"不后悔。不是要买房么。"

说不后悔是假的。小米的目光长久地停留在地图上云南的那个点。她伸出手去抚摩，反反复复的，目光中充满了不舍。小顺不忍了，煽动她："我们去吧。去吧。"

"还是别去了。过几天你妈六十大寿，红包要包多少？"小米问小顺。

小顺嘟囔道："你看着办吧。"

小顺很是丧气，因为小米爸妈有退休金，而小顺父母是农民，不仅不能帮助小两口，还得每月孝敬老人家300块钱，因此小顺就总觉得比小米气短。

回乡下庆贺婆婆生日的时候，几个小叔子也到了，加上小姑子，众人叽里呱啦地说着方言，不时掀起一片快活的笑声。小米听不懂他们的方言，觉得无趣，索性到处转转。她吃惊地发现了婆家的巨大变化，全都鸟枪换大炮了。去年，她作为小顺的女朋友来过一次，那时婆家的房子还是粗坯房，婆家说，几个儿子都出息了，可房子还是多年前的粗坯房，会让人说闲话，于是一个儿子派了一万，四个儿子共派了四万，将两层楼房简单抹了灰，新盖了卫生间，买了抽水马桶和热水器。在卫生间里，小米还意外地看到了一台洗衣机。小米心里霎时有些不平衡起来，自己的老父亲老母亲为了支持自己，一直舍不得买台洗衣机。如今乍看了，心里甚不是滋味。可她不好把这想法说出来，说出来，小顺会怪她的。

日子有一搭没一搭平淡琐碎地过着。这天，小顺的朋友大谢来家里玩。三人聊久了，没事干，开始玩抓黑猪的扑克牌游戏。红桃1到13称作猪血，全部吃了是正分，只要有一根被别人吃了，就全部变成负分。黑桃12称作黑猪，负100分。小米已经吃了12根红桃，差一根红桃3。这时大谢草花大了，大谢说，小顺你赶紧把红桃3甩给我，不然我们统统不客气。小米心里很紧张，她冒险吃下12根红桃，不成功则成仁，她盼望着小顺别把红桃3甩给大谢，怎么着我们是夫妻，你总不能帮着外人不帮我吧。心里紧张归紧张，脸上却是笃定的，对于小顺，她没有十分的把握，应该也有七八分的把握吧。没想到小顺竟然把红桃3甩给大谢，乐得大谢眯眯笑：小顺你真是好样的，不重色轻友。小顺也笑了。

小米勉强控制住自己的不快，继续玩牌。打了几圈，中午了，又来了小顺的四个朋友，这样总共就有六个人。大谢提议说，我们去白云山庄吃饭吧，那里有水库，吃完饭还可以顺便钓钓鱼。所有人都兴高采烈，大谢自己开车，车只能坐五个人，小顺说，小米你就别去了，你又不爱钓鱼，到那里太闷了，你留在家里看看电视挺好。

大谢说，这样不好吧，你们新婚没几天，就把嫂子一个人扔在家里，小顺你小心回来跪搓衣板。

另一个朋友说，不然我就别去了。小顺使劲拉住他：一起去一起去，难得我们哥们儿聚一聚。小米她真的不喜欢钓鱼，她去了反而不自在。

还有一个说，嫂子就坐在小顺大腿上好了。小米的脸一红：你们去吧，我就不去了。

五个男人就这样嘻嘻哈哈地走了。

小米很郁闷,回到客厅看电视。婆婆又来看儿子了,已经住了一天,对于这个在县政府上班的儿子,婆婆是很自豪的。婆婆喜欢看古装历史电视剧,小米喜欢看香港片。正无趣间,有手机的铃声响起,小米起初还以为是自己的手机在响,可是音乐不对啊,她还是拿起手机看了看,的确没有来电。这时婆婆恍然大悟了:是我的手机!她手忙脚乱地奔向卧室接听,原来是公公打来的。

盖上手机,婆婆眉飞色舞:小顺这孩子,真是没白疼他,给我买的这款手机一千多,屏幕清晰,通话效果又好。

小米一个月工资才一千多。她心里再次不舒服起来。她母亲一个月退休金两千多,为了帮小米买房,出门连三轮车都舍不得坐,一律步行,打电话都是三言两语,说是为了节约电话费,更别提什么手机了;婆婆没有收入,却有一千多块的手机,谁叫人家养了个孝顺的儿子,而母亲却养了个不孝的女儿……

小米心里堵着一口气,反正这里没人为买房着急,她明天干脆买个两千块钱的手机给妈妈。心里有事,小米再也坐不住了,索性回房间睡觉。婆婆撇了撇嘴,心里嘀咕道:小顺怎么娶了这么个懒婆娘回来,也不知道擦擦桌子洗洗地板。

小米翻来覆去睡不着,小顺给他母亲买手机的事自己是万万不能对妈妈说的,倘若如实说了,无疑会引爆火药桶。当然,母亲嘴里是不会说什么,可她心里必定会想,我们付出的多,得到的少;人家付出的少,得到的多。这是什么世道啊。母亲心里没想法是不可能的,没想法那就变成圣人了。在娘家那边,小米不单单要遮掩婆家的一切,还要粉饰。就这样纠结着,小米睁大着眼睛无法入睡。

小顺到晚上12点多才回来,满身的酒气。小米皱了皱眉头,她厌恶满身酒气的小顺。而小顺爱喝酒,是因为心里苦,要钱没钱,要权没权,喝点酒,麻醉一下神经,心里的苦就会轻一些。他在县政府办公室里当秘书,起初,主任很器重他,任何一份文件,都要经他的手。总是可以看见他办公室里深夜的灯光,第二天,大家看见他眼里的红血丝,就会问:昨晚又熬夜啦?这时,小顺就会无奈地摇摇头。他在心里对自己喊:工具,工具,你顶多就是一个工具!活儿越繁重,这种工具感就越强。

忽地,办公室又多了一名秘书,听说,是市委书记的某某亲戚。小顺突然不忙了,他不需要加班了,因为主任每天都会笑眯眯地对着新秘书轻言细语地交代着些什么,顺便拍拍小顺的肩膀:小顺啊,你以前太累啦,现在逮着机会休息一下,正好可以让新来的年轻人锻炼一下。

小顺突然间空闲起来。他对自己说:小顺,你真是贱!以前忙时,牢骚在胸中满溢着;现在不忙了,你反倒空虚起来了,真是天生的贱种啊!繁忙与空虚,你都不想要,可你不得不选择其中的一种。

眼下正是年终提拔副科长的关键时候,小顺眼见着年轻人眼中带着红血丝顶着办公室的灯光准备熬夜,他的内心涌起一阵又一阵的绝望。这种情形,小顺不敢对小米说。小米有时随口问他:这阵子你好像比以前清闲一些?当晚小顺就装出熬夜赶稿的样子,让小米相信着自己的老公是一个有前途的人。小顺琢磨着半个月后真相大白时要怎么找个台阶下。此时他大着舌头眉飞色舞:老婆,今天我钓到了一条三斤多重的鱼,大谢妒忌得眼睛出血……小顺喝醉了,母亲给小顺端来了一杯醒酒茶。躺在床上满嘴喷着酒气的小顺喃喃道:"家真好啊……"小米听着,有点想哭,家真好啊,这句话中的家明显指的是他母亲,而不是他和小米的家。小米想不明白,怎么两个不同姓、身上流着不同血的人,突然就因了一张纸而捆绑在一起,看来,那张纸还是抵不上血缘。

关了门，小米冷冷地说，小顺，我跟你商量点事。关于房子公证的事，小米本不想说的，就把这件事烂在肚子里。可今天一整天她非常不痛快，原来老婆就是用来牺牲的。小顺人缘好，大家都夸小顺有度量，肯吃亏，原来老公的好人缘就是靠牺牲换来的。小米躺了大半天并没有睡着，她不知道小顺以后还会让她牺牲些什么，所以一等到小顺回来，有些话就冲口而出了："小顺，我们赶紧买房吧，租房太贵了，总不能一辈子租房吧。"

"我也喜欢有自己的房子，只是缺钞票啊。"小顺感叹着。

"我大哥已经把15万元打到我卡里了。"

"真的？"小顺眼睛一亮，醉意跑了一大半，他一个月工资两千多，扣去吃喝拉撒，手头那八万还是炒股幸运地赚来的，要存够15万可能还要等十几年，到那时房价早已像坐飞机一样蹿上高空，他永远望尘莫及。大舅子这15万真是及时雨。

"不过我大哥有个条件。"

"什么条件？"

"大哥要房子写上我的名字，还要去做个公证。"

小顺的脸犹如正欲绽放的牡丹突然遭遇了霜打。他愣了一会儿，闷闷道，行，要公证就去公证吧。

两个人默默躺下，身体隔得有点开，就这样紧绷了一会儿，小米觉得有些对不住老公，伸出手抱住老公的腰，小顺也把手放在小米的手上。小米想说些什么，又不知道说些什么，好像说什么都不合适。就这样睡了。

房子买了，穿着天蓝色西装裙的漂亮售楼小姐请他们写名字。小米和小顺对看了一眼，小顺说，写你的吧。小米就拿起笔，写上了自己的名字。小顺盯着小米纤长的手指，心想，老婆写字还真不赖，龙飞凤舞的，平时把三个字练得挺顺畅，可见挺爱惜自己的名字。

接下来装修等事忙得小顺四脚朝天。虽然活儿全部由装修工人来做,小顺偶尔也帮个小忙扛个石膏模什么的,尘土飞扬,一双皮鞋前面的皮全蹭没了,整个人灰头土脸。这天小米值夜班,小顺妈妈去大儿子家做客,小顺找不到饭吃,就约了大谢喝酒,也算犒劳一下自己。大谢关切地问,小顺你脸色很差,怎么啦,装修房子真的能累死人吗。

小顺已经一两白酒下肚了,酒精一刺激,啥话也都说了:"装修虽苦,心里却乐着呢。我苦的是另外一件事。"

"什么事?说来给哥们儿听听,说不定我能帮你出出主意。"

"房子写了小米的名字,她说还要去做个人财产公证。"说完这番话,小顺无比地畅快,这番话堵在他心里一个多月了,早变成了一块僵硬的大石头。再不把大石头搬开,他真的要苦死了。他并不是在意房产写小米的名字。他在意的是小米怎么能这样?你要是跟我有二心,那你还跟我结婚干什么?早知道别结婚得了?可事实是婚已经结了。小顺能把这块大石头送给母亲吗?当然不能了,老人家立马会被这块大石头磕出血。只能把大石头卸给大谢让他帮忙扛一扛。

"什么?个人财产公证?这分明跟你存二心嘛!这种老婆你也娶?!换了我,立马休了她!带着你的房子滚回你家去吧!"大谢生气地拍桌子,"小米看起来挺明理的嘛,怎么一颗心全掉在钱眼儿里了?我以后娶老婆,坚决不娶这路货色。"

小顺苦笑。有些话跟大谢说不出口。他是爱小米的,要是反对房产公证,只怕小米认为他贪财,不是真心爱她。到时小米寒了心,那婚姻这条路恐怕走不了多久了。扯结婚证的时候,满脑子要恩爱百年,白头偕老,没想到刚结婚几天,日子就好像过不下去了。真是郁闷啊。他干脆抓起酒瓶,对着自己的嘴巴灌。

大谢一把将酒瓶夺了下来:"喝太多既伤身又伤心,别喝了!要我说,这事也没啥好烦的。她要个人财产公证就公证吧,你不是也出了八万块吗?你也跟她来个君子协议,要她把这八万块钱在协议里写上。"

这是哪跟哪啊!越说越离谱了,照这样下去,出门打个的八块钱,一人一半,每人还得掏个四块钱!怎么婚姻就这么容易变味呢?婚前一坛蜜,新婚一坛醋,百日后一坛屎。

大谢的主意根本不可行。这哪是主意呢?根本就是馊主意。小顺瞒着母亲,和小米悄悄去做了房产公证。拿着公证书,上面的名字极为刺眼,小米低着头说,对不起。小顺不吭声。

小米有些慌了,抬起头:"小顺,这是我爸妈的主意,你千万要相信我。等我们金婚的时候,这公证书就变成一团废纸了。"

小顺冲小米笑了笑:"我本来就没在意这团废纸。"

小米回到娘家,气鼓鼓地将公证书一拍:"这下你们满意了吧。"

爸爸拿起公证书一看,眉开眼笑。公证书在妈妈、大哥手里传了一遍,大哥朝小米跷起大拇指:"小米,你真是好样的!办事很顺溜。看来,小顺是真心爱你,你要好好跟他过日子。"

好好过日子?小米冷笑起来:"大哥,你不知道,我和小顺现在两颗心之间就隔着这张纸。这张纸可比一堵墙还厚。我都看不见他的心了。要是哪天小顺提出来跟我离婚,我只能抱着这张纸哭。"

有这么严重吗?大哥不以为然地撇撇嘴,抱着这张纸哭总比抱着大街上的电线杆哭好吧?这个妹妹,简直是把好心当成驴肝肺。

小米把房门一摔,走了。

大哥瞪起眼,小米爸爸安慰儿子:"你别往心里去,小米现在年轻不懂事,满脑子只有爱情,等年纪大了,她就会懂得,房子比爱情重要。你别跟她一般见识。"

大哥赌气道:"以后她的事我再也不管了。真是狗咬吕洞宾,不识好人心。"

搬迁那天,来了很多客人,每个人都是喜气洋洋的。大谢喝醉了,歪倒在厨房的椅子上,小米婆婆沏了一杯酽酽的浓茶给他喝。大谢和小顺是从小到大玩在一起的好兄弟,小米婆婆都把大谢当成半个儿子看了。大谢握着小米婆婆的手,一个劲地说谢谢。突然,他神秘地凑近小米婆婆:"阿姨,我跟你说件事。"

"什么事?"小米婆婆有些诧异。

"这套新房子写的是小米的名字,还做了个人财产公证。"

什么?小米婆婆简直不敢相信自己的耳朵,脸上的笑容全部冻结住了。买房子前,她对小顺千叮咛万嘱咐,房产一定要写上儿子的名字,小顺满口答应,一口一个妈妈你放心。没想到儿子竟是这样的孬种!小米婆婆追问道:"真的吗?这事可不能胡说!"

大谢使劲拍胸脯保证:"阿姨,我要是胡说半个字,让我天打雷劈!我是实在看不过眼才告诉您的!"

小米婆婆冲到儿子房间里翻箱倒柜起来。小米不知发生了什么事,跟进房间里,傻傻地站在旁边看着婆婆翻找。柜子就只有那么几个,全部没上锁,房产证和公证书很快就找到了。婆婆的脸绿了。小米的脸也绿了。

婆婆骇人地尖叫起来:"小顺!你过来!"

小顺听到母亲的声音瘆得慌,吓了一大跳,赶紧跑过来。母亲一把将公证书掷到小顺脸上:"我没有儿子呀!我养的儿子根本不是个男人!"

事情闹大了。客人眼见这个家庭马上要爆发一场战争,纷纷告辞。

小米大哥也喝了些酒,站出来说话了:"亲家母,你说清楚一些,小顺怎么不是个男人了?小米现在已经怀孕了,要是小顺不是个男人，难道我们家小米怀的是野种？"

小米急了，冲上去将大哥往门外推："大哥，你喝醉了，你先回去休息，有什么话明天再说！"

大哥的力气大，他虽然喝醉了，却用手抓住门框，"怎么了？有了新房子就撵我走了？"大哥指着小米的鼻尖，"小米，你可别忘了，大哥给了你15万，怎么着我待在这里喝喝茶总可以吧？我每天出车，还要帮忙卸货，每一张钞票上面都有我的汗珠瓣儿！"

婆婆一把眼泪一把鼻涕地哭诉起来："谁叫我这当妈的没本事啊，没钱就叫人瞧不起，叫人欺负，活该让人欺负啊……小顺，你要还是个男人，你要还是妈生的儿子，你就把你的大舅子撵出去！"

小米一看架势不好，生拉硬拽把大哥弄上了一辆出租车。

第二天，嫂子传给亲戚朋友的话全变味了："我们家小米呀，她大哥给了她15万买房子，可人家连沙发都不让他坐一坐，死活把他往外撵……"

小米欲哭无泪，她无从辩解。当时的情形那个乱呀，要解释起来话得像长江黄河那样长，要从房子每人出了多少说起，要从房产公证说起，要从自己爸妈和小顺妈妈的态度说起，要从当时的冲突说起，说着说着就说不清了。小米一夜之间就变成了一个忘恩负义的女人，出嫁了，眼里只剩下婆家，娘家就踩在地上了。小米只能哭泣，这是她唯一能做的事。

小顺捂着头蹲在地上。母亲厉声喊："你给我起来！"

小顺乖乖地站起来，坐到沙发上，心里直打鼓。

母亲开始发泄她内心的愤怒与失望了："小顺，我真是白养活你了，你什么时候开始当面一套背面一套了？你不是答应我房子要写你的名字吗？怎么变成小米的名字了？疼老婆也不是这种疼法呀，你把心肝掏给人家，可人家未必领情，嫌你的心脏腥臭也不一定。

这件事你一定要给我个交代。你说,你准备怎么办?"

小顺把皮球踢还给母亲:"你说,要怎么办你才满意?"

"既然小米娘家算计得那么清楚,要把房产改成你的名字那是不可能的。可怎么说你也出了三分之一吧?那就让小米拿八万块钱给我藏着。"

小顺有些啼笑皆非了,这是什么逻辑呀。母亲看似清醒,实则钻进牛角尖去了。小米身上哪有钱?除非再向她大哥伸手。可大舅子目前和他们闹得这么僵,不要说八万块钱,就是八块钱恐怕大舅子也不会给。小顺只好糊弄母亲:"八万块不是个小数目,你总得给人一些时间吧。"

母亲不依不饶:"那你给我个具体期限。"

"半年,半年时间总可以吧?"

"不行,三个月。顶多三个月。三个月后叫小米给我拿八万块来。不然凭什么呀,凭什么房产就得写她的名字?"

家里没有一个人有好心情。小米阴沉着脸责怪小顺:"公证的事,你妈妈是怎么知道的?"

"我怎么知道妈妈是怎么知道的?"

"你还抵赖?肯定是你说给她的!"小米愤怒地叫起来,"你要是不愿意公证,你早跟我说,何必这样老大不情愿,在搬家这一天秋后总算账!所有的亲戚朋友都在看咱家的笑话,现在你光彩了吧!"

小米这话真是冤枉小顺了,小顺睁大眼,好像不认识小米似的。他本就是一个闷葫芦,不爱说话,现在更厌倦了,他不想辩解,包着被子自顾自睡了。其实两人心里都很苦,只是各自苦着自己的苦,体会不到他人的苦。

家里的气氛令人窒息。小米觉得在家里待不下去了,她跑回了娘家。必须承认,一开始她有着赌气的意思,可回到娘家,她就想好好地跟大哥大嫂解释一下,她相信自己把现状摆出来,大哥大嫂是会理解她的,她甚至想着过后把房产证上的名字改过来,换成小顺的名字。

大哥还在为那天小米把他撵出来的事生气,说着说着嗓门儿就高起来:"你还知道这个家?你眼里不是只有婆家吗?你还不赶紧回你婆家去?"大哥甚至动手推了小米一把。小米没防备,跌倒了,小腹一阵剧痛,一条血蚯蚓从小米裤管里蜿蜒爬了出来。全家人都慌了,大哥赶紧把小米抱上车直奔医院,一边开车一边打自己的嘴巴。

孩子没有了。小米苍白着脸在床上躺了几天。小顺应该出现的,可是小顺没有出现。小米的心很冷,可她还想挽救和小顺的爱情。她知道自己也有错,一开始她应该坚持不听爸妈的话;如果不去房产公证,就没有后来这么多是是非非了。

小米回到新房,小顺正在沙发上抽烟,烟灰缸里烟蒂堆得高高的,整个房间里都是呛人的烟雾。小米呛了一下,眼泪都咳出来了:"小顺,咱们的孩子没有了。"

"我知道,你是故意的!你杀死了我的孩子!你这是在报复!你报复我什么不行啊,为什么非得拿我们的孩子来报复!"小顺突然间爆发了,"离婚!马上离!带着你的房产公证书滚回家去吧!没人稀罕你的房子!"

小米整个人都蒙住了。委屈,愤怒,伤心一起涌上心头。多可笑啊,几个月前她还在想入非非,什么执子之手与子偕老啊,什么冬雷震震夏雨雪啊,都是他妈的胡扯蛋。小米哭了,她很想说,滚就滚吧,离婚就离婚吧,谁离了谁不能过啊。可她知道她现在不能任性,一任性,她的婚姻就毁了。她哭着屈膝蹲在小顺面前,双手抓住小顺的手:"孩子的事是个意外!小顺,相信我,真的是个意外!

我怎么会那么残忍来杀死我们的孩子呢?"

小顺冷冷地看了小米一眼:"我最讨厌动不动就流自来水的女人了。"他走到房间里去了。小米哭倒在地上。

第二天各自去上班,晚上回来,小顺问:"什么时候去办手续?"

"随时都可以。"小米的心也冷了,破罐子破摔吧。

"那就明天早上吧,刚好是星期六,我们都有空。"

小米躺到床上,被子里填满她的哭声。直到要憋过气了,她把头伸出来。她凝视着卧室里的淡紫色窗帘,那是她跑了七八家布艺店才买来的,每天早上醒来,看到淡紫色窗帘静静地立在那里,心里就有无比的喜悦。没想到这么快就要跟它说再见了。粉红色床套上的郁金香图案非常精美,每天早上,小米躺在温馨的床上都不想起来,每次都要小顺拉她,她才起来。包括那天蓝色的瘦腰花瓶,搬迁那天买的玫瑰尚未凋谢,没想到戏就要匆匆落幕了。小米盯着那闪着金粉的玫瑰花瓣,神经质地轻笑起来:当爱情遭遇一地鸡毛的时候,爱情如此轻易地溃退,一地鸡毛不费吹灰之力就成为了胜利者。原以为彼此已深深地嵌进对方的生命里,没想到剥离开来竟是这样简单。

小米回到家,对大哥说:"这下你满意了,小顺要跟我离婚,他让我带着房产公证书滚回家。你瞧,我还给你们多赚了八万块回来。"

大哥愣住了,他抓起小米的手狠命地打自己的头:"小米,对不起!对不起!大哥不想这样的!大哥是穷怕了,一辈子奋斗一套房子和一点钱,老想把这点东西抓在手里……不行,我带你找小顺去!"

大哥抓着小米的手找到小顺:"小顺,大哥求你了,房产改成你的名字行了吧?你和小米自由恋爱了两年多,哭着喊着要结婚,怎能这样刚结了就要离,不让人笑话死了……"

"笑话?早在房产公证的时候,这件事就是一个笑话了。既然已是笑话,管它这个笑话是大是小?"小顺的腔调很冷,看样子,他真是伤透了。

大哥懊恼地拍了自己一巴掌:"真是作孽呀!小米,大哥先回家了,你就留在这儿,晚上和小顺好好谈谈。"

小顺躺在沙发上,电视频道换了一台又一台。这沙发坐起来舒服,躺了不一会儿就全身不舒服了。小顺不断地变换姿势,迷迷糊糊睡着了。

半夜里噩梦连连,小顺都快喘不过气来了。凌晨五点,小顺被电话铃声惊醒,他发现自己身上不知何时多了一条薄被,显然是小米帮他盖上去的,小顺鼻尖里一阵酸楚。电话那头说,大伯父去世了,要他回乡下奔丧。小顺呆呆地拿着电话筒,大伯父去世了?他追问着:"我结婚时大伯来喝喜酒不是还好好的吗?几个月前还谈笑风生的人怎么说去就去了?"那边说:"突发性心肌梗塞。"小顺的身体冷得发抖。

小米也被惊醒了。她站在小顺身边。小顺说:"今天去不了民政局了,改天吧。"

小米低声说:"我跟你一起去参加大伯父的葬礼。"小顺诧异地看了小米一眼,慢慢地,他的眼神柔软了,感激涌上他的脸。在这个时候,小米还能照顾他的面子,也真是难为她了。要是小米不出面,那么多亲戚一人问一句,他恐怕得难堪得钻到地底下去了。离婚和房产公证的事说来话长,他不想说,也说不清,也不愿意把这件事情扩散,一传千里。

颠簸了五十多公里的山路,终于到了乡下。大伯父家建在半山坡上,破败的木屋在寒风中更显萧瑟。大堂兄头上扎着白色的孝巾,拿着一把柴刀正在砍竹子,竹子是用来举灵幡用的,大堂兄仔细地削着。请来了惯常做白事厨子的阿三伯。阿三伯指挥着一个小伙子和三个中年媳妇儿置办酒席,从买菜,到烧菜,到洗涮,他里里外外一把手。阿三伯系着白围裙在灶间忙碌,大声吆喝着,身上滋滋地冒着汗珠。偶尔闲下来,他在庭院里站着,静静地点燃了一根烟。他倚在廊柱上,噘着嘴逗树杈间的鸟雀说话。

有三两个人蹲在杉树底下。乐队敲打起来,哭丧歌唱起来,小顺跪着,看见浑身僵硬的大伯父直挺挺地躺着,小屋子很矮,拉满了密密麻麻的电线,一条是照明用的,好几条接在电视的屁股后面。几个堂嫂凄厉地哭着,大堂嫂哭得跌倒在地。所有人的眼泪都被勾出来了,也许大家没有死者配偶和子女的伤心,却想到人人难逃一死,人人都要有这么一次,未免兔死狐悲。大伯母哭得浑身抽搐,反反复复哭诉:你怎么扔下我一个人呢。大伯父大伯母参加小米婚礼的时候,大伯母还满脸红光,现在像一下子老了十几岁。小米的心一惊,原来女人是死不起丈夫的。婚姻也许会将爱情的兴奋与热情绞干,可它蒸发后会留下斩不断理还乱的亲情,化作血液流淌进彼此的身体里。你如果硬把它扯开,你会揪心地疼痛。假如你为了一时之快一己之私将双方的血脉斩断,在命运的尽头,你可能会孤独地回到出发的地方,所有的温暖四散,最终只能和孤独的自己相遇。

阿三伯对小顺叹道,你大伯父也算走得平静,有你大伯母和堂兄堂姐为他送终。小顺点点头。人世间有大伯父的血脉在牵挂他,大伯父也不枉在人世间走这一遭。小顺的心抽痛,大伯母像一只丧偶的孤雁哀鸣着,他下意识地看了小米一眼,小米也睁着一双红肿的眼睛正在看他。刹那间两双眼睛说了千言万语,小顺知道,小米懂得了他眼睛里说的话,小顺也懂了小米眼睛里说的话。命运像书卷,一点一点地展开,一点一点地铺陈,有时来不及合起,就这样摊在那里,任漫天寒风吹,吹得纷纷扬扬。人生的书卷要读到哪里翻到哪里,没有人知道答案,更不知道最后那一页会有什么在等待自己。年复一年的翻读,能读到什么故事,能参透什么因果,并不一定有答案的。在这个漫长的翻读过程,可以中途将书合上吗?谁能预料得到这本书什么时候读完?命运这本书是一个谜,和书中意外的苦痛相撞,就多出了很多的怅惘。

死亡是生命中最重大的事情,它突现在时间的任何一个点,迫使人不得不面对。无常的命运不知道会把每一个人带到哪里。小顺握紧了小米的手,两个人十指紧紧相扣,彼此的手心沉静、温暖。小米流产后体质还很虚,腿软软的,小顺半扶住小米。送别的队伍不长,大伯父只是一个无名的农民,来的只有至亲与邻居。他们一直把大伯父送到了村口,大伯父的孙子拿着玻璃镜框遗照走在最前头,两个年轻小伙子一左一右举着灵幡,队伍慢慢地向前挪动。所有人的身体像割过的稻茬一样立在虚空里。路边几朵淡紫色的野花惨淡地开着。大伯母、堂兄、堂嫂、堂姐推着殡仪车哀哀地哭。白色殡仪车上的字十分刺眼:一别千古,音容宛在。多么触目惊心的八个字,阴阳相隔,一具活生生的有温度的血肉将被送入燃烧着熊熊大火的火炉,眨眼间剩下一小撮骨灰,装在盒子里。那个人的故事就这样被一起装进盒子里了,剩下一小段故事流传在世上,传着传着,渐渐就无人知晓了。

小米婆婆交代他们:待会儿回转的时候,不能说出"回去吧"之类的话,免得死者的灵魂追随着人回家。

跪别的时候,队伍跪在荒落的山路中间。大伯父五岁的孙子跪在前头,稀里哗啦地哭着,鼻子里的鼻涕冒出咕嘟咕嘟的气泡。他再也没有爷爷了。堂兄哭泣着,他的手深深地插进松软的泥土里。

脱下孝服,小米和小顺跟随着人群默默地走着,正午的阳光照射下来,影子也默默地跟随着移动。路边,大伯父用过的草席和棉被正在火光中一点一点地化为灰烬,几片烟灰黑蝴蝶似的飞舞着,混沌，远古，荒凉，飞过树梢，飞过光秃秃的田野，有几片慢慢地落到人的头上、肩上、身上。有说话声，低低的，嗡嗡的，像无数秋虫在沉吟。小米婆婆帮小米掸了掸烟灰，拿过小米手中的孝帽，将缝着的线撕开。小米知道婆婆这是在向自己道歉了，她的眼眶又红了，她揽住婆婆的肩膀。婆婆也抱住了小米的腰。

PART 10
戏子

　　退休后的韦立秋心里藏着一个秘密,他明白,自己才是一个真正的戏子。他娶了根正苗红作风正派的女兵后,心里就后悔了,女兵要身材没身材,要脸蛋没脸蛋,毫无艺术灵气,就是能炒得一手好菜。炒好菜有什么用？全天下的女人几乎都会。况且,娶老婆又不是娶厨子。他这个人好面子,心中越是后悔,在别人面前越是要做出夫妻百般恩爱的模样,就这样演了一辈子的戏。他的演技如此高超,他才是真正的戏子,而钟玉琴远远不是；区别是别人不知道他站在舞台上罢了。

　　钟玉琴退休后所在的小镇,相当于上海一个动物园的大小。在这个动物园般大小的镇上,钟玉琴曾经和妹妹钟玉音讨论过有关富贵星的问题。世人都说富贵的人、命好的人天上都有他的一颗星,而天上的星星不够,不可能每个人都有一颗,钟玉音就没有分到属于自己的一颗星星。钟玉音一直妒忌着姐姐,认为姐姐是拥有星星的人。钟玉琴本人并不这么认为,她常常患得患失,黑天鹅绒般神秘高贵的夜空中真有属于她的一颗星吗？它在哪里？她怎么总是看不见？为什么那讨厌的乌云常常跑来将它遮盖？为什么它看起来那样黯淡？它会不会短命地陨落？钟玉琴有那么多值得担心的问题。她很清楚自己那张虚弱的自傲的脸孔下面，真正掩藏着的是一种巨大的自卑与胆怯，坚如磐石，这才是她的本性，时不时向生活投降，而富有强大意志的外在世界常常将她任意揉搓。她总是害怕陷入卑贱的泥沼中。她不明白，卑贱是很多人的命运，并不是单单她一个人的。

　　这天，钟玉琴提了个旧不拉叽的菜篮子去买菜，从买菜开始到回家的过程中，她一共和张作令撞了五次面，拖延了她两个多小时的时间，以致回家时她的波斯猫等她等得着急发狂了，差点迎面抓了她一爪子。钟玉琴想，我真是倒了八辈子的霉了，遇到张作令这样一个登不上台面的追求者，到五十多岁了还活生生地让人看笑话，实在是奇耻大辱。这老头有点半疯狂了，下半截早埋进土里，可他自从老伴去世后，就疯狂地追求起昔日县芗剧团里名噪一时的小旦来，那殷勤劲儿一点儿也不逊色于时下的小伙子。真是老夫聊发少年狂，谁也不知道他那下半身还能不能工作，大概是荷尔蒙激生吧。这个奇闻成了小镇上茶余饭后的谈资。钟玉琴呢，这个昔日的小旦一生是一个极端的完美主义者，她事事追求完美，指甲要修得光滑，妆要化得好，一个唱腔练不好她就没日没夜地练直到它达到自己的要求为止。她真心实意地热爱着舞台。从五岁起，她就向往着自己戴着凤冠霞帔，描着琼鼻。12岁从艺，身边是琴鼓萧瑟弦，舞着长长的水袖，她觉得这是一首诗，这就是创造。她觉得自己是完美的，甚至被自己感动了。她全心全意地精细地捕捉和表现美，通过色彩与动作传达人物心灵的细微情感，着力锻造着一种具有穿透观众心灵的表演。她是那么喜欢演唱时的状态，随着唱腔从喉咙涌出，她觉得自己整个人像花一样地被音乐展开。可是从渐懂人事起，每一天，她的完美主义都要死去一点点。所谓的完美开始一丝一毫被玷污被破坏，那件完美主义的衣裳早已千疮百孔，临了还要被张作令撕成碎条子。

在膻腥的、粘带着碎肉和肉骨沫子的肉案子边，她正低头专心挑拣与比较着各个肉片，忽听耳边一个沙哑的声音说："老钟，你好。"那音质差得不能再差，是她万分憎恶的那一种，从而令她憎恨起那个携带有如此糟得不能再糟的破喉咙的人，而且她最恨叫她老钟的人，有什么不好叫的，非得叫老钟不可？叫她玉琴、阿琴或钟团长都可以呀。她抬起头，看到张作令那张红光满面又略带松弛的老脸，上面布满了斑点。她只好笑着说："张书记，你好。你买菜吗？"

"是啊是啊。你买肉吗？你把它提走好了，钱我来付。"

钟玉琴说："不用了，张书记，谢谢你，你太客气了。"她一边说一边赶紧掏出钱来要付账，张作令硬是把她的手推了回去："你走吧，你走吧。"钟玉琴看到卖肉的露出一脸暧昧的笑容，心里立刻生出一股怒气来，尴尬地缩回手扭身走了。

钟玉琴转了一会儿，想去买虾，刚刚走近水产摊时，却一眼看见了张作令蹲在地上挑虾的背影，她刚想迅速逃走，不料张作令似乎背后长了眼睛似的，偏偏在这个时候转过头来，他站起来说："老钟，买虾呀！我记得你最爱吃虾了，快过来看看，这一摊的虾十分新鲜呢。"钟玉琴干笑了几声："张书记，你继续挑吧。我这几年老了，肠胃不好，不大爱吃虾了。"钟玉琴在附近装模作样东张西望了几下，做出没有看见什么满意的蔬菜的神情，趁张作令不注意，快步走开了。小镇虽小，菜市场却大得很，钟玉琴决心再也不碰上张作令了。她估摸着张作令拐到东面去了，赶紧从西面走来，正满肚子没好气，就因为这该死的张作令害得她吃不上虾，张作令又和她在菜市场门口四目相对了。钟玉琴勉强笑道："张书记，真巧啊。"

张作令说："我帮你提篮子吧。"

钟玉琴慌忙说:"张书记,不敢劳动你。我还要拐到立秋家里坐一会儿。再见。"

钟玉琴压根儿没上立秋家,她在路上碰到以前团里拉二胡的老朱,站着拉呱了一会儿,想起从前舞台上的风光日子,不禁阵阵心酸。她们正站在"美伊人"的服装店前,她的眼睛贪婪地粘在玻璃窗后模特儿身上的漂亮衣服上。老朱顺着她的眼光看过去,怂恿道:"玉琴,进去试穿一下,这套衣服一上身,保准你年轻十岁。"钟玉琴喃喃道:"想当初我脸上还没有皱褶的时候……"她一说完立刻就后悔了,她发现这句话如今在任何一个场合都频频出现在她口中,包括她一个人自言自语的时候,她的心情就变坏了,特别是当她看到张作令从旁边的超市里走出来的时候,她的心情就更坏了。她记起有一次和女儿一起去买衣服,店主人夸她说:"这位女士真好看!"钟玉琴心里喜滋滋的。然后,店主人又说:"你女儿长得好漂亮啊!"钟玉琴立刻敏感地注意到,原来好看与漂亮的概念是有区别的。漂亮是那种光艳夺目的美,让人心旌摇荡难以自持蠢蠢欲动。至于好看只不过是五官端庄让人看着顺眼罢了。钟玉琴很受打击。

过去的不愉快和眼前的不愉快纠缠在一起,钟玉琴沉着脸不说话。老朱见状,推说家里有事,也不与张作令打招呼,装作没瞧见,急匆匆走了。

钟玉琴脸色铁青,就像强台风刚刚在她脸上登陆一样。张作令笑着跟她打招呼,而钟玉琴已经装不出笑脸了,或者不愿意装了,索性自顾自走了。

钟玉琴从中山公园边的公厕里出来,伸长脖子看了看公园栅栏里边无数打麻将打得兴高采烈的同龄人,随后张作令又阴魂不散地出现在她的视野里,他无精打采地从公园的台阶上走下来。张作令讪讪地朝她一笑:"本来想去搓搓麻将,没想到他们四个一组组合得好好的，没我的份儿。好不容易等到他们一个要回家煮饭，我刚要坐下去，其余那三个也随着散了。改天我叫上两个人到你家，好好地搓上一天。"

钟玉琴冷笑道："活该你孤家寡人一个！谁叫你在位时没一个人放在你眼里！任期到了，人也得罪光了。现在报应来了！"

张作令赔笑道："我现在不是改了吗？而且当时我还不是身不由己吗？就像那次晋升科级干部事件，我不把老刘砍下来行吗？"

"你不用改了，还是照你原来的样子罢，现在改也来不及了！"钟玉琴愤恨地说完，一心想摆脱他赶紧回家。

钟玉琴无心做饭了，傻呆呆地坐在沙发上。她的完美主义从什么时候开始被破坏的？对了，就是从韦立秋开始。

那时，正是她人生的最顶巅，她在舞台上，一举手一投足一个眼神，都能让她的观众发狂。她的美貌和能歌善舞的声名传遍了整个青龙城，人生与前途呈现出花团锦簇的状态，带给她巨大的快乐与喜悦，满世界都是阳光。那一天，她正在卸妆，灯光下镜子中的她看起来分外美丽。团长对她说："玉琴，有个军区政委想找你谈谈。"于是她带着几分矜持慢吞吞地卸完妆来到政委的面前。这样的事她已经司空见惯，有人被她的美貌与才华倾倒，并不是一天两天的事了。甚至有人对她说："天妒英才啊，玉琴，你可要小心。"她不屑一顾，把这句话抛之脑后，她的人生正呈现烟花般绚丽的前景，她才不信天妒英才这样的邪说呢，持这种说法的人往往是出于妒忌，是人的妒忌而不是上天的妒忌。

穿着朴素毫无官架子的政委说："小钟啊，你的才华相当突出啊。我了解过了，你还没找对象，我给你介绍一个怎么样？"

钟玉琴低头微笑，心里想着且听听你如何说法，别人向她介绍过很多对象，但条件都不合她的心意。政委接着说："我有一个副营长,今年才 30 岁。人长得很帅,又非常有魄力,性情没得说,你看怎么样?我是觉得你们郎才女貌挺般配的。"

钟玉琴同意见见面,对方就是韦立秋。没想到一连几天过去了都没有消息,这太反常了。戏班子里是一个传话最快的地方,钟玉琴很快就听说了韦立秋的原话,是否经过添油加醋那就不得而知了。韦立秋说:"首长,我不想找一个演员做妻子。戏子无情啊。我要找一个踏实一点的。"

"戏子无情啊。"这句话很快成了团里的笑柄。人们互相取笑时就是这样说的,而且在钟玉琴面前别人的对话里这句话就显得特别的意味深长。钟玉琴又羞又恼又怒,人们却丝毫不怜恤她。一个人平时越是优秀越是突出,她的笑柄就特别地具有经典笑话的含义,人们总是热衷于观看别人的伤疤。钟玉琴第一次受到迎头痛击,深深地伤了自尊。从来都是她挑人家,没有一个人敢挑她的,而这个尚未谋面的韦立秋一句话就把她抹杀,任凭她如何美貌如何唱得珠圆玉润都无济于事。她心里极端不服气:戏子怎么啦?戏子不是人吗?戏子做戏是天经地义,难道戏子一定就在生活中做戏吗?而你韦立秋,难道一辈子从来不做戏?我偏偏就一辈子唱戏,唱到老,唱到死。可她的这股气显得那样地力不从心。事实是,她无端端地失恋了。对于年轻人来说,失恋是人生最大的打击。什么?重新站起来?你不要说风凉话了。你没有失恋过吧?怪不得。只要你失恋过,你就会觉得自己是全世界最不幸的人。因为你最想得到的人你得不到,而这个人是世上任何一个人都无法代替的。这就是毁灭。

02

退休后的韦立秋心里藏着一个秘密,他明白,自己才是一个真正的戏子。他娶了根正苗红作风正派的女兵后,心里就后悔了,女兵要身材没身材,要脸蛋没脸蛋,毫无艺术灵气,就是能炒得一手好菜。炒好菜有什么用?全天下的女人几乎都会。况且,娶老婆又不是娶厨子。在床上,女兵更是毫无创见,任由他摆布,使他兴致扫地。自己真是鬼迷心窍了,娶这样的女兵虽然保险,绝对不担心自己会戴上一顶绿帽子,可是这样一潭死水的生活简直就是要杀人。他多次看过钟玉琴的戏,白天看着,晚上想着,心心念念的,从不放过看她演出的机会。她面如满月,那水灵灵的眼睛会勾人,含羞带嗔,真是一个地道的勾人魂魄的小妖精。自己多傻啊,白白放过了她。他这个人好面子,心中越是后悔,在别人面前越是要做出夫妻百般恩爱的模样,就这样演了一辈子的戏。他的演技如此高超,他才是真正的戏子,而钟玉琴远远不是;区别是别人不知道他站在舞台上罢了。

韦立秋转业后到了市政府先是当了宣传部副部长,不到两个月,正部长立刻让他抓到了把柄。再后来,正部长挪到了另一个位置上去了。韦立秋当上正部长的那一天,他早早来到市政府院子里,一切看起来都是那样的惬意。走进办公室里,他心满意足,真正觉得这里的家当是属于他的了,他是真正的主人公,相当有成就感。部里举行各式各样的会议时,他的名字不再排在第二位了,跃居第一位,开会时坐在正中间,而不是坐在正部长的旁边。一切以他为中心,他一开口说话别人就侧耳倾听；酒席上，大家争先恐后地向他敬酒，尽管不胜酒力，心中却是快乐的。工资表上他也排在了第一位，他的工资领得最多。他感觉自己还是挺幸福的，混到了今天这个地步，他不敢再有什么奢望了，他对自己挺满意了。据说，一只燕子一年要吞食百万只虫子，这是造物主对他创造的生灵无比慷慨的证明。韦立秋为自己是一只燕子而不是一只虫子感到万分的快慰。一个很富有的人，或者一个官运亨通、连升数级的人，往往是一个因大脑太发达而使邻居无地自容无以聊生的人。他喜欢自己是这样的人。

他不好烟也不好酒，就爱喝茶。家里堆满了别人送的高档茶叶。韦立秋搞不清世界上为什么会有这样痛苦的事情：他那么爱喝茶，特别是工作烦躁或口渴的时候，喝上一杯好茶，茶香沁入心脾，快活似神仙，但他一喝茶神经末梢就高度兴奋，一整个晚上都睡不着，弄得他痛苦不堪。这不是老天存心与他作对，存心不让他喝茶吗？好比糖尿病人忌吃甜食，抑或是肾脏病人酸甜苦辣等刺激性的食物都不能吃那样痛苦。一个人，不能做他想做的事，那是多么窝囊啊。可别人一请他喝茶，他多半是去的，喝茶是他私下里和别人联络感情的独特方式。出发前，脑袋瓜里一方面对好茶充满了憧憬，一方面又对好茶充满了恐惧，有点叶公好龙的样子。又不敢对别人说他一喝茶就睡不着，怕别人以为他是找借口推托，如果是借口，这借口就显得特别的娇情。喝完茶回来，他得忍受整个晚上失眠犹如慢性自杀的酷刑，唉，人啊人，为什么要这样找罪受呢？

夜深人静时，有时他会想，权力这东西真是奇怪呀，前任正部长在宣传部已经待了七年，照道理已经在原地生根发芽，甚至已经落地开花了，可上头一纸调令，还不是像拔草一样就把他挪了个地方，看你还能有多霸气。人是比不上草的，草挪了个地方可以很快地再生根发芽，相比起来人就比较娇嫩了，人挪了个不自在的地方，元气大伤那是很容易枯死的。

成了钟玉琴的顶头上司,他总是借故提名让她在各种庆功会上露面,可她不是迟到就是早退,甚至干脆不来,摆足了架子,他面子上下不来,在会上常常点名批评她。于是人们得出一个印象,宣传部长对钟玉琴印象恶劣。

钟玉琴真的是有两下子舞台功夫,23岁时,她的《五女拜寿》得了梅花奖。这件事轰动了整个青龙城,到处都是她的海报,钟玉琴的那双招牌大眼睛在青龙城的大街小巷含情脉脉地对着每一个路人说话,湿乎乎的,情意绵绵,每个过路人都以为钟玉琴在朝他笑。颁奖地点在人民大会堂,场面何其风光,还能够见到中央领导人。韦立秋要带着钟玉琴去人民大会堂领奖。韦立秋做梦也没有想到,他自负是一个创业型的人,没想到临到最终还要靠沾了一个小女子的光才能够走进人民大会堂。

出发前的那天晚上,韦立秋终于按捺不住内心的兴奋,往钟玉琴家里挂了电话。电话是钟玉琴的爱人刘淮海接的,刘淮海在机关里当一个普通干部,人老实巴交的,韦立秋不知在心里妒忌过这个人多少回,真是傻人有傻福啊。刘淮海就像在缺油水的年代里捡到了一大块肉,虽然那肉不小心掉到了地上,沾上了沙土,但洗一洗再吃,味道还是和原来一样鲜美,让人吃起来乐颠颠的。没办法,这都是命。

"小刘啊,我是韦立秋。你家小钟准备好了没有,明天就要上飞机了,你可要叫她好好休息。"

"是韦部长吗?你来劝劝玉琴吧;我正在和她生气呢。也不知道哪里吃错了药,她说她不去领奖了。"

"你说什么?"韦立秋大吃一惊,这个钟玉琴真是吃错了药,这等好事别人想都想不到,而她竟然要舍弃。"小刘,你叫小钟接电话,我给她做一做思想工作。"

"小钟啊,到底为什么不去呀!心里闹什么别扭啊?是不是宣传部有什么工作没做好?这个机会是很难得的,你要是真的不去,以后会后悔一辈子的。"

"那我就后悔一辈子好了。"钟玉琴硬邦邦地说。

韦立秋心里嘀咕道:"傻啊,你哪里懂得什么是后悔一辈子的滋味。像我……"他张口还想再说,可那边却说:"韦部长,我决定的事九头牛也拉不回来。对不起了。就这样吧。"然后听筒里就只剩下嘟嘟嘟的忙音。韦立秋握着听筒发怔,忙了半天,自己连小钟为什么不去领奖的原因都没有弄清楚,他工作中从未遇到过这样的失败。

其实,钟玉琴不去领奖的原因很简单,她不愿意和韦立秋同行。她永远记得那句话:"戏子无情啊。"这是她一辈子的耻辱。先前她受了他的羞辱,现在还要充当他的部下,一路上聆听他的教诲,她才不干,她就是要给他一点颜色看看,看他工作没做好而急得团团转的洋相。当然,为了看他的洋相,她也付出了惨重的代价。当夜,市长与市委书记纷纷打电话给钟玉琴询问原因,终究没有问出个所以然,只能想道:戏子情绪化,没办法深究。女人要是傻起来天王老爷也没有办法。

当时不知有多少人笑她傻,她在心里冷笑,你们才傻,你们这些俗人哪里懂得我的心呢。如今事隔多年,钟玉琴真的是追悔莫及。一时的意气用事,使她失去了人生至高无上的荣誉。多少人梦寐以求的荣誉她就这样草率地拱手相让,她真是一个世间绝无仅有的蠢货与草包。后来她参观过许多同行后辈的住所,一个比一个敢吹,荣誉证书、奖杯、各种锦旗挂得满屋都是。她在心里冷笑,这些行头跟这些人根本是风马牛不相及,完全对不上号,可是她们就是敢要。现在是敢吹就会赢。自己不是傻是什么?!

03

24岁时,钟玉琴终于遇见了自己的人生难题。团里又新来了一个小旦,人气急遽上升,挡都挡不住,钟玉琴慢慢变成了一个过了气的美人。说起来还是钟玉琴自己引狼入室,这棵新苗子是她无意间发现的,她兴致勃勃地把这棵苗子挖到了自己的团里,言传身教,一年半载之后这小苗子活脱脱就是一个小钟玉琴了,而且似乎有赛玉琴的趋势。钟玉琴觉得自己真是搬起石头砸自己的脚,自作自受,再也没办法找回以前的宽广心胸了。继之发生了一件对钟玉琴的人生影响巨大的坏事。当时钟玉琴认识了张作令,张作令任县委经济办主任,张作令是她命中的劫数。张作令总是对她图谋不轨,动手动脚的一点儿也不尊重,钟玉琴每次都厉声斥责,丝毫不给他脸面。钟玉琴压根儿看不上他,瞧他那一张厚嘴唇常年灰白干裂着,肩膀上长期散落着头皮屑,头发油腻腻的似乎一百年没有清洗了,这腌臜德性只会让她恶心。空长着一个大头,可从来不拿它来思考。有一次张作令调戏她,她奋力挣扎,被人瞧见。于是就有了满城的风雨,传到后来,变成了她钟玉琴企图勾引经济办主任。钟玉琴变成了钟破鞋。开始时,她不屑于辩解,心高气傲地保持沉默,认为清者自清,浊者自浊,路上遇到人都不愿打招呼了,变成了人们私下里所谓的艳若桃李、冷若冰霜的冷美人。她有自傲的资本,她的美貌使她艳光四射,她的石榴裙有魔力让人匍匐,她的才华又使人倾倒,看到她的舞台形象,禁不住我为卿狂。人际往来少了,她将自己埋头于当时少得可怜的哲学书中,她向往狂飙突进的生活,生活是轻快的,向上的,飞翔的,没有重力,没有累赘,没有烦恼,她不懂得自己是典型的达达主义者,只是热切地向往着向上的生活。她还崇拜尼采的唯意志论和超人哲学,只是她深知自己缺乏尼采式的力量,她一厢情愿地希望生活永远是艺术,可生活中有那么多龌龊,有三千烦恼丝让她坠落红尘。很快地,她从哲学中醒来,发现这个世界并不是按常规发展的,清者并不能自清,就像一件白衣服它沾上了污点,那污点就永远在那边了。钟玉琴心里愤怒极了,委屈极了,可是她只有一张嘴巴,任她如何辩白也说不清。再说了,即使她有1000张嘴巴也讲不清。

酝酿已久的灾难终于恶狠狠地扑向她了。

那是一个灰蒙蒙的黄昏,在这样的黄昏时天空看起来是那样的肮脏与猥琐。团里的人早都回去了,钟玉琴刚刚在台上自己一个人练完步型,在后台换衣服,忽然听到了像幼兽般"咻咻"的喘息声,钟玉琴吓得两腿发软,本能地将衣服捂住胸口,好一阵子才镇定下来,她搜寻到了一双贼亮贼亮的小眼睛,接着那双小眼睛跳出来,五大三粗的张作令先用自己的嘴巴堵住了钟玉琴的嘴,轻而易举地、老鹰捉小鸡似的反剪起钟玉琴的双手,然后用老虎钳般的右手捏住它们,腾出左手来从口袋里掏出一团布塞在钟玉琴的嘴里。接着他又变戏法般地拿出一截绳子,麻利地捆绑住钟玉琴的手脚,这正是他的拿手活。剩下的事情就简单多了。钟玉琴双眼圆睁,眼睛几乎要突出到眼眶之外。当她意识到一切挣扎都是徒劳时,她痛苦地闭上了眼睛。不要再指望有救星从天而降了,一切都晚了,只剩下舞台上的一片死寂,以及耻辱、恐惧、愤恨、悲凉这些交集在一起纠缠不清的感受在空中飞舞。泪水汹涌而下,全身冰凉,活像一具死尸。

张作令取下钟玉琴嘴巴里的布,看到钟玉琴的眼神混浊不堪,口红掉了,翻出一圈白唇外面挂着一圈血红。即便如此,仍是梨花带雨我见犹怜。这时,喊叫已没有用了,招引来一大帮人只会徒增自己的羞辱。钟玉琴觉得自己像死过1000次了。张作令说:"不要哭嘛。这有什么好哭的?每个女孩子都有第一次。你嫁给我不就得了?我又不是不对你负责。"钟玉琴现在脑袋里只剩下一个恨字,似乎一片空白,好像变得出奇地冷静,从牙缝里挤出一句话:"你死了这条心吧。"张作令愣了一愣,好似当头挨了一棒。只听钟玉琴命令道:"帮我把衣服穿上。我的骨头都散掉了。"尔后,张作令在夜幕掩护下将瑟瑟发抖、浑身哆嗦个不停的羔羊似的钟玉琴背回了她的宿舍。黑夜中的黑看起来似乎非常浓重,可是尽管她满腔的怨恨,满腔的憎恶,满腔的厌弃,却无处所指,无处发泄,只有无穷无尽的虚空。她只是一味地希望这个夜晚永远就是这样的黑,天永远不要亮,她只想一辈子躲在被窝里不想见任何一个人。整个人像一张充血的海绵,血腥,血污,肿胀疲软,又如同喝了劣质的高浓度酒,全身时而热烘烘时而冷冰冰的,从胃到嗓子都烧得慌,脑袋瓜也一齐烧坏了。眼泪顺着脸颊流下来,连抬起胳膊擦一擦它的力气都没有。躺着像个又绝望又狂怒的死人,她不想去回忆那个情景,那些记忆使她全身痉挛,可那场面像螺旋体细菌潜入她的血液里肆意发作……

第二天,张作令喜滋滋地告诉所有他认识的人:"我睡过钟玉琴了。"那口气比在大会上介绍成功经验还要光荣。听者并不相信:"你吹牛吧?"张作令瞪大眼睛:"怎么?你竟然不相信?真的睡过了。一个晚上睡了七次。那皮肤啊,像粉红的雪。你见过粉红的雪吗?没见过是吧?那滋味啊,啧啧,没得说了,比神仙还快活呢。她流出来的血啊,像胭脂一样红……"连续几个月,对张作令来说,美好的回忆使他觉得被窝里永远是春天。

女人一辈子最重要的无非是名节,现在既然名节已经坏了,那就什么都不重要了。可是钟玉琴还想挣扎，还试图弥补，还想把污黑的墙重新刷白。当她看见新小旦与团长打情骂俏时，她真是愤怒极了，"荡妇！"她在心里恶狠狠地骂着。可是她的心里却是非常地明白，她清醒地知道自己在忌妒着做荡妇的好处，她也恨不得做一个荡妇，可是她撕不下这张脸皮来，这就是自己的虚伪之处。于是她陷入了深深的悲伤，终日里脸色苍白，神思恍惚。她再也傲气不起来了，见到任何一个人，包括团里的扫地工，都热情周到地打招呼，既心虚又巴结，脸上不自在的笑容使自己浑身发热，眼珠子什么都想看，想探究一下对方的表情，又什么都不敢看，整个人魂不附体，万分谦卑，斜着身子走路，随时为任何一个人让道，连自己都恨自己的骨头轻，总觉得人们的目光正透过衣服沿着她的大腿根一遍一遍地往里看，这种感觉使她毛骨悚然。她必须根据人们的心情和脸色来表演自己的行为。当她强装笑脸时，小朱夸张地惊叫起来："哎呀呀，玉琴你都有白头发了！"小朱将钟玉琴的白发拔下，钟玉琴的笑脸顿时僵住，那根白头发显得特别的触目惊心，它泄露了她痛苦的内心秘密。有时，钟玉琴偶尔觉得一天过得很顺，想开开心心、轻轻松松地笑一笑，看到别人露出匪夷所思的笑容，那神情在提醒她："被人强奸了还笑得这样开心，真是没头脑！"于是钟玉琴赶紧刹住自己的笑容，小心翼翼地做出愁眉苦脸的样子。她为自己脸上的肌肉感到万分辛苦。她咬牙告诫自己忍耐再忍耐，对各种各样的欺辱逆来顺受，有朝一日报复的条件成熟了，她要把别人给她的羞辱加倍地还给别人。这个世界强奸了她，她要反过来强奸这个世界。

接下来的日子里有一场大型的重要的演出——闽台芗剧会演，这次演出连对台联谊会都惊动了。市里专门拨款下来，将团里的各样行头都更换一新。团长为了这份特殊的恩泽，殚心竭力东奔西走，甚至破天荒在团里召开了两次大会，口号是"人人做到最好！"整个团焕发出从未有过的热闹与生机。会演前一天钟玉琴和小旦同住一个标准间。早晨起来,小旦关上了卫生间的门,在里面忙乎了大半个钟头,不知小旦在她自己的脸蛋上摆弄些什么。钟玉琴在外面等得早已按捺不住,在心中怒骂了几十回,终于等到门开,小旦走出来,钟玉琴赶紧冲进去,却有一股恶臭的粪便味扑鼻而来,马桶刚刚冲过,钟玉琴不禁在心里得意地笑道:"任你再怎么美,拉出来的粪便也是臭的,跟丑八怪的一模一样!"

尽管小旦的粪便也是臭的,可她的人气还是扶摇而上。钟玉琴早就不认这个徒弟,新小旦眼里也早就没有这个师父了。正式登台时,钟玉琴一再对自己说:"要振作起来,不要自己给自己丢脸啊。"青龙市的人民剧场布置得金碧辉煌,台下座无虚席,青龙市市长、台湾芗剧会会长一干方面阔耳的重要人等都坐在前排。钟玉琴虽然身经百战,这样的大场合还是使她胆怯。越是不能丢脸的场合,她越是真的丢脸了。自从出事后,她每次排练都提不起一点儿精神,啥干劲儿都没有,尽管在心里拼命提醒、叮咛自己要拿出看家本领,可就是根本找不到进入剧情的感觉。前几场木木地应付过去,到了第四场,她竟然把唱词忘记了,她身着白裙正扮演着一个孝妇,晕晕乎乎地以为自己是一枚白莲花瓣,白色的水袖在眼前舞动,慢慢铺展,它们在高空中似乎要把她的魂儿唤走。她并没有竭力在脑中搜索着唱词的踪迹,而是站在舞台上出神,也不知自己神游到了何方。舞台下窃窃私语,钟玉琴固执地站在台中央,既有一种破罐子破摔的快意,又有一种砸碎自己的痛心。团长在台后挥手示意她下来,她视若无睹,急得团长忙不迭地冲上台来把她拉下去,口中发急道:"我的小祖宗啊,这下子可糗大了。"B角新小旦登台去了,钟玉琴依旧坐在后台发愣,耳边听着锣鼓铮铮嚓嚓的声音,模模糊糊地意识到自己犯了一个严重的错误,把好机会拱手相让了。

矛盾很快白热化了。为了争夺化妆的油彩，新小旦与钟玉琴爆发了一场剧烈的争吵。新小旦尖声道："你还以为什么好东西都应该先让你用吗？看来一张作令还不够，你再抖，活该叫十个张作令轮奸你，不要脸的骚货！"钟玉琴一下子被人点到了死穴，脸色惨白，"哇"的一声哭开了，捂着脸掉头就跑，新小旦大获全胜。

钟玉琴觉得自己迫切地需要另寻出路了。在业余时间里，她最爱的是黄梅戏，私下里总认为自己唱芗剧是由于地域限制误上了贼船，方言只能粗糙地表现人物。况且，一台戏要有一个整体素质，所有演员须得唱念做俱佳，星云拱月一出戏才有望获奖，而芗剧团里人才流失特别厉害，很多人都跑去唱流行歌曲，拉二胡的人也跑去为现代歌曲伴奏了。没有了这些人，你唱得成一台戏吗？而黄梅戏里用文学语言写成的唱词才能精细、典雅地表现人物的内心和命运，才能排演人物性格复杂、剧情起伏多变的大戏，黄梅戏才是戏剧里真正的艺术精华，是全国地方剧中最风光的剧种，那才是真正的梨园戏。梨园戏——多么动人的字眼儿！据说唐玄宗曾教乐工、宫女在"梨园"演习音乐舞蹈，梨园戏的称呼由此流传下来。她曾经浮想联翩过杨贵妃在梨园歌舞的情景，这才是真正的艺术，真正的美。

当《红楼梦》还未被排演成黄梅戏时，钟玉琴已经敏感地意识到这将是一出大戏了，古典文学的魅力将大大增加黄梅旋律的无限诱惑。私下里她为《枉凝眉》谱了曲：一个是阆苑仙葩，一个是美玉无瑕。若说没奇缘，今生偏又遇着他；若说有奇缘，如何心事终虚话？一个枉自嗟呀，一个空劳牵挂；一个是水中月，一个是镜中花。想眼中能有多少泪珠儿，怎禁得秋流到冬，春流到夏？到后来黄梅戏《红楼梦》出来时，她惊讶地发现那曲调跟自己胡乱谱的曲调竟是那样相似，她知道自己又失去了一个好机会。要是让她来主演《红楼梦》，她完全有信心比马兰演得更好。但机会是永远地失去了。

　　每当这熟悉的、优美的黄梅旋律响起的时候，她就禁不住热泪盈眶。她家里保留了黄梅戏前辈严凤英的许多唱片和资料，她是多么喜欢严凤英呀，唱腔那样珠圆玉润，扮相那样俊美，表演是那般的细腻那般的炉火纯青又朴素自然铅华洗净，风姿绰约的严凤英演绎了一个又一个美丽凄婉的爱情故事，塑造了一个又一个光彩照人的艺术形象，余音绕梁，使人如饮醇酒回味无穷。可惜红颜薄命，38岁时就不幸被迫害致死。她很想跳槽到黄梅戏团去，离开这个让她百般烦恼、六根不净的是非之地。可是戏剧中派系森严，难以逾越，她清醒地认识到现在人才辈出，自己实力不足，缺乏对于表演之外的现代艺术诸如音乐美术之类的广阔的理解，让她扼腕长叹。自己永远成不了严凤英，如今要夺得全国电视金鹰奖最佳女主角何其难也，她缺乏的东西太多了，自己再也创造不了人生道路上的第二次辉煌，而第一次辉煌又让她自己白白糟蹋了。

　　日子越过越不如意，事业上的失败使她整个人的自信心都垮了，自信心萎缩成一个陈年的萝卜干。钟玉琴总是觉得自己是在苟且偷生。为什么要苟且偷生？为什么还这样人不人鬼不鬼地活着？她一遍又一遍地在心里质问自己，痛恨自己为什么不去死。这个世界分明没有什么好留恋的，可她还是留恋着舍不得去死。自从"苟且偷生"这个词进入到她脑海里后，就致命地击中了她，如影相随，紧紧地揪着她，让她喘不过气来。变成钟破鞋以后，她急着把自己嫁出去。这时刘淮海出现了，他在镇政府里当文员，老实巴交的一个人。钟玉琴把刘淮海带到家里，等刘淮海回去以后，钟老爹顿足骂道："蠢货！蠢货！嫁给刘淮海有什么前途！我去找韦立秋！既然你拉不下脸来，我出马！面子值几分钱？被人睡过了又怎么样，也没有缺胳膊少腿！"

钟玉琴最听不得"被人睡过了"这五个字,眼看钟老爹就要出门,她像被毒针蜇到了似的大叫起来:"你准备把我卖多少钱?要卖到什么样的人家才合你的心意!你不要出去给我丢人现眼了!"

"什么?我给你丢人现眼?"钟老爹跳了起来,"做老子的替你出一条主意都不行?翅膀硬了,要飞上天了,越来越没管教了!好,你有本事!你厉害!不要忘了,你身上的肉是我给的!"

钟玉琴气得大哭,上前把就要出门的钟老爹死命拽了回来:"你上人家门前求人家娶你女儿是吧!不要自己给自己找脸打了!今天你要是真的去了,我就死给你看!"

钟玉琴哭得久了,也累了,渐渐气噎,抬头看看老爹那张肌肉松弛的脸,不由得心生怜悯,又是憎恶又是怜悯,想自己心高气傲却落得了这么个田地,自己百感交集却又无法向糊涂老爹说清,不由得再次大哭起来:"你要是嫌刘淮海不好,那我顶多一辈子不嫁!"

钟老爹暴跳如雷:"你不嫌丢脸我还嫌丢脸呢!一辈子不嫁,哼!你哭什么哭!号什么丧,等我死了你再这样哭也不迟!"

钟玉琴心如刀绞,一句话也说不出来,只恨不得立马死了干净。

钟玉琴在55岁的时候才识破韦立秋内心的秘密。她有事到他家里找他,门开着,她就直接进来了,进入她耳朵的是一股熟悉的旋律《五女拜寿》,真是久违了。尔后她看到了他的眼睛。他根本没有发觉她进了门，正全神贯注、痴痴地盯着 VCD 里的她，她的心颤抖起来，心里好像石破天惊、电闪雷鸣一般，全身犹如接受了来自火星的电波。她不敢相信自己的眼睛，她害怕自己自作多情，再一次直视他的眼睛，他终于瞧见她了，惊慌失措，像一个年轻小伙子一样红起脸来，是那种内心秘密无意间被人窥破的害羞。于是她什么都明白了，她真正地窥见他的内心了，那个地方柔软而敏感，她胜利地大笑起来。她放肆地用火辣辣的目光盯着他："你喜欢我，是吗？"

韦立秋严肃地打断她的话："都是五六十岁的人了，说话还这样老不正经。我只不过是欣赏你的做派罢了，你年轻时唱得真是好啊，演得也好。"

钟玉琴并不理他，继续问道："你从什么时候开始喜欢我？"

韦立秋道："你扯哪里的话呀。"

钟玉琴生气道："是啊，我只不过是一个戏子罢了。不过，你都活到 60 岁了，大半截都在黄土里面了，你连承认喜欢一个人的勇气都没有吗？"

韦立秋被她这么一激，只说："只恨我没有早一日看到你的戏，要是在结婚前看一看你的戏就好了。"

钟玉琴死死盯着他："那你从什么时候开始看我的戏？"

"结婚后一个月。"

"从那时候就开始喜欢我了？"

韦立秋不说话，钟玉琴知道这就是答案了。韦立秋年轻时也曾产生过离婚来娶钟玉琴的念头，但每次这种念头刚从心里冒出来就被他自己严厉地训斥得缩回去了。大半辈子过去了，当初面临着这样的选择：要么为了追求幸福身败名裂获得一个陈世美的反复无常的罪名，要么牺牲感情来保持体面。他坚决地选择了后者，当她与张作令不清不楚的事件曝光后，他还暗自庆幸自己是对的，在关键时刻选择了正确的人生答案。这么长时间过去了，权力像过眼云烟，内心的隐痛却慢慢地浮上来，而且越来越厉害，像旧时的箭伤复发，疼痛一次比一次来得凶猛。他自问，我原来该有的那个真正的"我"哪里去了？他死了。是的，不是政治害死了他，而是我亲手杀死了他。

她心里好酸啊。当初被他送了一句"戏子无情"以后，看到他，越发觉得他的英武与果决，只恨无缘。两个人绕了大半辈子的圈子，别人都以为两人的关系非常紧张，现在真面目才显露了出来。

钟玉琴兴奋起来："你家老孙现在不是躺在医院里吗？听说没有什么希望了。我离婚，咱们两人一起过几天，怎么样？"

"胡说！你胆子怎么还是这样大！"韦立秋轻声呵喝斥。

钟玉琴说："人人都说张作令不如你，在这一点上，你完全不如他！今天把这层纸捅破了，就这么办。你要是不答应，我就离了婚去嫁张作令。"钟玉琴扔下韦立秋，一路小跑回家。刘淮海正在低头剥毛豆。钟玉琴气喘吁吁地说："老刘，我要离婚。"

"笑话。要离30年前早就离了，还等到现在干什么。你又心血来潮了。去，上床睡一觉，明天醒来就把这个荒唐念头给忘了。"刘淮海头也不抬，继续剥他的毛豆。

"你听着，我是认真的。我这一辈子过得这么不顺心，我要为自己做一件顺心的事。"

"这更是笑话了。这事儿说给大家听听，你钟玉琴一辈子还不顺心？吃香的喝辣的，舞台上风光出尽了，退休前也弄上个团长了，又把我训练成一个著名的妻管严，你这样的人再不顺心，那全天底下的人都该去自杀了。"

"你不懂我的心。"

"是的，我不懂。我一辈子都搞不懂。"

"这就对了，既然你不懂我的心，你就应该放了我。你不要认死理，怕丢了面子而毁了我的下半辈子。"

刘淮海突然阴森森望了钟玉琴许久，钟玉琴被看得心里发毛，嘴里仍然犟道："你这样看我做什么？"

刘淮海说："其实，这个世界上，没有一个男人真正地怕女人。你懂吗？"

钟玉琴尖声喊了起来："这就奇了，世上不是有那么多人怕老婆吗？不然妻管严这个称号从何而来？"

刘淮海道："所谓的怕，其实是爱得太深，忍不住要爱着她，宠着她，让着她，宁愿自己受伤，而不愿意让她受伤。"

钟玉琴听得呆了，目瞪口呆地望着刘淮海，像不认识他一样。

刘淮海又说："是，我是个老实人，我在事业上没什么出息。不过，没有人知道我是个冒险家。我在婚姻上赌了一把。我知道，你的心很大很大，是我这样的人无法控制的。可是你当时头上戴着光环，那样地眩目迷人，为了接近这光环，我冒着被灼伤的危险，娶了你。我赢了，但我又输了。你看，一个男人得了个妻管严的名声，是多么地伤自尊，你懂不懂？我所有的自尊就在于充当你的丈夫，充当你生活的仆人，并在肉体上为你服务，这就是我的自豪，也是我的耻辱。我的丈夫气概丧失殆尽。实际上，我接受了一个大包袱，又将这包袱演化为习惯。"

钟玉琴没想到自己多年来，在被一个男人伤害的同时，她自己也在深深地伤害着另一个人。她讷讷地说："老刘，真是对不起！"

刘淮海冷笑道："不要说对不起，这样我很不习惯。我习惯的是由我来说对不起。"

钟玉琴被他噎得一时无话。许久，她鼓起勇气道："老刘，我真心实意地跟你说一声对不起！你要求我为你做什么事来作为补偿都可以。不过，你心里最清楚了，我从来没有喜欢过你。我们离婚吧。

我现在才 55 岁，如果我能活到 80 岁，我还有 25 年的光阴呢。两个人这样拴在一起实在没什么意思。"

"你不要欺人太甚。咱们这么多年都过来了，那就继续过下去吧。你逼得我把真心话说出来：要离婚，没门。你知道吗，这么多年来，你是这样高高在上地压迫着我，你为我制造牢笼，使我不得解脱。当然，这牢笼是我自愿钻进来的，我早就预料到了。每一次我看到你和男人在一起说说笑笑的时候，我的心就像被锥子锥在心窝里那样地疼，即使你是和一个又矮又胖又难看的臭男人在一起。我太没有自信心了，我总是生活在患得患失当中，这是一种极端难以忍受的酷刑。可怜我在这酷刑中已经煎熬了二十多年了。每次，你一回到家里，就绷起一张脸，好像我欠了你一辈子的债，还时常粗野地冲我发火。而当你接到戏迷的电话时，你又是那样地神采飞扬。要知道，我心里是多么的妒忌。为什么你宁愿把笑脸送给一个陌生人，却不愿意送给你的丈夫？论崇拜，没有人比我对你的崇拜更深了。遗憾的是，我们都生活在一起大半辈子了，你还没有搞清楚这一点。现在，反过来，我也要为你制造牢笼，不给你自由，不让你飞走。"

钟玉琴喊起来："刘淮海，你不要这样阴险好不好？你的心胸也忒狭窄了，那些戏迷，我只不过是虚与委蛇，难道我能留给人家一副恶声恶气的嘴脸吗？有时遇上一两个特没有素质的人，我恨不得摔了电话筒，立即结束这样无聊的谈话，你连这样最浅显的道理都搞不明白？你真是太笨了。我对你发脾气，是我不好，可是你忘了，大部分人都只会朝最亲近的人发脾气。"

刘淮海气急道："难道就因为我是你最亲近的人，我就活该成为受气包吗？凭什么我就要受到不公正的待遇？老天本来就已经很不公平了，你要记着，你不是带着一个完完整整的身体嫁给我的。妈的，这个世界根本没有公平可言。公平这个词是多余的，它应该立刻从词典里消失。"

一句话戳到钟玉琴的痛处,要是平时她肯定立即发作,但这时她看到刘淮海那副愤愤不平的模样,她气得几乎要笑起来,她发现,愤世嫉俗的人都是那些享受不到好待遇的人,就像她自己当时落难的时候,也特别地愤世嫉俗。

刘淮海继续回敬道:"你骂我阴险,对,我就是这样阴险。钟玉琴,你不要忘了,要是没有我,谁能把你宠得这样鲜活滋润?要是你嫁给韦立秋那样一个大男子主义的男人,你现在早已磨成一个干瘪老太婆了,你信不信?你想想你未嫁给我之前的那张脸,当时你出事后,你的脸枯黄枯黄的像棵豆芽菜。结婚后你这棵豆芽菜移植到了我的管辖范围以内,滋润了,晶莹了,也许你还是不称心,至少你放心了,你又神气起来了,又抖起来了,你证明了自己还是有人要的。虽然心里不痛快,但你的神经放松了,舒展了,整个人的脸又白嫩起来了,不由自主地想滴出水来。这不是我的功劳是谁的功劳?"

他们一直吵到12点多,镇上的鸡都叫了。刘淮海愤愤道:"现在这个世道全乱套了。连鸡也跟着反常,以前鸡总是在凌晨五点多钟才叫唤,现在竟然12点多就叫唤个不停,生物钟全乱了,你一个老太婆可别像这些鸡一样。"没想到刘淮海这样一个老实人也学会指桑骂槐了。

钟玉琴恨得直咬牙,正要跟他继续大吵,刘淮海却说:"我肚子咕咕叫了,我要去做饭了。"钟玉琴高声嚷道:"一辈子都是个凡夫俗子!这种时候了还有心情惦记着吃饭!整整就是一个饭桶!你知道我为什么瞧不起你吗?93年我去上海演出,你说想去上海玩一玩,让我带上你。在机场里,你去为我买一罐八宝粥。什么?八块钱?外面不是两块钱一罐吗?当你听到价钱后像一只挨宰的猪那样惊叫起来。小姐很吃惊地望着你，出于职业礼貌和自身的涵养，微笑着对你说，先生，外面是外面，里面是里面，请问你要不要呢？当时我难堪至极，觉得无地自容，一跺脚转身逃走了。你那样子像个男人吗？偶尔慷慨一次会杀了你吗？我演出时，偷空往台下瞟你一眼，你知道你正在干什么吗？你正打瞌睡犹如鸡啄米一般，口水亮晶晶地吊在半空中，周围全是熟识的人。你老婆的脸全让你丢光了！有时我深更半夜心血来潮想上街走一走，甚至走到更远的地方去，你想想，你有哪一次满足了我的欲望？浪漫一点不行吗？老是循规蹈矩不怕烦死人吗？偶尔喝醉酒胡言乱语摔碗砸锅，放纵一下自己，这不是挺好吗？一想到和你在一起的往后生活完全可以预见，就是这么一副半死不活的样子，真想立刻跳楼。我需要冒险！"

刘淮海应道："凡夫俗子怎么了？艺术家又怎么了？难道艺术家就不吃饭了吗？要是全天下的人都像艺术家那样疯狂，这个世界不就变成疯子的世界了？世界上总得要有几个脚踏实地的人吧？需要几个能控制自己脑袋内部活动的人吧？你摔碗砸锅是很快乐，谁来收拾满地狼藉呢？还不是我？要是一个人总是要不断地忍受再忍受，总有一天他会爆发的。一头驴子也会有咆哮的时候。"

钟玉琴拍手道："这就对了嘛！咱们明明不是一路人，何必总拴在一起等死呢？"

刘淮海却再也不肯说第二句话了，默默地拿了毛豆，到厨房里忙活起来了。

每次，钟玉琴与刘淮海谈及离婚这个话题时，刘淮海就采取不吭声的对策，死不松口。钟玉琴总觉得刘淮海应该就离婚问题对她说一些话，但刘淮海的嘴巴就像上了锁一样，看样子别指望他开口。在痛苦的等待中，她感到压抑与绝望。她知道，在这种沉默的较量中，性急的她总是输家。钟玉琴骂道："你这个臭老头，总有一天我会把你杀死的!"

"要杀你就杀吧,这样更痛快些。其实还有一条路,你怎么不知道走呢,有种的你就跑去跟韦立秋睡在一起,这样不是更直截了当嘛。婚姻只是一张纸,你何必如此拘泥于一张纸,这么看重一张纸呢?"

钟玉琴气得浑身发抖,说:"好,好,刘淮海,你厉害。我晚上就睡到韦立秋家去。"

刘淮海笑道:"不是我瞧不起韦立秋,那个伪君子是绝对不会留你过夜的。再说了,你这种婆娘也只是嘴巴敢说一说罢了。你们倒真是一路货色啊。"

钟玉琴暗自心惊,没料到一向老实巴交的刘淮海一路看到她的心底,在他面前,她简直是个透明人无所遁形,这更使她又羞又恼。

她跑到韦立秋那里,诉说刘淮海的阴险与狡猾。韦立秋道:"其实,我很佩服老刘。我们都自以为是聪明人,他才是真正的聪明人。他要的是实实在在的东西,给的也是实实在在的东西。实际上这么多年来,你是有福气的,他把你照顾得这么好。假如你和我在一起,咱们未必能这么恩爱。"

"你说什么?"钟玉琴气愤地瞪大了眼睛:"你还称赞他是聪明人?我真搞不懂你们这些男人。你还帮着他说话,真是没良心。他要是再这样坚持下去,总有一天我会杀了他,谁叫他这样折磨我呢。还有你,韦立秋,你也给我小心一点,你要是再这样没良心,说不定我连你也一起杀。"

正在钟玉琴和刘淮海闹矛盾的时候,钟玉琴的妹妹钟玉音凑热闹来了。钟玉音的到来时刻提醒着钟玉琴贫寒的出身。这是一种羞辱,钟玉琴一直羞于谈起。穷人的一切都是那么糟糕。绳子上常年晾着破烂的衣服迎风招摇,咸菜的酸味,小便桶的骚味,熏得发黑的厨房里堆着肮脏的碟子，以及里面的人发出的吵吵闹闹声，所有的一切都让人绝望。贫穷毫无欢乐可言，一两天没吃东西不足为奇。钟玉音常常喊："给我饭吃！给我饭吃！"由于肚皮的唆使，钟玉音瘦骨嶙峋，黑不溜秋，性情古怪，野蛮，毫不友善。有时候她也想好好地工作来养活自己，可是人们总是冲着她喊："走开！"碰了几次壁后，她就变成钟玉琴的寄生虫了。

她比钟玉琴小九岁，从开始发育起就是个贱骨头，为了一顿饭就可以往男人怀里钻。后来肚子不再饥饿了，她还是一有机会就往男人怀里钻，养成了多年的老习惯。钟玉琴厉声斥责她："你不要这样不要脸好不好？"没想到钟玉音恬不知耻地笑嘻嘻地回答她："姐姐，姐夫喜欢我，那是我的本事，你吃醋也没用。"钟玉琴气得浑身发抖。钟玉音进一步揭她的老底道："你正经了一辈子，还不是背了个臭名声？还不如我活得好呢。"钟玉琴气得浑身乱颤，简直要窒息过去，从此以后不再规劝，只当自己没有这个妹妹。可是即使她不承认有这么一个不像话的妹妹，所有人都知道钟玉琴有一个声名狼藉、不长进的妹妹。当一个破鞋是多么好啊！所有的世俗规则在她身上都不起作用。即使她做再下贱再出格的事，只要人们一想：她是个破鞋！这样人们就原谅她了。"文革"时青龙镇上曾经诞生过三个破鞋，她们最终都自杀了。钟玉音才不这么傻呢，她要活得更加鲜艳更加滋润，她要做破鞋中的另类。人们每天都可以看到她打扮得妖妖调调的倚在门框上用眼睛勾人。如今钟玉音四十好几了，还是孑然一身。钟玉音常常挂在嘴巴上的话是："要是中国早一点搞计划生育，就只有姐姐没有我了。既然我的命来得这样随意，我活着的时候就随便一些将就一些吧。"钟玉琴反诘道："生命本来就这么渺小了，连自己都不爱惜、自轻自贱，那生命不是更渺小更卑贱了吗？"妹妹也不理她，笑嘻嘻地走开了。这样钟玉琴就知道自己永远说服不了妹妹了。妹妹要到自己家里来住几天,钟玉琴心里老大不乐意,可又怕背上高飞的凤凰不理山窝里的喜鹊的罪名,只好收留了她。

钟玉琴和刘淮海吵架的时候,钟玉音并不劝解,而是袖手作壁上观,甚至添油加醋火上加油。私下里,钟玉音对钟玉琴说:"姐姐,你不要刘淮海,就把他让给我好了。"钟玉琴几乎要气晕过去:"古往今来也没见过你这么不要脸的贱货!你不怕让人耻笑两姐妹共事一夫吗?天下的男人都死光了吗,你不会去找别人,偏偏盯上一个刘淮海!"

钟玉音冷笑道:"你真贪心!你自己都不要他了,还这么霸道,不允许我要他!"继而钟玉音又怂恿道:"姐姐,嫁给张作令算了,张作令有那么大、那么气派的房子!"

"你懂个屁!"钟玉琴一肚子气,一句粗话居然冲口而出。这句粗话脏了她的嘴,可是它如鲠在喉,不吐不快。

吃饭时,钟玉音殷勤地为刘淮海搛菜,胳膊肘时不时蹭着刘淮海的臂膀,只是碍着钟玉琴的眼睛不好当面猴到刘淮海的身上去罢了。钟玉琴抑制不住心中的怒火,呵斥道:"钟玉音,你也老大不小了,放尊重一点!"钟玉音应道:"姐姐,你说说看,我哪里不尊重了?"钟玉琴气噎。刘淮海正处于与钟玉琴的冷战当中,看到钟玉琴那副气急败坏的模样,心里生出极大的报复的快感,故意装出与钟玉音更亲热的架势。钟玉琴道:"你们两个是要活生生地把我气死才开心是不是?你们要记住,玩火者必自焚!"刘淮海笑起来:"你吓唬谁呀,咱们睁大眼睛等着瞧吧,看到底是谁放火烧了自己。你要是回心转意了,跟我好好地过日子,咱们就当作什么事都没有发生,帮你妹妹好好找一个男人。你怕我丢你的脸,我更怕你丢我的脸呢。要是你依旧被韦立秋迷住了心窍,五十多岁了还要这样继续发痴,咱们就豁出去,反正你只顾自己的脸,不顾别人的脸,我索性连自己的脸都不要了，咱们玩到底，看谁比谁更惨。"

钟玉琴觉得自己要崩溃了。如果刘淮海和她妹妹真的搞到了一起，就像两只苍蝇或两条厕所里的蛆虫的结合那样令人恶心。她跑到店里买了一把菜刀。她大声对售货员说："要最锋利的，可以砍头像切菜那样利索的。"售货员倒吸了一口凉气，赔着笑脸道："阿姨，真不巧，菜刀刚好卖完了，明天再看看有没有进货吧。我看您脸色不好，我陪您聊聊天消消气。"一句话听得钟玉琴如梦初醒：有像自己这样想杀人的吗？杀气腾腾的吓坏了眼前的这位小姑娘。她连声道歉，转头往韦立秋家里走去。一路上她心乱如麻，自己什么时候变成一个泼妇了？说话恶声恶气的，动不动粗话脏话下流话脱口而出，从前，她可不是这样的！她痛心疾首了，从前，一听到别人骂脏话，她就不理这个人，从心里瞧不起他。可现在，她竟然变成一个从前自己所讨厌的人了，说着脏话竟然觉得痛快极了，幸福极了，唯有这样的语言方能表达自己内心的憎恨。她变得粗俗、暴戾，十几岁时，她希望自己温柔如春天的柳叶，温柔、坚忍，受外界压迫不尖叫，不反抗。现在连她自己都不敢看自己的嘴脸了。到底是谁毁了她？是谁？是刘淮海吗？是张作令吗？是那些长舌头的人吗？是世上的那些脏东西吗？还是她自己？她回忆起当年自己高高在上的女皇般的感觉，她凭什么蔑视别人呢？多年来，她蔑视着人群中的蜗牛，贬低青蛙，讽刺乌龟，揶揄鹦鹉，憎恨那些数目巨大得难以计算的猎狗和狐狸……这样的蔑视把她和别人区别开了。多年以后，轮到别人来蔑视她了。啊，蔑视别人的感觉是多么好啊，觉得生命是高尚的，干干净净的，这样的时光是多么短暂啊！

她觉得自己快要晕倒了，胸中充满了对自己的厌恶，让她恶心得想吐，想把这个世界强加在她的身上的肮脏吐得一干二净，可是那些东西已变成她身体的一部分了，牢牢地黏附在她的血肉里。那种想呕吐却又吐不出来的感受比翻天覆地的呕吐更为痛苦，它们在腹内翻江倒海。头脑里好似驻扎了一窝黄蜂，她在住宅小区里转来转去找不到韦立秋的家，最后只好打电话叫韦立秋来接她。韦立秋在电话里说："很好认的呀！你来过那么多次，怎么忘记了？你再找找看，C幢602。你看，咱们都一把岁数了，要是我出去接你，影响多不好？"

"影响影响！见他妈的鬼去吧！"钟玉琴火山一样爆发了，多年的冤屈一齐喷涌出来，"韦立秋，你是个懦夫！你到底来不来？"

韦立秋赶紧压低声音道："玉琴，你不要那么大声喊叫！让人听见了很不好！"

"到底有多不好？"钟玉琴大为光火，"我最后问你一遍，你不来是吧？"钟玉琴忍无可忍了。

"好好好，你待在原地别动，我立刻就来。"

过了一会儿，钟玉琴就看见韦立秋远远地朝她招手，她故意装作没看见。半晌没动静，抬头再看，韦立秋还是待在原地远远地向她挥手，她用她那特有的高亢的女高音喊道："你过来！咱们又不是贼，用不着贼一般鬼鬼祟祟的！"

韦立秋被她吓出一身冷汗，跑过来将她拉走："玉琴啊，你这是要我的命！"钟玉琴看着韦立秋那副着急的样子，心一灰，眼泪就滴下来。韦立秋更着急了："玉琴啊，这里可不是舞台！你感情丰富，就把这眼泪存起来等到台上用好了。"

钟玉琴觉得自己的心碎成一片片了。

进了屋，韦立秋给她端来一杯热开水，她喝了几口，神志清醒了一些。她说："立秋，把灯关掉。"韦立秋紧张地问："你想干什么？"

钟玉琴尖刻地说："你别误会，我现在可没有心情为你献身。我只是不习惯这灯光，一心想把自己藏在黑暗里，让自己的心静一静，理一理自己的头绪。"

韦立秋把灯拉灭,只听钟玉琴说:"立秋,抱一抱我吧,我觉得自己快要倒下去了,我很需要你的支撑。"

韦立秋依言把她抱在怀里,钟玉琴喃喃道:"你这是第一次抱我吧?那就抱紧一些。"

又过了一会儿,钟玉琴说:"立秋,你说,为什么,我总是得不到自己想要的东西?有时,眼看那件东西就要够着了,可它偏偏又被人拿走了,就像用长竹竿打捞水中月亮抑或是缘木求鱼。是不是冥冥之中总有什么事物在跟我作对,故意捉弄我?不管是在感情上还是事业上,特别是事业,总是担心被淹没被忘却。深深的期望被冷冻起来,荣耀堆放在垃圾堆上。雄心勃勃的戏子看到别人的好戏总是感到无法克制的妒忌。折腾来折腾去,厌倦了,想休息,又觉得自己收获的东西太少。"

韦立秋问道:"玉琴,你到底想要什么?"

"我也说不清自己想要什么,可是我总觉得不满足,觉得自己不仅没有得到自己所想要的,甚至在不断地失去。每天,希望总要落空;每天,总要去迎接不幸的现实;每天,就像一只失去平衡的鸟儿,无法控制地打着转儿坠入尘埃;每天,不断地追赶着光芒,却总有一只手从高处把它取走……早晨醒来总是充满了恐惧,一天又开始了,劳累、黑暗……有人说,得到的东西不管它曾经多么美好与尊贵,不管获得它要经历多少艰辛,有朝一日它都要复归于平淡、庸俗与无趣。这个悲剧结果的来临只是个时间问题而已。照这么说,得到以后竟然是悲剧,那么得不到自己想要的难道竟然是喜剧吗?这是大大的谬论。依我看,得不到的东西只有两种结果,一种是被我们淡忘,一种是被我们丑化。也许是我这个人太贪心了吧,当我取得成功时,我总是觉得成功是那样地短暂;而且,一直盼望着荣耀的一天，没想到盼呀盼，这一天到来时竟是如此的平淡。而当我失败时，这失败却是刻在一生的耻辱架上。成功对我总是很冷淡，将我关在门外，而失败耻辱之门却时刻向我敞开。活到老了，功名未果，富贵未享。像我这样，本该像公主一样的尊贵，可我却越活越卑贱了，这到底是为什么？我恨自己为什么总是如此清醒，为什么就不能甜蜜地欺骗一下自己呢？"

韦立秋抚慰道："你不要着急，有些事要慢慢来。你没听过心急吃不了热豆腐吗？而且，做人不要太贪心。"

"贪心？"钟玉琴叫了起来，"我是一个贪心的婆娘吗？我就活该被张作令糟蹋吗？我不该有个好名声吗？难道当初我跟你不般配吗？可你还要糟蹋我的心，说我是一个戏子！张作令糟蹋的是我的身，你可是在糟蹋我的心呀！"

韦立秋赔笑道："你就原谅我吧，一句话值得你记一辈子吗？"

钟玉琴不作声了，默默地想自己的心事。许久又道："我没法活了。刘淮海和钟玉音这样糟蹋我。我要把刘淮海杀了。不杀了他，我只好进精神病院，我没有能力接受这样的现实。"

韦立秋扑哧一声笑了出来："钟玉琴想杀人？你可真是世界级笑话大师了。杀他们，不值得。咱们来日方长。"

"可是我等不及了。"钟玉琴幽幽长长地叹了口气，那气息在黑暗里无端地染上了几分恐怖的味道。

韦立秋不知道要用什么话劝解她才好，只能把她抱得更紧了些，两人温存了许久，感受着彼此的体温。

好像过了很久了，钟玉琴突然一把将韦立秋推开："开灯吧，我要回去了。"

韦立秋担心道："你没事吧？"

"没事。我走了。"钟玉琴真希望韦立秋能挽留她呀，让她住下来度过这么一个恐怖的夜晚,一觉醒来,什么事都好了,烟消云散了。可是,韦立秋没有开口挽留她。

钟玉琴走在路上,恍恍惚惚的,感觉好像是另一个人在走路,而不是她自己在走路,像喝醉了酒似的。回到家里,她悄无声息地找出一瓶安眠药,那是她平时从韦立秋那里一颗一颗偷来的,有时借口自己睡不着也跟他要几颗。她蓄谋已久了,只是迟迟不敢行动,今天,有魔鬼跑到她心里来了,那魔鬼模糊奇特,身形庞大,丑陋漆黑。魔鬼命令她这样做。她的手一点儿也不颤抖,镇定从容得令她自己都十分惊讶,好像这样做是天经地义理所当然的。刘淮海就是该死。要是没有他,她就不会受到这样的屈辱了。她现在在干什么?扫清生命进程的障碍。对,扫清障碍。

她把药饼磨成粉末,搅在开水里。接着她把窗帘拉上,挡住泻往室外的灯光。梦一般地端着它来到刘淮海的床前,刘淮海正在酣畅地打着呼噜。她把他推醒,说:"喝水。"刘淮海道:"你真是莫名其妙,我睡得好好的,我又不渴,喝什么水?你又在玩什么新花招?"

"咱们同床异梦这么久了,也该把它了结了。"钟玉琴神经质地笑起来,"我知道你不敢喝,你一辈子胆小惯了。"

刘淮海腾地掀掉被子:"你就是这么看不起我?一辈子都瞧不起?我真的不敢喝吗?不管里面放了什么鬼东西,既然你有胆量让我喝,我就有胆量喝下去!"抓起杯子咕嘟咕嘟灌了个精光,顺便上了趟卫生间,回头赌气睡下。

钟玉琴怔怔地、傻呆呆地看着他睡下,潜意识里知道正在发生的事情糟糕透了,又不懂得如何去制止。她倚在墙上,睁大眼睛想等待天亮,但她不停地打呵欠,倦意一阵又一阵向她袭来,她觉得自己好困哪,脑袋瓜都模糊了,胀大了,她竟然睡了过去。又像似睡非睡,中途似乎蓦然惊醒,可眼睛无论如何就是睁不开,像被魔住了一样。

镇上的喧闹声终于吵醒了钟玉琴,她恍惚醒过来,摇摇脑袋,想了许久,突然想起自己昨天让刘淮海喝了一整杯安眠药水。她开始惊慌起来,爬到床上摇撼刘淮海。刘淮海嘴角依旧挂着熟睡时流出的涎水,但人早已是冰凉冰凉的,没有气了。他死得那样安静,没有挣扎,没有抽搐,没有恐惧,没有惨叫与号叫,没有哭泣,没有混乱,没有声音。只有高速度的飞快死亡。只有一具冷冰冰的不会说话的僵硬的尸体,死得像他生前一样有条不紊、井然有序。她尖声惊叫,拿自己的脑袋去撞墙,恐惧在瞬间无边地膨胀,开始心惊肉跳魂飞魄散。天哪,她杀人了!原来杀人这么简单!以前,她看到死刑犯人时,觉得那些犯人的生活、思想与行为与她相隔十分遥远,有十万八千里那样长,而今她竟然跨越了那么长距离的障碍,变成了一个杀人犯。太可怕了,就这样杀了人!这么简单就可以杀死一个人,轻而易举地戴上杀人犯的桂冠!她有权结束别人的生命吗?是的,刘淮海妨碍了她,堵住了她的幸福道路,他为她戴上枷锁与镣铐,她就可以因此杀了他吗?

她神志不清,跌跌撞撞地跑出家门,一路小跑,一边呜咽,一边大口呕吐,心头有众多狂乱的声音在吵嚷:"杀人了!破坏了!否定了!拒绝了!反抗了!从刘淮海开始,向全世界反抗!"一路跑,一路反复:"杀人!破坏!反抗!朝着全世界!"她东倒西歪地跑着,像一株腐烂的植物,带着一团暗色的阴影,活像刚从地狱里逃跑出来的女鬼。跑到韦立秋家里,她面无人色,几乎休克。她告诉韦立秋:她杀了人,她把刘淮海杀了。韦立秋还睡眼蒙眬,为她倒了一瓶果汁,转身去浇花,嘴里说:"玉琴哪,我知道你恨老刘,可你也犯不着这样子咒他呀,也是在咒自己。"

钟玉琴跑过去夺下韦立秋的水壶使劲摇他的身子:"立秋呀,我真的杀了他了！"

韦立秋这下子有点信了，心里发毛，疑惑着问："你真的杀了老刘？"

"嗯，真的。"钟玉琴拼命点头。

"真的？你不是在开玩笑吧？"韦立秋心里头涌起一阵阵绝望，抱着侥幸的心理再问了一遍。

"我干吗骗你呢？"钟玉琴着急起来，"立秋，你说我要怎么办，我也不知道自己怎么就变成了这样一个狠心肠的女人呢？"钟玉琴满脸惊惶。

"你呀，你呀，你闯了大祸了！"饶是韦立秋身经各种大场面，还是手足无措。

两个人白着脸，在屋里发呆，到底韦立秋是个男人，率先清醒过来，说："赶紧去自首，争取宽大处理。"

钟玉琴本能地把身子一缩，"我不去！去坐牢我宁愿去死！"

"去吧，不要说孩子话，你知道死是一种什么样可怕的滋味吗？"韦立秋劝道。

钟玉琴被韦立秋推着拉着往公安局的路上走，张作令不知从哪里冒了出来，嘲讽道："哟，七老八十的，还这么亲热，脸皮可真不薄啊！"钟玉琴霎时脸色大变，一辈子的不称心不如意、一辈子的怨恨都涌上心头。她对韦立秋说道："立秋，给我一点时间吧。你先回家去，我跟张作令谈一谈，谈完了我一定去找你。要是我进去了，以后就再也没有机会了。"

韦立秋犹豫了一阵，还是放走了钟玉琴，独自在家里一直等到了天黑。他急得像热锅上的蚂蚁，在屋里踱来踱去，把自己都绕得头晕了，外面的天色一点点暗下来，就像他的心情一样一点点地沉下去。

韦立秋不知道，此时钟玉琴已经坐在公安局的椅子上了。她浑身血迹，头发乱蓬蓬的，好像刚刚费力地杀了几十只鸭子。她说："警察先生，我杀了两个人。一个叫刘淮海，他是我老公，我要跟他离婚，他不肯。另一个叫张作令，他曾经强奸过我。"

接待钟玉琴的是一个稚气未脱的小公安，刚分配来的，他望着风韵犹存的半老徐娘钟玉琴，半信半疑地记下了钟玉琴所说的话。

没有人知道钟玉琴是如何杀了张作令，她看起来是那样纤小，十个钟玉琴似乎也杀不了大块头的张作令。无论公安局如何诱导追问，她就是闭口不言，也许是她固执地不愿再回忆起那血腥的场面。她只是反复说："反正杀了就是杀了，至于怎么杀的已经不重要了。"公安局再问她："你怎么这样残忍，杀了一个还不够，还要再杀一个？"

答道："杀一个和杀两个是一样的。反正已经开了杀戒，没什么区别。"

问："张作令强奸你，不是多年前的事情了吗？为什么现在去算那陈年旧账呢？"

答："这是命吧。要是路上不要撞见他就好了。要是他不要说那句话就好了。那是他自己送上门来的，他自己要找死。我如今落到这般田地，追根溯源起来，都是他害的。他是始作俑者。"

小公安没有听明白"始作俑者"四个字的含义，他不知道要如何下笔，问钟玉琴，钟玉琴不屑于再说，小公安只好去查字典。

韦立秋后悔不迭，要是当时他紧跟着钟玉琴就好了，事情就不会弄得这样糟了，可是世上是没有后悔药的。他利用多年的各种老关系多方奔走，钟玉琴还是免不了被判死刑的结局。

执行那天，是个大晴天，艳阳高照，看起来像个喜庆的日子。钟玉琴身穿一件大红乔其纱连衣裙，脸上看起来也是喜气洋洋的，站在囚车上，那神情还像站在舞台上一样风光。荷枪实弹的武警战士成了她的背景,尖锐的警笛为她伴奏。她得意扬扬地睃视着人群,从中认出几张崇拜她的听众的脸,那脸上全带着惋惜。她在心里叹气,哎,这有什么好惋惜的呢。在她的最后一场演出里,这是多么喜剧的结局!消灭了刘淮海,消灭了张作令,就像推开了两扇门,四面八方都是迎接她的广阔的原野。她迫不及待地等待着枪声的来临,她将最后一次卸下脸上的油彩。到那时候,她那千疮百孔的完美主义也许能够尘埃落尽,露出一张新生婴儿的皮肤,完成一次从肉体到心灵的蜕变与新生。

  青龙镇的人愤恨着这女人的表情,同时又庆幸着有一颗子弹结束了一个罪恶的生命。这个疯女人,双手沾满了别人的鲜血。她演戏,竟然不分台上台下,在台下还是那么热衷于做一个戏子,还是那样热衷于唱主角,青龙市的报纸电视为她忙活了好一阵子,听起来像一段传奇。

PART 11
香港的姐姐

从小，我就被笼罩在姐姐的美丽的阴影之下。阿雄哥喊姐姐上城里玩儿，我黏着姐姐也要去。阿雄哥从口袋里摸出两粒糖果塞给我，我剥开糖纸，将糖含在嘴里，使劲吸了两下鼻涕，还是坚定地对姐姐说："我要跟你们去。"阿雄哥脸上现出为难的神色，他一只脚撑在地上，拿不定主意。姐姐不耐烦起来，跳上阿雄哥的自行车后座，命令道："快骑。"眼看他们就要从我眼皮底下溜走，我追上去，拽住后座铁皮，姐姐跳下来，朝我飞起一脚，我应声倒地。他们终于如愿以偿甩掉我到城里寻快活去了。

姐姐逃跑了。父亲打着手电筒照亮了太极村的每一个角落，包括樟河边的每一丛芦苇荡，樟河上的水波回荡着母亲与奶奶焦急嘶哑的呼喊。然而，姐姐的火车铿嚓铿嚓地驶向了广东。我神思恍惚地跟在父母亲的手电筒光后面，祈祷着姐姐的火车快些再快些。姐姐，快跑，千万别被爸妈抓住呀！

从小，我就被笼罩在姐姐的美丽的阴影之下。阿雄哥喊姐姐上城里玩儿，我黏着姐姐也要去。阿雄哥从口袋里摸出两粒糖果塞给我，我剥开糖纸，将糖含在嘴里，使劲吸了两下鼻涕，还是坚定地对姐姐说："我要跟你们去。"阿雄哥脸上现出为难的神色，他一只脚撑在地上，拿不定主意。姐姐不耐烦起来，跳上阿雄哥的自行车后座，命令道："快骑。"眼看他们就要从我眼皮底下溜走，我追上去，拽住后座铁皮，姐姐跳下来，朝我飞起一脚，我应声倒地。他们终于如愿以偿甩掉我到城里寻快活去了。我朝着他们的背影哭喊："记得给我带两个包子回来呀！"也不知道他们听见了没有。

　　我伸长脖子等待姐姐和阿雄哥回来。在我等得脖子快要扭断的时候，他们终于回来了。我扑上去问："包子呢？"姐姐灰着个脸："包你个头！"我不死心，翻遍了他们的袋子，连包子皮都没有，倒是翻出了一个红绒盒子。姐姐尖叫着正要阻止，我已经打开了，里面躺着一对金耳环，小巧玲珑。我拿起来就要往自己耳朵上戴，阿雄哥大喝一声："小米儿，那是我送给你姐姐的。"他忙不迭地将金耳环抢回去献给姐姐，姐姐脸上像冬天冰冻的湖泊，她将金耳环用力掷到地上："我要的是金项链，不是金耳环！人家女孩子订婚都有金项链，为什么我没有！"姐姐说着说着就哭了，我乘机将那只骨碌碌滚出去老远的金耳环捡回来。

　　第二天，姐姐就失踪了。阿雄哥像丢了魂一样，他跑去广东找姐姐，但广东就像海，姐姐就像针，他怎么也无法打捞。

　　没有姐姐的日子，我变得沉默起来。书里的东西我天生毫不费劲儿就能记住，考起试来不费吹灰之力，全年级没有人能超过我。可我没有朋友。别人在操场上嬉笑打闹，踢毽子玩把关，我一个人孤独地站在老松树下看着我的同学，在那一瞬间，我感觉自己很苍老了。这时，阿兰趿着一双拖鞋迟疑着走了过来。阿兰生了癞头疮，有时头上还流黄水，苍蝇经常在她头顶上盘旋，加上她家里经常揭不开锅，班里那些伶俐的同学没有人愿意和她玩。她亮出手掌里一粒不知从哪里弄来的彩色玻璃球："送给你。"我接过来："明天你到我家里喊我，我们一起玩吧。"就这样，阿兰成了我少年时代若有若无的朋友。长大以后，我考进了厦大的化工系，我发现，自己经常会鬼使神差地和那些不受大家欢迎的人成为朋友。班里的成冬性格孤僻，只有我能和他谈上几句话。那些爱热闹的同学偶尔也喊我去跳舞，更多的时候，他们会绕过我。偶尔聚餐的时候，我周围的位置经常会空着，因为无话可说。最后一位迟来的同学，见只剩下我旁边一把椅子，正迟疑着准备坐下来，另一桌的人朝他热烈地招手："鸿宇，过来！这边挤挤！"他一扫脸上的忧虑，欢天喜地将椅子拖到另一桌去了。

我成了一个化工专家，同时成为了一名诗人。村里人用异样的目光看我。他们读不懂我的诗，也没兴趣读，他们不知道我的诗能做什么用处，又不能换钱，倒是要花钱买书号才能出一本灰不溜秋的诗集。我在诗中写樟河边苟延残喘的庄稼，写累死在田埂上的老黄牛，写村里人被开发商追打掉进粪坑的耻辱。我一次次晾晒整座村庄的伤疤，靠出卖太极村的疼痛赚取微薄的稿费与名声。

19年后，姐姐回到了太极村。她说，在香港吃腻了龙虾，她疯狂地想念樟河里的竹甲鱼，俗称牛尾巴，她跑遍了香港大大小小的鱼市，每当她张口问："你们有卖牛尾巴吗？"被问的人便用疑问的眼睛看她，脸上迅速浮现出似笑非笑的表情。姐姐被笑得不自在起来，她连比带划："不是牛的尾巴，是一种鱼，灰灰的，有一条长长的牛尾巴一样的……"被问的人不耐烦起来："我们所有的鱼都在这里了，你自己看吧。"说着便转身忙活开了。姐姐踩在一大堆腥气冲天的鱼鳞中间，一箱箱地搜寻，眼睛都瞪得酸了，可她有多少次希望，就有多少次失望。离开了家乡，才知道什么叫故乡。一个人要是从没有离开过家乡，那他永远不明白什么是故乡。19年前，姐姐千方百计逃离了家乡；现在，她在香港如坐针毡地想念家乡的牛尾巴鱼。

姐姐从鱼市回到豪华装修带有游泳池的别墅里，陷在红木椅上发呆，抑制着想象中咀嚼着牛尾巴的口水。从大酒店里挖来的厨师做了满满一桌菜，面对着一向喜食的清蒸大闸蟹姐姐无从下筷，她皱着眉头离开了餐桌。厨师有些生气,这娘们还真难伺候,他曾在香港美食大赛中获过二等奖,此处不留爷,自有留爷处,他打算向女主人辞职。当厨师向女主人提出要走的时候,女主人竟然痴痴呆呆地说了一声好,爽快地将当月的薪金递到他手里。想象中的挽留并没有出现,甚至连惺惺作态都没有,厨师愤怒至极,感觉受到莫大的侮辱,掷下那沓港币拂袖而去。

　　姐姐一个人在空荡荡的别墅里喝下整整一瓶 XO。老公在外面陪二奶三奶,她头脑有些发烧混乱,醉眼蒙眬中她看到了博古架上阿雄当年送给她的珠母贝壳。那贝壳闪烁着玫瑰红的光泽。她看到了樟河上空的朝霞,映在樟河水中浮光耀金。突然之间,她感觉到了樟河水上清凉的空气,似乎有水花溅到她脸上。姐姐伸手一摸,是冰凉的泪。她的烧神奇地退了。天亮了,贝壳又恢复了不起眼的模样。可是这不起眼的玩意儿让姐姐童年时期躺在芦苇丛中那一瞬间惬意的心情得以再生。姐姐尖叫一声:"我要回家!"

　　姐姐自己也搞不清楚,她回到太极村,到底是因为想念牛尾巴还是想念阿雄还是想念母亲还是想念樟河边那些孤独的芦苇。姐姐下车的时候,一只尖尖的闪亮的高跟鞋先探出车来,这只高达十公分的高跟鞋引起了乡党的一片惊叹。姐姐浑身上下珠光宝气,十足的香港贵妇人模样。一个乡党啧啧赞叹着上前摸姐姐的貂皮大衣,姐姐不自觉地耸了耸肩,她闻到乡党的手上残留着猪粪味,照她的脾气,她可能会将这件 38 万港币的貂衣大衣扔了,麻烦的是这件大衣是今年她生日时老公送她的生日礼物,她有些生气,既生气自己穿这件大衣来,又生气乡党那只摸过猪粪的手。一个中年男人迎面走来,姐姐一恍惚,才辨认出这个中年男人就是阿雄。阿雄变成了一个中年卖肉屠夫,昔日的俊朗少年已经不在,昔日的深情也早已随那俊朗的容颜埋葬。他们彼此互看了一眼。他们已变成了熟悉的陌生人。无话可说。如果还想说什么，阿雄想说，阿雪，我们躺过的那片芦苇地，我再也不敢从那边走过。我怕伤心。我怕从那里浮起你的影子。

姐姐带着混乱的头脑费了数不清的口水，送了数不清的香港特产，乡党才渐渐散去。父亲将一盘牛尾巴端上了桌。姐姐两眼放光，父亲将手在围裙上擦了擦，忐忑地说："入冬了，牛尾巴都藏起来了，不好找，只摸到十几条。"姐姐顾不得跟父亲客套，用手抓起一条牛尾巴丢进嘴里。她嚼了两三下，满脸狐疑，将牛尾巴吐了出来，又抓起一条牛尾巴在空中细看。奇怪，就是牛尾巴，没错呀，怎么味道这么糟？有一股很重的土腥味。没有吃到记忆中的味道，姐姐沉着一张脸。母亲小心翼翼地看着大女儿的脸色，提议女儿上楼休息一会儿。女儿的脸蜡黄蜡黄的，从香港到广东到太极村，这一路颠簸一定很辛苦。

我拿出了一张黑白照片，照片里我和姐姐正在樟河边追逐。这是我和姐姐仅有的一张黑白照片合影。照片中姐姐的眼睛亮晶晶如一潭秋水。姐姐看了看19年前的自己，再看看自己猩红色的口红、猩红色的指甲油、高得让人担心的高跟鞋、价钱超出母亲想象力的貂皮大衣，突然脸红了，沮丧地垂下了头。她不吭声，转身往樟河边走。母亲看着女儿的背影连连叹气，也怨不得女儿不理睬自己，当初她这个当妈的想方设法拦着女儿不让她往外走，甚至把女儿关在屋里关了三天，大小便就让她用一个脸盆解决，这口怨气应该让女儿出出，这样才能还了当年的债。

姐姐到了樟河边，呆住了。她怀疑自己走错了地方，记忆中的芦苇空空荡荡，不知哪一年被连根拔起清除得一干二净。以前几米深、清得可当镜子照的樟河浅了、浊了，发出淡淡的腐烂的气息。难道自家餐桌上的牛尾巴就是从这浑浊的河水中挖出来的？一想到这儿，姐姐抠着自己的喉咙连连作呕。她记忆中的樟河，遍地是珠母贝壳，河边被水浪冲击形成一条女人腰肢般柔软的河岸，水面时有微风吹过，青光粼粼仿若无数条闪闪发光的绸缎。鸭子在对岸缓缓踱步，牛尾巴在水里快活地游来游去，当年她喜欢躺在草丛里看着一望无际的蓝天，无忧无虑心旷神怡。现在身穿貂皮大衣显然已经不适合躺在河岸边了，姐姐在河边那块她曾经洗过衣服的石头上坐了下来，十几年岁月逝去了，樟河水也老了。姐姐也变成了一个妇人。

她在广东擦过皮鞋，因为这是只需最低成本的行当。但擦了两三天，姐姐不愿意了，她那双干过农活的手，原先就粗，现在皮相上更难看了，指甲缝里常常残留着黑色的鞋油，怎么洗也洗不干净。她又去当卖花童，在公园里专门围着小情侣叫卖。她勤快，聪明，卖花的钱可以填饱肚子了。但她很快又厌倦了，整天卖花，永远交不到有用的朋友。她用卖花所得的六百多元积蓄买了一套伊思娜，黑色的流苏映衬着她雪白的皮肤，她照了照镜子，气宇轩昂地到钻石大酒店里应聘迎宾小姐。

这天，酒店里来了一个香港大佬。大佬前呼后拥，20岁的姐姐露出甜美的笑容试图引起大佬的注意，然而大佬拿着一块砖头大的手机通着话，根本没看见姐姐。再后来，大佬喜欢上了钻石酒店，他看上了钻石酒店的收银员阿莲。大佬的目光像苍蝇一样粘在了阿莲身上。姐姐上前挡住阿莲。阿莲是姐姐的同乡兼好友，因为父亲得了重症，急需大把大把的钞票往医院里砸，阿莲便来到深圳。阿莲的男朋友也跟着来了，阿莲守身如玉，一心想靠双手赚钱，于是她的表情便永远木讷讷的，不像其他酒店小姐身上那样散发着蛇一样的妖媚。然而，这偏偏对上了大佬的胃口，大佬肆无忌惮地看着眼前这个雕塑般的人儿，看着看着，便看成了一朵在都市里难得一见的莲花。要知道,莲花一般生长在乡野,现在,莲花移植到深圳来了,大佬决定趁别的男人的脏手伸向这朵莲花之前先把这朵莲花弄回家。大佬绕过姐姐,一只肥手冷不防搭向阿莲的胸脯,阿莲由于极端的惊吓而喊不出声,她以为自己是在大喊大叫,其实发出的只是猫一样的声音。

姐姐蹿上前去,抓过大佬的肥手搭在自己的胸脯上。大佬感觉到了异样,阿莲的胸脯没有什么分量,而姐姐的胸脯让人感到异样的踏实与温暖,那只肥手便蛇一样从衣服的外面游到姐姐的身体里面去。阿莲感激地看了姐姐一眼,从眼窝里滚出一串晶莹剔透的泪珠,仓皇逃走。大佬想推开姐姐起身把阿莲追回来,姐姐一屁股墩在大佬大腿上,对着大佬的肥脸笑:"你还是要我吧。阿莲中看不中用,你为了逗她笑,可能要学周幽王为逗褒姒一笑烽火戏诸侯,这样你就得不偿失了。我就不一样了,算命先生说过,我是旺夫命,你要了我,保准你事业发发发。"大佬颇学过几分相人之术,仔细打量姐姐,只见对面这个女子面盘又大又圆,涂着唇膏的肥厚嘴唇闪闪发光,心下一动,这个女子确实适合做自己的夫人。毕竟钱财要紧,有了钱财,十个阿莲这样的女子也不愁。当下便把阿莲从心中放下,全力搂紧姐姐,房间里顿时春光荡漾热气腾腾。三天后,姐姐便在如火如荼的夏天里坐着奔驰车从龙湖口驶向了她的理想地香港。

多年以后,姐姐穿着貂皮大衣从香港回来,在乡间小道上与阿莲意外相逢。阿莲担着尿桶,形容憔悴身材瘦小,当年白皙的皮肤已被乡间的太阳晒成了黑色。当年她的父亲终因不治去世,她与男朋友双双返乡生儿育女。阿莲放下尿桶,双手在身上擦了又擦,还是不好意思上前拥抱姐姐。姐姐感慨万分,其实,阿莲当年完全没有必要感谢她,她只是取自己所需。她的爱情之花已经凋零,她迫切需要现成的果实,她唯一的存款是青春的肉体,她发誓要将这唯一的存款利滚利。而当时的阿莲看不上果实,她只要爱情的花朵,姐姐只是在朝自己的目标奔去的时候顺便帮了帮阿莲而已。姐姐不知道阿莲后不后悔,只见阿莲朝姐姐腼腆一笑,亲热地对她说:"有空到我家坐坐,我种的紫薯烤起来可香啦。"阿莲说这话的时候脸上全无自卑的神色,姐姐望着阿莲担着尿桶远去的背影,怅然若失,犹如一个踌躇满志的拳击手一拳打在棉花上。

姐姐的香港老公看中了太极村的大片土地,他大手一挥,决定在太极村建一个化工厂,主要生产甲缩醛,让姐姐过一把董事长的瘾。香港老公的口才很好,说起话来滔滔不绝:"甲缩醛可用作杀虫剂配方,也可做皮鞋上光、汽车上光剂、空气清新剂配方、彩带配方、电子设备清洁剂配方,还可以溶解各种聚酯,或者与乙醇混合使溶剂得到增效作用,让产品获得优良的品相。"香港老公嘴里的一大堆化学名词如天花乱坠让姐姐云里雾里,香港老公摸着她的粉脸笑了:"这甲缩醛在化工产业就像女人的化妆品一样受欢迎,涂上它的化工产品就像你的脸一样粉嫩粉嫩的,让人怎么爱也爱不够。"香港老公踌躇满志,香港地皮太贵,劳动力也贵,太极村真是一个理想的赚钞票的地方。他心花怒放,越想越高兴,扑过去把姐姐压倒在沙发上。

姐姐被香港老公描绘的场景深深迷醉了,她雄心万丈,在家乡像马儿一样撒欢奔跑,从买地、批营业执照等高难度的活儿都由她一一拿下。我一听说姐姐要在村里办化工厂,马上跑到县政府,我想对县长说,这件事绝对不行。但是,我连县长的面都没有见上,县长秘书一脸蒙娜丽莎的微笑,告诉我县长不在。这就是一个诗人在现实中所受到的待遇,我可以想象得出县长站在办公室窗口居高临下看着我这个傻瓜的表情。他心里一定想着,什么狗屁诗人,什么叫GDP,懂吗?不懂吧!不懂就滚一边去。姐姐听说了我的所作所为,指着我的鼻尖咬牙切齿发誓:"小米儿,你要是再坏我的事,再挡我的路,我从今以后就没有你这个妹妹!这种事亏你做得出来,小时候不懂事互掐也就算了,三十好几的人了姐妹还要互掐!"我昂着头冷冷走开,我知道我的力量太微薄了,只好躲进我的小天地继续呻吟写诗。

当崭新的化工厂矗立在姐姐面前时,姐姐兴奋地抱住香港老公亲了一口:"我要在老家当女强人啦。"香港老公不满地拿手擦那张一如既往的肥脸:"我跟你说过多少遍了,你那口红老是涂到我脸上,烦不烦。"沉浸在兴奋中的姐姐给了香港老公一个灿烂的笑容,丝毫不想计较。姐姐奔走在女强人的路上。香港老公乐呵呵地回香港去了,没有了姐姐的束缚,他正好可以放心大胆地在香港与他寻找到的阿莲颠龙倒凤。太极村的家因为有了姐姐变得门庭若市。乡亲们鱼贯而入,争相诉说着自家小伙子与姑娘的健壮与能干,完全可以胜任化工厂的工作。母亲从未受到如此重视与优待,起先满口答应,慢慢就有了挑剔的眼光,到了最后,要是对方空着手,母亲便不会松口了。

阿雄不想在昔日的情人手下讨饭吃,可他老婆阿兰不明就里,阿雄又不好跟老婆挑明,怕老婆又生是非,只是死活不进化工厂。老婆兴冲冲进了化工厂,阿雄拦也拦不住,闷闷地继续他的卖肉生涯。自从当年姐姐逃跑后,阿雄就继承父亲的手艺成了一名屠夫,他在临街房前的空地上,竖起两杆木桩,上面搭一根横杆。一双铁钩下钩挂着半扇猪肉,上钩挂在横杆上。随便哪个人指着精肉说:来二斤!阿雄一刀拉下去,不差斤两,顶多就差秤的高低,他为自己的手艺而自得。姐姐想让阿雄进厂,只要自己一声令下,让他当个组长完全没有问题。她走到阿雄肉铺的远处抱着膀子冷眼旁观,看阿雄解去捆绑死猪的绳子,用尖刀在猪的后腿皮上切一刀口,开膛破肚,剔骨剥肉。姐姐庆幸自己当年的逃跑。要是没有当年果断的逃跑，她现在就变成了屠夫的女人，坐在屠夫后面收拾猪血。她无法想象自家旁边就是猪圈，到处是猪的粪便，到处是猪争食哼唧和宰杀时的嚎叫，空气中弥漫着血腥味、燎猪毛味、翻洗猪肠时热腾腾的粪便味，还有熬炼猪油的焦香味、煮熟的下水味，她怎么可能待在这种五味杂陈的地方呢？姐姐再也待不下去了，连一声招呼都不打，毅然离开。

  化工厂的管理有美国请来的高端管理人才，生产出来的甲缩醛质量一流，产品供不应求，成本迅速回收，半年以后开始有了利润，化工厂里的灯光经常彻夜通明，恍若天上虚幻的宫殿。姐姐坐在老板椅上，兴奋地看着下班的几百名工人鱼贯而出。姐姐突然耸耸鼻子，她闻到了空气中一股刺鼻的味道。她想不通甲缩醛这种清澈透明易挥发的液体，怎么会散发出这种令人窒息的味道。姐姐感到了丝丝的不安。周围除了机器的声音，连蝉鸣都听不见了。记忆中的夏天被声嘶力竭的蝉鸣充斥，只有清晨清静片刻，稀稀拉拉的知了一个一个独唱，到了正午便疯狂地稠密起来，成了大合唱。现在，讨厌的蝉鸣声绝迹了，姐姐闹不清为什么自己的心反而空空荡荡起来。

  尽管工人身穿防静电工作服，戴着化学安全防护眼镜和橡胶手套，甚至还戴着过滤式防毒面具，但他们的鼻黏膜和喉咙还是受到了深深的刺激。他们的皮肤越来越干燥，视力越来越下降，很多人戴起了眼镜，看起来像有些学问的知识分子。阿兰的眼睛不小心溅到了甲缩醛，厂医提起她的眼睑，用生理盐水冲洗完，阿兰又出现了呼吸困难的症状，厂医赶紧让人把阿兰抬到厂外空气新鲜的地方进行人工呼吸。阿兰醒过来，看到姐姐那张关切的笑脸，不好意思地向老板点点头以示歉意。她感到羞愧，自己的身体怎么变得这么差劲呢，别人都没有晕过去，只有她晕过去，真是让人笑话死了。

姐姐吩咐司机送阿兰回家休息，阿兰很坚决地拒绝了。她摇摇晃晃坚持晃到了家里，扑到了床上。她感到头晕、恶心、浑身无力，口唇麻木，胸闷，头不由自主地摇来摇去。我从县城赶回来看望阿兰，这位小学时我唯一的好友形容枯槁，我握着阿兰的手，为自己是化工厂老板的妹妹感到深深的惭愧。

不知从什么时候起，太极村的空气越来越刺鼻了，喝的水里面也有了一种说不出的让人难受的味道，樟河水越来越污黑，异味刺鼻，周围的桑树、梧桐树叶子慢慢发黄，最后掉光了，那棵带给太极村儿童无数快乐的桑树终于枯死。阿雄望着远处郁郁葱葱的树木，再看看村里的化工厂，突然恍然大悟。阿兰在床上躺了三天，阿雄坐不住了，把老婆送到医院一检查，是绝症。阿雄满腔悲愤，往日，他总是躲着姐姐走，今天，他拦住了姐姐的去路。"把化工厂停掉吧！这是断子绝孙的活儿！你看，樟河水都浊了，黑了，浅了，这样下去明年就变成烂泥潭了。"

姐姐挑挑眉毛："我回来的时候樟河水就浊了，又不是我一个人把它弄浊的！"阿雄握紧了手中的拳头，假如眼前站着的不是一个女人而是一个男人，他一定一拳将对方打得脸上开花！他一字一顿地告诉眼前这个女人："你若不把化工厂停掉，信不信我拿炸药炸烂它！"

姐姐轻蔑地看了对方一眼，钻进了凯迪拉克。

当晚，阿雄拎了一截钢管，准备偷偷进厂捣毁化工设备。化工厂那条见过世面的狼狗，用一双凶狠的眼睛盯着阿雄，杀气腾腾地发威吼叫，忽而像一道黑色的闪电扑将过来。阿雄惊出一身冷汗，挥舞钢管阻挡狼狗的攻击，狼狈逃回家中。回到家中阿雄惊魂未定，一想到恶狗凶残的样子就不寒而栗，他看了看墙上的钟表，将早上买回的五个包子打开，将老鼠药包了进去。他瞅准狼狗撒尿的空儿，将包子扔到地上。不一会儿，传来狼狗的呕吐声和嗥叫声，阿雄挥起钢管使劲朝狗头砸了过去。狗抽搐了几下，吐出白沫，终于没有了动静。阿雄长舒一口气。这条狗不知咬伤了多少工友，有的羽绒服被撕破，有的小腿上被咬出了豆大的窟窿。他今天击毙恶狗，也算是为民除害了。响声惊动了保安，阿雄炸厂的计划未遂，他打电话给我："小米儿，劝劝你姐姐吧，伤天害理的事真不能做。人在做，天在看，会遭天谴的。"

我想了一夜，写出两句诗。第二天，我无言地把我的诗递给姐姐。"一条河哭干泪水/一群脏孩子长大成人。"姐姐怔住了，从不读诗的姐姐突然觉得自己一下子就读懂了这两句诗。这一阵子，姐姐一直神思恍惚，阿兰那张患了绝症的枯瘦的脸一直在她眼前飘浮。更让姐姐纳闷的是，这几个月来她不断地碰到和尚，到银行领钱也会碰到和尚，到医院也会碰到和尚，更夸张的是，有一次经过寺庙的时候，竟然看到了一整车的和尚，他们也许正准备去哪里念经。姐姐为这种现象深感不安，她觉得这可能意味着所有的男人都对她不感兴趣，而她对所有的男人也都不感兴趣了。朋友甲对她说，和尚代表着禅，可能是你有禅缘。朋友乙对她说，和尚代表阳刚，至刚至阳，这意味着你身上有纯阳之气。姐姐把这个怪现象告诉我，我听了哈哈大笑："反正我觉得和尚出行太多，绝对不利于修行。"姐姐听了也哈哈大笑："化工厂停产的事，容我再考虑考虑。"

阿雄引来的市环保局工作队伍浩浩荡荡驶进了太极村。三个月后一个春光明媚的日子，姐姐载我到桃源洞烧烤。我们在桃树下铺开塑料布，摆上两只一次性塑料酒杯，桃花开得正艳，一瓣桃花飘飘摇摇掉下来，正好落入姐姐的杯中。我笑了："姐姐，你的前世一定是一朵桃花。我的前世肯定是一柄桃枝。"姐姐笑了。回来的路上，一个和尚直直朝姐姐走来，施了个礼："这位女士，你的前世是观音娘娘，请随意布个礼吧。"说罢便将一个黄布袋伸到姐姐面前。姐姐听了前半句面若桃花，听了后半句如桃花凋谢，快快从手袋里拿出一张港币丢进黄布袋中。后来，姐姐不说话，我也不说话。

姐姐打电话给香港的老公，说想把化工厂停了，还在电话中朗读了我写的那两句诗。姐夫每天有开不完的会，见不完的客户，签不完的单，他没有时间读诗，也没有时间思考一条河的前世和今生，更没有时间为一条河流泪："你发疯我才不会跟着你发疯呢。这个厂投资多少你知道吗？三亿港币！我看你趁早回香港逛街购物美容吧。阿雄那个狗崽子引来的环保局人员由我来摆平。"姐夫的口气斩钉截铁，不容姐姐分辩，"我负责挣钱养家，你只需貌美如花就好了，瞎掺和什么！"

姐姐像一头发怒的狮子对着电话吼起来："厂里的工人全部是我的乡党！我小时候吃过东家的桃西家的李，我不能用甲缩醛毒死我的乡党！这样死了会下地狱的！"姐夫在香港那边号叫："你要是敢停产，我就不认你这个女人！"姐姐说："我已经吊销生产执照了，地也卖了。"姐夫跳脚暴怒："你这个脑残的女人，那么多钱怎么能说扔就扔？化工厂不能办，我们就改办别的厂，照样赚钞票。"听电话那头一片平静，姐夫居然也瞬间安静了下来："你现在这么能干，敢拿这么大的主意，你就别回来了。"姐姐平静地挂断电话，冲我笑了笑。

化工厂全面停产，曾经繁忙的车间只剩下灰尘飘荡。高大的青灰色厂房像个被抛弃的老人孤独地站在风里，装着甲缩醛的蓝色铁桶一字排开，等待着处理。这些以前装满钞票的铁桶如今变得一文不值甚至要掏空姐姐的腰包才能交清那令人咋舌的罚款。这个占地两百多亩、高峰时曾有三千多工人的大厂区，如今只有老鼠出没，车间里没有了嗡嗡的生产噪声及工人的粗嗓门儿，数十米高的大烟卤也没有了烟柱如毒龙一样升起。那辆原先锃亮无比的凯迪拉克吃了无数太极村的尘土已变得蓬头垢面,姐姐把它送给了镇政府。姐姐拎着拉杆箱准备回香港,这里的空气不是她的,樟河水也不是她的,牛尾巴也不是她的,她心心念念的只不过是一个幻象。太极村已不是她的故乡,她的家在香港,她迫切要飞回香港去,她在香港的家已被另一个阿莲占据了一年之久,不管清理巢穴的战斗多么艰巨,她一定要回去,她已是香港的姐姐了,就让香江水暂且代替樟河水罢。姐姐回头最后看了一眼那条烂泥潭似的樟河水,顺便摸了摸手袋里准备好的那把刀子,从嘴角扯出一丝无声的微笑。